Günther Sell • Ein Fall von Republikflucht

Günther Sell

Ein Fall von Republikflucht

Aus den Ermittlungsakten des MfS.
Kriminalroman

FRIELING

Die Deutsche Bibliothek – CIP-Einheitsaufnahme
Sell, Günther:
Ein Fall von Republikflucht : aus den Ermittlungsakten
des MfS. Kriminalroman. / Günther Sell. –
Orig.-Ausg., 1. Aufl. – Berlin : Frieling, 2000
ISBN 3-8280-1101-2

Hünefeldzeile 18, D-12247 Berlin-Steglitz
Telefon: 0 30 / 76 69 99-0

ISBN 3-8280-1101-2
1. Auflage anno 2000
Umschlaggestaltung: Graphiti

Printed in Germany

„Die Woche fängt ja gut an", brummelte Oberstleutnant Böller vor sich hin.

Aufgeregt durchschritt er das Dienstzimmer, Schritt für Schritt um den Schreibtisch herum. In der gefalteten Stirn lag viel Nachdenklichkeit. Sein starrer Blick unter die Zimmerdecke war auch so zu deuten.

Zeit ist Geld, ging es ihm durch den Kopf. Er ging auf seinen Schreibtischsessel zu, ließ sich hineinfallen und drückte auf eine der Tasten seiner Haussprechanlage.

„Genosse Knurrge, bitte zu mir."

Hauptmann Knurrge war ein erfahrender Kriminalist, verantwortlich für die Bekämpfung von Wirtschaftskriminalität auf höherer Ebene in der Dienststelle des „MFS".

„Nehmen Sie Platz", sagte Böller und wies ihm den Sessel direkt gegenüber an.

Nach kurzer Begrüßung begann Böller das Gespräch: „Kommen wir zur Sache. Vor mir liegt ein Fax aus Dresden. Kurzum, es geht um die Republikflucht eines Dr. Igler, seiner Frau und zwei minderjähriger Kinder. Dr. Igler war Leiter einer Forschungsgruppe. Für diese organisierte er eine Flugreise mit Übernachtung nach Prag. Nach übereinstimmenden Aussagen der mitgereisten Gruppenmitglieder nahmen Dr. Igler und Familie schon am Anreisetag nicht am Abendessen teil. Ein Diplomingenieur will gesehen haben, wie das Handgepäck der Familie vor dem Eingang in die Hotelhalle in einen wartenden Pkw Marke 'Wartburg' geladen wurde. Zwei weitere Ingenieure haben diese Angabe bestätigt. Der Diplomingenieur erzählte, daß Dr. Igler und Familie als letzte aus dem Flughafenbus am Hotel ausstiegen. Alle anderen der Reisegruppe haben nichts Verdächtiges bemerkt. So, nun sind Sie am Zuge, Genosse Knurrge."

„Darf ich mal?" fragte Knurrge zurück.

„Bitte", antwortete Böller.

Während Knurrge las, schwenkten seine Blicke häufig suchend im Raum umher. Es war seine Art, sich so auf einen Sachverhalt zu konzentrieren. Er las selten im Zusammenhang. Ein paar Sätze ja, aber dann begann das suchende Grübeln.

„Das ist merkwürdig", sagte er plötzlich. Er hatte erst einige Sätze im Fax gelesen, da erinnerte er sich an einen Vorfall, der etwas mehr als ein Jahr zurücklag. Auch in dem Falle ging es um einen Doktor, der einer Forschungsgruppe vorstand, mit seiner Gruppe nach Prag reiste und gleich nach der Ankunft am Hotel urplötzlich mit der ganzen Familie verschwunden war. Keiner hatte ihn mehr gesehen. Keine Fluchtmotive, aber, wie in diesem Falle auch, ein großer wirtschaftlicher Schaden.

„Diese Passage hier im Fax ist sehr aufschlußreich", sagte Knurrge. Er überflog noch einmal das gerade erst Gelesene, sein Zeigefinger unterstrich Zeile für Zeile. „Dr. Igler war demnach ein verschwiegener, in sich abgeschlossener Zeitgenosse, der keinerlei freundschaftliche Kontakte pflegte. Seine Villa kannten Arbeitskollegen nur von außen. Betriebsfeiern besuchte er nur selten und dann nur kurz, Einladungen zu irgendwelchen Anlässen bei seinen Kollegen schlug er aus. Entschuldigungen waren stets die gleichen: Überarbeitung."

Einen Augenblick schwieg Hauptmann Knurrge. Seine im Raum suchenden Blicke blieben im Gesicht des Vorgesetzten hängen.

Dann fügte er hinzu: „Wenn ein Ei so gleich ist wie das andere, dann ist es der Fall Dr. Igler und der Fall Dr. Sowieso, den genauen Namen weiß ich im Augenblick nicht, ebenso gleich. Man könnte eine Schablone drauflegen. In Erinnerung ist mir, daß die Akte Dr. Sowieso nicht abgeschlossen werden konnte. Trotz aller Bemühungen nicht. Ich werde sie mir sofort noch einmal vornehmen."

Für einen Augenblick saßen sich beide Offiziere schweigsam gegenüber. Dann schob Knurrge das Fax wieder auf die Seite seines Vorgesetzten.

„Was gedenken Sie nun zu tun?" fragte Oberstleutnant Böller. Dann sagte er weiter: „Ich würde Ihnen vorschlagen, werfen Sie noch einmal einen Blick in die Akte des Dr. Sowieso, aber verfangen Sie sich nicht. In der Sache Dr. Igler ist Eile angesagt. Zeit ist Geld, mein lieber Knurrge. Ich will Sie in Ihren Entscheidungen nicht einengen, aber Sie wissen, was ich meine."

Zwei Stunden nach dieser Unterredung saßen sich beide wieder gegenüber. Diesmal hatte sich Hauptmann Knurrge angemeldet. In der Hand hatte er die Akte des Dr. Sowieso.

„Die hier habe ich schnell einmal durchgearbeitet", sagte Knurrge. „Sie wurde vorläufig abgeschlossen. Am Ende heißt es darin, daß die Republikflucht eine von außen gesteuerte, konspirative Aktion war. Das spätere Auftauchen des Sowieso in einem westdeutschen Chemiekonzern, sein Einsatz in leitender Stellung und vor allen Dingen die nachweisbare Anwendung seiner Forschungsergebnisse im gleichen Unternehmen werden als Beweis herangezogen. Der Akte beigelegt wurde ein Artikel aus einer großen westdeutschen Zeitung, aus der hervorgeht, daß die Sicherheitsorgane der DDR mit großem Aufwand überlistet wurden."

Oberstleutnant Böller hatte aufmerksam zugehört. Dann stand er auf und marschierte gewohnten Schrittes um den Schreibtisch herum. Im Rücken Knurrges hielt er inne und legte eine Hand auf seine Schulter.

„Recht haben Sie", sagte Böller. „Ihr Vergleich mit den zwei Eiern stimmt. Jetzt müssen wir zum Zuge kommen. Wir müssen dafür sorgen, daß das Triumphgeschrei der Westpresse verstummt. Aber erreichen werden wir das nur, wenn wir die Hintermänner fassen. Wir haben ja inzwischen eine Menge Erfahrungen gesammelt."

In dem Moment, als Knurrge etwas sagen wollte, ging die Tür auf. Ein Mitarbeiter der Dienststelle brachte ein weiteres Fax für Böller. Der ging auf seinen Platz zurück und las.

„Also", sagte er dann, „die Genossen in Dresden haben die allseitige Überwachung der Villa des Dr. Igler übernommen. Erste Resultate zum Diebstahl von Forschungsergebnissen liegen vor. Der ganze Umfang des Schadens wird erst in Wochen zu übersehen sein."

In der Stille des Raumes lagen Spannung und Entschlossenheit. Während Böller ihn über den Inhalt des Faxes unterrichtete, spielte Knurrge geräuschlos mit einer Nachbildung der Weltraumkapsel, mit der Juri Gagarin als erster Mensch die Erde umrundet hatte.

„Genosse Knurrge, es wird Sie nicht überraschen, daß ich Sie mit der Klärung des Sachverhalts im Falle des Dr. Igler beauftragen möchte. Sie haben Fachkompetenz genug, und von mir erhalten Sie jegliche Unterstützung. Ich setze Ihr Einverständnis voraus. Legen Sie mir bitte noch heute einen operativen Plan vor."

Hauptmann Knurrge zeigte sich nicht überrascht. Er hatte mit dem Auftrag gerechnet.

„Ich danke Ihnen für das Vertrauen, das Sie in mich setzen, Genosse Oberstleutnant. Ich werde mir alle Mühe geben, um Sie nicht zu enttäuschen."

„Nehmen Sie auch meinen Dank entgegen", sagte Böller.

Pünktlich, auf die Minute genau, stand der Dienstwagen vor der Tür. Hauptmann Knurrge trat heraus, zwei Koffer in den Händen.

Seine Frau, die ihn begleitete, reichte eine Aktentasche nach.

„Das sieht ja nach Weltreise aus", sagte der Kraftfahrer und verstaute alles im Kofferraum. Knurrge brachte nur ein kurzes „Guten Morgen" über die Lippen und ließ sich auf den Rücksitz des Wagens fallen. Er war sichtlich müde, hatte nur wenig geschlafen. Bis in die Nacht hinein hatte er telefonischen Kontakt zu seinem Vorgesetzten.

Als seine Frau ihm bei der Abfahrt „Alles Gute" wünschte, zeigte er Lächeln und winkte.

Sternklar war der erwachende Morgen. Die Nacht war ersehnte Kühle. Berlin war von Lichtern überflutet. Hochschornsteine trugen rote Kränze, Warnsignale für die Luftfahrt. Dann verlor sich der glitzernde Schein der Großstadt in der Dämmerung des weiten Landes.

„Das tut den Augen gut", gab Knurrge zu verstehen und machte ein Nickerchen.

Für den Kraftfahrer war die Reise nach Dresden wenig unterhaltsam. Kein Wortwechsel, Musik durfte auch nicht sein. Die Autobahn war das Visier, Schrecken aller Kraftfahrer auf langen Reisen.

„Wo sind wir denn jetzt?" wollte Knurrge wissen.

„Wir haben noch gut eineinhalb Stunden zu fahren", antwortete der Kraftfahrer.

„Da habe ich ja ganz schön lange gepennt", erwiderte Knurrge.

„Gepennt ist gut. Sie haben geschnarcht, daß mir fast das Lenkrad aus der Hand gefallen wäre. Ich konnte es nicht mehr ertragen. Da habe ich haltgemacht auf einem Rastplatz, zwei Stullen gegessen, Kaffee getrunken und eine Zigarette geraucht."

„Das gibt es doch gar nicht", sagte Knurrge. „Im Sitzen schnarchen. So etwas habe ich noch nie gehört. Aber wenn Sie das sagen, wird es schon stimmen. Das muß ich meiner Frau erzählen."

„Brauchen Sie nicht, Genosse Hauptmann. Das werde ich für Sie erledigen. Ich sehe sie ja morgen im Laufe des Tages."

Unruhig wurde es im Auto, als er in der Enge des Wagens eine große Stadtkarte von Prag auseinanderfaltete. Er ging von einem Knie auf das andere, dann wieder zurück. Er sprach undeutlich vor sich hin, aber war ständig in sitzender Bewegung. Mit Kugelschreiber markierte er Punkte auf dem Stadtplan, machte Kreuze und Fragezeichen und auch Notizen auf Papierfetzen.

„Herzlich willkommen in Dresden." Der Gruß des Offiziers der dortigen Dienststelle wurde mit einem kräftigen Händedruck verbunden. „Wir haben alles vorbereitet. Kommen Sie, wir gehen hier in dieses Gebäude."

In einem kleinen Zimmer saßen bereits zwei Mann. Der Offizier aus Dresden stellte sie namentlich vor und versicherte auch, daß beide Experten seien. Außerdem stünden noch zwei Fahrzeuge zur Verfügung. Hauptmann Knurrge musterte seine zukünftigen Mitarbeiter und gab sofort zu verstehen, daß zwei Mann bei weitem nicht ausreichten.

„Ich brauche für den heutigen Einsatz sechs Personen. Fachleute, verstehen Sie?" Einen Augenblick überlegte er, sagte dann weiter: „Sechs Personen brauche ich. Wir wollen die Stecknadel im Heuhaufen finden! Verstehen Sie?"

„Eigentlich kein Problem", meinte der aus Dresden. „Da muß ich zwei Genossen holen, die heute dienstfrei haben."

Während der Kraftfahrer und Hauptmann Knurrge das Mittagessen einnahmen, stellte der Dresdener den geforderten Suchtrupp zusammen. Außerdem stellte er zwei Pkws zur Verfügung.

„An die Arbeit, Genossen", befahl Knurrge. Die breite eiserne Gartentür war schnell geöffnet. Etwas schwieriger dagegen war das Öffnen der Balkontür. Der Spezialist aus Dresden mußte zweimal zum Werkzeug greifen.

„Wir beginnen wie abgesprochen auf dem Flur und in der Küche. Denken Sie daran, wir brauchen alles, das wie eine Stecknadel aussieht. Ich denke dabei besonders an Briefe, Notizen,

Bildmaterial, Kontoauszüge, Geldüberweisungsbelege, nehmen Sie jedes einzelne Buch in die Hand."

Zwei der Dresdener hatten den Auftrag, die Schwiegermutter des Dr. Igler aufzusuchen. Sie sollte während der Hausdurchsuchung vernommen werden.

„Wenn sie Ihnen die Tür nicht öffnen sollte", sagte Knurrge, „warten Sie eine Weile. Dann gehen Sie zum Schein ins Fahrzeug zurück, so daß Sie aus Sichtweise der Alten sind. Ihre Beobachtung ist wichtig für die Ermittlungen."

Während Flur und Küche auf den Kopf gestellt wurden, inspizierte Knurrge das Wohnzimmer. Er klopfte die Wände ab, befühlte alle Teile der Couchgarnitur. Sein besonderes Augenmerk galt den Blumen. In die Erde hinein bohrte er den Zeigefinger, zog ihn vorsichtig heraus und beurteilte die Krümelstruktur der Erde.

Auf dem Flur und in der Küche wurde nichts Wesentliches gefunden. Zwei Kochbücher und ein paar von Frau Igler geschriebene Kochrezepte, das war alles.

Schneller als erwartet traf Frau Latscher, die Schwiegermutter des Dr. Igler, mit ihren Begleitern ein.

„Guten Tag, Frau Latscher. Mein Name ist Knurrge."

„Angenehm", antwortete sie kurz.

„Kommen Sie mit mir, wir nehmen gemeinsam im Wohnzimmer Platz. Da ist es gemütlicher als hier auf dem Flur … Ich habe zunächst eine Frage an Sie, Frau Latscher. Haben Sie Schlüssel für dieses Haus?"

„Ja. Die habe ich schon seit der Zeit, als meine Tochter und mein Schwiegersohn hier eingezogen sind. Ich bin ja häufig in der Wohnung, wenn beide arbeiten. Oft beaufsichtige ich die Kinder bei den Schularbeiten."

„Dafür habe ich Verständnis", sagte Knurrge. Dann fragte er weiter: „Ihre Tochter hatte doch sicher auch ein Schlüsselbund?" Frau Latscher nickte Zustimmung. „Und Ihr Schwiegersohn hat doch auch sicher ein Schlüsselbund?" Wieder nickte sie.

„Dann gab es also für dieses Haus drei Schlüsselbunde?" wollte Knurrge wissen.

„Das stimmt", antwortete sie.

„Und wo sind die von Ihrer Tochter und Ihrem Schwiegersohn?"

„Das weiß ich nicht“, antwortete Frau Latscher.

„Natürlich nicht, das hätte ich mir ja auch denken können. Aber irgendwer müßte sie doch haben, oder irgendwo müßten sie liegen. Das ist doch logisch, oder nicht?“

„Das schon“, antwortete sie. „Aber ich kann Ihnen leider keine Auskunft geben. Ich weiß von nichts.“

Von der Frau unbemerkt gab einer der Männer durch die offene Tür zum Flur hin ein Zeichen an Knurrge. Der stand auf und sagte zu ihr gewandt: „Entschuldigen Sie mich einen Augenblick. Ich bin gleich zurück.“

Hauptmann Knurrge wurde die Vorratskammer gezeigt. Er schüttelte den Kopf. „Deshalb haben die keine Mäuse im Haus. Die sind verhungert.“ Wieder schüttelte er den Kopf. Die Vorratskammer war leergefegt, kein Glas, kein Napf, nichts, aber auch gar nichts zu sehen. Aber auffallend viel Sauberkeit. Das war nicht die Hausfrauenarbeit von ein, zwei Stunden.

Knurrge ging ins Wohnzimmer zurück. Er nahm Platz im Sessel, um Frau Latscher erneut mit Fragen zu belästigen.

„Wo die Schlüssel geblieben sind, wissen Sie also nicht. Gut. Aber wer das Haus zuletzt abgeschlossen hat, das müßten Sie doch wissen.“

„Genau kann ich das auch nicht sagen. Aber wenn beide aus dem Haus gingen, hat meist mein Schwiegersohn abgeschlossen. Er verließ immer als letzter das Haus.“

„Sie können es nicht gewesen sein, Frau Latscher?“

„Nein, wie könnte ich. Als ich hörte, daß meine Tochter und der Schwiegersohn nicht aus Prag zurückgekehrt sind, bin ich nicht mehr in das Haus gegangen. Ich hatte das Gefühl, das Haus wird beobachtet.“

„Soso, Sie hatten das Gefühl. Hatten Sie vielleicht auch ein Gefühl, daß Familie Igler eine Mücke macht? War die Flucht mit Ihnen möglicherweise abgesprochen?“

„Nein, ich kann nur wiederholen, ich wußte tatsächlich von nichts. Ich war wie aus allen Wolken gefallen.“

„Warum lügen Sie so dümmlich-primitiv? Sie machen den Eindruck einer gebildeten Frau und lügen, daß sich die Balken biegen.“

Erschrocken rutschte Frau Latscher in sich zusammen.

Verstohlen suchten ihre Augen den Fußboden ab. So laut und deutlich hatte sie noch nie jemand angebrüllt. Aber dann faßte sie sich und konterte, wenn auch nicht in gleicher Lautstärke: „Ich verbitte mir diesen Ton, mein Herr. Ich werde mich über Sie beschweren. Gott sei Dank gibt es noch Leute in diesem Staate, die wissen, wie sie sich einer Frau gegenüber zu benehmen haben."

„Ich frage Sie noch einmal", sagte Knurrge. „Wo sind die zwei Schlüsselbunde geblieben? Wer hat zuletzt das Haus abgeschlossen?"

„Ich habe Ihnen bereits alles gesagt", antwortete sie trotzig.

„Kommen Sie mit", forderte er Frau Latscher auf. „Was ist das hier für ein Raum?"

„Das ist die Vorratskammer", antwortete sie.

„Vorratskammer? Sehen Sie hier irgendwelche Vorräte? Ich sehe keine. Auf mich macht dieser Raum den Eindruck, als solle hier eine Gemäldegalerie eingerichtet werden. Nur der Geruch erinnert an den eigentlichen Zweck. Wo sind die Vorräte geblieben?"

„Darauf kann ich Ihnen eine plausible Antwort geben. Meine Tochter hat immer nur so viel eingekauft, wie sie für den Tag benötigten."

„Da haben Sie mit Sicherheit abermals gelogen", sagte Knurrge. „Und das werde ich Ihnen im Laufe des Tages noch beweisen."

Schweigen lag im Raum. Aber deutlich wahrnehmbar waren die Schritte der Männer aus Dresden. Da war viel Bewegung in den einzelnen Zimmern. Die Ausbeute der Suchaktion war bisher spärlich, wie einer der Männer Hauptmann Knurrge ins Ohr flüsterte. Drei Fotoalben, einige wahrscheinlich unbedeutende Briefe, ein Aktenhefter mit Kontoauszügen der letzten drei Monate, technische Kritzeleien auf Briefbögen und erläuternde Notizen.

„Ich komme noch einmal auf eine meiner Fragen zurück, Frau Latscher. Haben Sie etwas von der Vorbereitung der Flucht des Dr. Igler gewußt? Ja oder nein? Überlegen Sie genau."

Frau Latscher sah wieder verstohlen auf den Fußboden, dann aber dem Knurrge ins Gesicht.

„Ich habe Ihnen alles gesagt, mein Herr. Lassen Sie mich jetzt zufrieden. Ich bin eine alte Frau. Ich kann Ihren Fragen nicht mehr folgen."

Von Unruhe katapultiert verließ Knurrge seinen Sessel und ging geradewegs auf das Klavier zu, das links neben der Flügeltür zum Balkon stand. Dann griff er nach dem Bild, das eingezwängt zwischen Blumentöpfen stand. Einen Augenblick verweilte sein Blick auf dem Gesicht des Mannes, der sich freundlich lächelnd ablichten ließ. Dann drehte er um und las: 'In freundlicher Verbundenheit, Ihr Freund Dr. …' Der Nachname war künstlerisch dahingeschmiert.

„Das hier ist sicherlich der Vater Ihres Schwiegersohnes?" fragte Knurrge.

„Nein", antwortete Frau Latscher. „Das ist ein guter Freund des Hauses. Herr Dr. Hebrus. Dr. Hebrus ist der Klavierlehrer meiner Enkelkinder."

Knurrge verspürte ein plötzliches Klicken im Kopf. Dann ging er auf das Familienfoto der Iglers zu, das inmitten der Wand rechtsseitig von der Flügeltür zum Balkon hing.

„Das Bild strahlt viel Harmonie aus, Frau Latscher. Das sympathische Lächeln Ihrer Tochter, das fröhliche Lachen Ihrer Enkelkinder und dann der selbstsichere Blick Ihres Schwiegersohnes. Der Bilderrahmen wirkt da wie ein Fragezeichen, finden Sie nicht auch?"

„Wie meinen Sie das?" wollte sie wissen.

„Sie spielen sicher auf das Fragezeichen an, Frau Latscher. Als ich das Bild sah, habe ich mich gefragt: Wie würdest du dich verhalten, wenn Tochter und Schwiegersohn heimlich, klamm und leise, ohne sich zu verabschieden, die Eisen gezeigt hätten? Die lassen mich als alten Mann zurück, ganz egal, was mir passiert. Das sind doch unverantwortliche Menschen. Ich würde ein solches Bild in eine dunkle Ecke stellen und mit Nichtachtung strafen. Verstehen Sie, was ich meine?"

Frau Latscher blieb die Antwort schuldig. Nach einer Weile der Zurückhaltung, den Blick nach unten gerichtet, gestand sie ein: „Ich kann nicht. Die ganze Familie ist mir sehr ans Herz gewachsen. Es sind alles Geschöpfe Gottes. Da muß man lieben und verzeihen, mein Herr."

„Ich verstehe Sie sehr gut, Frau Latscher. Ich kann auch nachempfinden, aber ist es erlaubt, aus christlicher Nächstenliebe heraus auch fortwährend zu lügen?“

Abermals blieb die Frau eine Antwort schuldig. Aber Nervosität überzog deutlich erkennbar ihr Gesicht.

„Nehmen wir einmal an, Sie haben wirklich nichts von der Flucht der Familie gewußt. Wann haben Sie denn erfahren, daß die Familie auf Nimmerwiedersehen verschwunden ist?“

„Darf ich mal eben raus, mein Herr? Ich muß auf Toilette.“

„Bitte“, antwortete Knurrge.

Inzwischen waren alle Zimmer durchsucht. Die karge Ausbeute lag auf dem Küchentisch. Übrig blieb noch das Wohnzimmer. Knurrge und Frau Latscher setzten die Unterhaltung im Kinderzimmer fort.

„Sie sind mir noch eine Antwort schuldig geblieben“, sagte er.

„Ich weiß. Erfahren habe ich von der Flucht am Montag um die Mittagszeit, als zwei Herren Ihrer Firma in meiner Wohnung erschienen. Die beiden Herren haben mich ja auch schon vernommen. Ich verstehe nicht, warum Sie mich in gleicher Sache noch einmal vernehmen.“

„Aus Langeweile nicht“, antwortete Knurrge. Er setzte hinzu: „Alles im Leben hat einen tieferen Sinn. Selbst Unsinn läßt sich erklären. Sie könnten uns die Arbeit sehr erleichtern, wenn Sie die Wahrheit sagen würden. Aber das tun Sie nicht, und deshalb müssen Sie immer wieder mit Fragen rechnen, die schon einmal gestellt wurden. Zum Beispiel mit der Frage: Wer außer Ihnen hat einen Schlüssel für dieses Haus?“

„Außer mir hat keiner einen Schlüssel, auch das habe ich Ihnen schon einmal gesagt!“

Einen Augenblick zögerte Knurrge noch. Aber dann machte er seinem Herzen Luft: „Stehen Sie auf, Frau Latscher.“ Er faßte sie am Arm und ging mit ihr ans Fenster. „Jetzt werde ich mit Ihnen Klartext sprechen. Ich bin es leid, von Ihnen wie ein dummer Junge behandelt zu werden. Sie behaupten, seit dem Verschwinden der Familie Igler nicht in der Wohnung gewesen zu sein. Stimmt das?“

„Ja“, antwortete sie. „So ist es!“

„Wer hat die Blumen in diesem Zimmer gegossen?“ Knurrge steckte abermals den Finger in die Erde eines Blumentopfes und zog ihn gleich wieder heraus. Daraufhin hielt er ihn Frau Latscher unter die Nase. „Sehen Sie, naß bis an die Fingerwurzel. Wissen Sie, wann hier zum letzten Mal gegossen wurde? Sie wissen es nicht, weil Sie es nicht wissen wollen. Ihr schlechtes Gewissen macht Sie stumm."

Frau Latscher zitterte am ganzen Körper. Sie spürte, daß sie überführt war.

„Sie haben nichts zu sagen? Sie behaupten selbst, daß nur Sie im Besitz eines Schlüssels sind. Geben Sie endlich Ihr Leugnen auf. Ich sage Ihnen als Fachmann, ich bin gelernter Gärtner, daß diese Blumen, alle wie sie hier stehen, heute in aller Frühe gegossen wurden. Wollen Sie nicht endlich ein Geständnis ablegen, Frau Latscher?"

„Ich kann nicht mehr stehen", sagte sie. „Kann ich mich wieder setzen?"

„Erst will ich Ihre Antwort hören. Verstanden? Kein Herumgeeiere. Verstanden?"

„Ja, mein Herr, ich gebe alles zu. Ich war im Haus und habe auch die Blumen gegossen." Dabei zitterte sie am ganzen Körper. Sie brach in Tränen aus.

„Wollen Sie weitere Geständnisse ablegen, Frau Latscher? Ich gebe Ihnen eine letzte Chance, eine allerletzte. Nutzen Sie die Gunst der Stunde!"

Sie sagte kein Wort. Nur Tränen flossen.

„Wenn Sie nicht wollen, na bitte. Sie zwingen mich, Ihnen ein Geständnis abzuringen. Sie haben behauptet, Sie hätten von der Flucht der Familie Igler erst gehört, als Sie von unseren Mitarbeitern verhört wurden. Stimmt das?"

„Ja, das stimmt."

„Am letzten Sonntag, abends gegen 22 Uhr, ging in diesem Hause das Licht an. Gegen 23 Uhr ging das Licht wieder aus. Sie wurden gesehen, und Sie wissen genau, daß Sie gesehen wurden. Und Sie wissen auch, von wem. Sie betraten das Haus mit einer Umhängetasche, und mit dieser und zwei Einkaufstaschen verließen Sie das Haus. Stimmt das, was ich Ihnen vorhalte? Gleich neben der Straßenleuchte setzten Sie beide Handtaschen nieder und rückten die Umhängetasche zurecht. Stimmt das?"

„Ich gebe alles zu. Ich will alles zugeben, alles, was ich weiß. Aber lassen Sie mich endlich zufrieden. Ich kann nicht mehr, ich kann nicht mehr!“

„Sie wollen sicher auch zugeben, daß Sie von der Republikflucht Ihres Schwiegersohnes wußten?“

„Ja“, antwortete sie.

Inzwischen hatten die Mitarbeiter des Knurrge alle auf dem Küchentisch liegenden Materialien ins Auto gebracht. Einer von ihnen hatte eine von Frau Latscher zu unterschreibende Liste zusammengestellt. Die Hausdurchsuchung war beendet.

Beim Verlassen des Hauses sagte Knurrge kurz: „Das war es, Frau Latscher. Jetzt geben Sie uns noch die Schlüssel, daß wir abschließen können, und dann wird versiegelt.“

Frau Latscher wohnte in einem Dreifamilienhaus, ungefähr zwei Kilometer von den Iglers entfernt. Als die Fahrzeuge vor ihrer Haustür hielten, glaubte sie an eine billige Taxifahrt. Sie zeigte Eile. Im Auto schon wollte sie sich verabschieden.

„Es ist noch nicht soweit“, ermahnte Knurrge.

Frau Latscher hörte, wie er zu den anderen Herren sagte: „Ich bedanke mich bei Ihnen. Grüßen Sie Hauptmann Striegler von mir. Eine Bitte habe ich noch: Ich brauche für diese Nacht Quartier. Lassen Sie das Hauptmann Striegler wissen. Ich selbst komme nachher noch einmal in der Dienststelle vorbei. Alles klar? Noch einmal herzlichen Dank für Ihre Mitarbeit.

Haben Sie sich wieder gefangen, Frau Latscher? Sie sehen entspannter aus als in der Wohnung Ihres Schwiegersohnes. Da ist doch eine ganz schöne Last von Ihrem Herzen gefallen, oder nicht?“ Sie nickte schweigsam.

„Na, dann auf ein neues“, sagte Knurrge.

„Was soll das bedeuten?“ fragte die Latscher erstaunt. „Was wollen Sie in meiner Wohnung? Ich habe nichts mehr zu verbergen. Was ich wußte, habe ich Ihnen gesagt. Ich dachte, jetzt ist Schluß, dabei geht alles wieder von vorne los.“

„Nur keine Angst“, tröstete Knurrge. „Das Schlimmste haben Sie überstanden. Was ich jetzt noch gern von Ihnen hören würde, können wir nicht hier auf der Straße besprechen. Übrigens, wo das Auto Ihres Schwiegersohnes geblieben ist, darüber haben wir noch gar nicht gesprochen, wie mir einfällt. Kommen Sie, gehen wir.“

„Darf ich Ihnen eine Tasse Kaffee anbieten?“ fragte Frau Latscher, kaum daß sie die Korridortür zu ihrer Wohnung hinter sich zugemacht hatte. Ihre Stimme klang versöhnlich.

„Gerne“, antwortete Knurrge. „Den hätten wir Ihnen auch gerne angeboten in der Wohnung Ihres Schwiegersohnes. Aber Sie wissen ja selbst, da hätten sich Mäuse Blutblasen gelaufen.“

Während Frau Latscher den Kaffee vorbereitete, sahen sich Knurrge und sein Kollege in der Wohnung um. Es war eine Zweieinhalbzimmerwohnung mit Küche und Bad.

„Eine Vorratskammer haben Sie nicht?“ wollte Knurrge wissen.

„Nein“, antwortete sie, „aber dafür zwei große Kühlschränke. Einen hier in der Küche und einen auf dem Korridor.“

„Sie wohnen allein in dieser Wohnung?“ fragte Knurrge.

„Ja“, antwortete sie.

„Sie sind Witwe?“

„So kann man es auch sagen“, antwortete Frau Latscher. Sie zeigte keine Anzeichen von Erregung oder Ängstlichkeit. Im Gegenteil, sie wurde gesprächig.

„Hoffentlich schmeckt Ihnen mein Kaffee, meine Herren. Um auf Ihre Frage zurückzukommen – ich bin Witwe ohne Totenschein meines Mannes. Mir wurde vor vielen, vielen Jahren eine Todesnachricht von ihm zugespielt. Aber etwas Konkretes erhielt ich nie. Trotz aller Bemühungen, auch der Behörden, er ist verschollen.“

„Das ist ja merkwürdig, Frau Latscher. Finden Sie nicht auch? Witwe ohne Totenschein des Mannes, so etwas habe ich noch nie gehört. Gibt es dafür eine Erklärung?“

„Sie trinken sicher noch eine Tasse Kaffee.“ Dann kippte sie nach.

„Das ist schwer zu erklären“, redete sie weiter. „Meine Tochter war gerade zwei Jahre alt, das war im Jahre 1948, da war mein Mann spurlos verschwunden. Wissen Sie, das war damals eine Zeit, da ging es vielen Müttern so wie mir. Wir haben zusammen gefrühstückt, ich ging anschließend einkaufen, kam nach Hause, und weg war er. Zwei Jahre später ungefähr erhielt ich Post von einem Manne, einem angeblichen Freund. Der teilte mir in einem Brief kurz mit, daß mein Mann in der französischen

Fremdenlegion sei. Wieder ein Jahr später kam von dem gleichen Manne die Nachricht, daß mein Mann gefallen sei. Wo, weiß ich nicht. Ob die Nachricht wirklich stimmte, konnte ich nie in Erfahrung bringen."

„Da hat Sie das Schicksal ganz schön gebeutelt. Hatte er denn irgend etwas ausgefressen, daß er getürmt ist? Das hört sich sehr ungewöhnlich an, wie Sie erzählen. Aber ich weiß ja auch, das war eine verrückte Zeit damals. Wenn ich Sie recht verstanden habe, Frau Latscher, haben Sie seit 1949/50 kein Lebenszeichen mehr von Ihrem Manne."

„So ist es", sagte sie.

Hauptmann Knurrge und sein Mitarbeiter nahmen die Wohnung in Augenschein. Zuerst warfen sie einen Blick in beide Kühlschränke. Ein Bild des Staunens bot sich beiden.

„Da paßt ja keine Stecknadel mehr rein. Wollen Sie das alles alleine essen? Frau Latscher, das haben Sie nicht in zwei Einkaufstaschen transportiert."

Wurst- und Fischkonserven bis unter die Decke der Kühlschränke gezwängt. Unglaublich, ging es Knurrge durch den Kopf. In dem einen waren es ausschließlich Westkonserven.

„Da haben Sie ja einige Jahre zu essen", spottete Knurrge. „Oder haben Sie stille Teilhaber? Wie ich das hier einschätze, müssen Sie und Ihr Schwiegersohn Westpakete kriegen oder Westgeld, nicht wahr?"

„Ich bekomme keine Westpakete", antwortete sie sofort und selbstsicher. „Daß mein Schwiegersohn welche bekommen hätte, das glaube ich nicht. Dann hätte meine Tochter bestimmt mit mir darüber gesprochen. Aber daß er Westgeld hatte, das weiß ich. Nicht von ihm, sondern von meiner Tochter. Mein Schwiegersohn, wissen Sie, war ein sehr verschlossener, schwer zugänglicher Mensch. Wenn er etwas für die Familie organisieren konnte, machte er es allein. Meine Tochter wußte auch nicht alles. Das können Sie mir glauben. Westgeld, meine Herren, das wissen Sie genau wie ich, kann man doch überall unter der Hand umtauschen. Wo und wie und wann, ich kann Ihnen tatsächlich nichts sagen. Und mein Schwiegersohn mußte ja so verschwiegen sein. Sie wissen doch, der gute Ruf, das Vorwärtskommen. Zuviel stand für ihn auf dem Spiel."

„Wo das Auto geblieben ist, können Sie sich auch nicht erklären, Frau Latscher?"

„Ich weiß es tatsächlich nicht", antwortete sie abermals sehr schnell. „Bitte quälen Sie mich doch nicht weiter mit diesen Fragen. Ich habe Ihnen wirklich alles erzählt, was ich weiß, meine Herren."

Knurrges Mitarbeiter hatte Schubladen und Schränke inspiziert. Er selbst sah sich in der guten Stube um. Sein Augenmerk fiel ständig auf das Bild an der Wand, das um ein Vielfaches größer war als das auf dem Klavier. Er wußte nicht wie, aber da war das wiederkehrende Klicken im Kopf. Während Frau Latscher unbekümmert Kaffeegeschirr abwusch, nahm Knurrge das Bild von der Wand, drehte es um und las: 'In treuer Freundschaft verbunden, Ihr Dr. ..., darunter das Geschmiere als Namenszug. Er hängte es an die Wand zurück und ging zu Frau Latscher in die Küche.

„Sagen Sie", sprach er sie an, „das Bild an der Wand in der guten Stube, ist das der Hausfreund, ich meine, Ihr Lebensgefährte?"

„Wo denken Sie hin, mein Herr. Ich habe keinen Hausfreund, keinen Lebensgefährten. Ich brauche auch keinen. Das gleiche Bild haben Sie schon einmal gesehen, wenn auch in kleinerem Format. Das ist Herr Dr. Helmus, ein Freund des Hauses. Ein ehemaliger Arbeitskollege meines Schwiegersohnes." Daraufhin lächelte sie Knurrges an und meinte mit etwas Ironie im Hinterkopf: „Ihr Gedächtnis läßt nach, mein Herr. Sie sollten Feierabend machen."

Knurrge lächelte zurück. „Sie haben mir aus dem Herzen gesprochen, Frau Latscher. Genau das habe ich vor. Genau das. Sie sind froh, wenn Sie uns los sind, und wir, wenn Feierabend ist. Der Tag war anstrengend und lang genug. Da muß mal Feierabend sein."

„Gott sei Dank", erwiderte sie.

„Ein paar Formalitäten noch, dann sind Sie uns los. Kommen wir schnell zur Sache. Sie sind Rentner und haben sicher einen Reisepaß. Den muß ich vorläufig einziehen. Dann möchte ich Sie bitten, bis auf weiteres den Raum Dresden nicht zu verlassen. Sollte ein dringendes Anliegen Ursache einer Reise sein, melden Sie sich bitte bei Ihrer Volkspolizeibehörde. Und morgen zwischen 14 und 15 Uhr komme ich Sie noch einmal besuchen. Keine Angst, Fragen gibt es da keine mehr. Aber Sie verstehen, da sind von Ihnen gemachte Aussagen zu unterschreiben. Außerdem haben Sie Anspruch auf eine komplette Aufstellung aller mitgenommenen Fotoalben und so weiter. Haben wir uns verstanden? So, nun geben Sie mir bitte Ihren Reisepaß. Ich verspreche Ihnen, das ist nur vorübergehend."

Beim Verlassen der Wohnung sagte er noch: „Vielleicht fällt Ihnen doch noch ein, wo der Pkw Ihres Schwiegersohnes geblieben ist. Denken Sie mal kräftig nach. Selbst Verdachtsmomente können wertvoll sein."

„Ach, wissen Sie, Genosse Striegler, es ist immer das gleiche Lied. Wer sich aus der Schlinge ziehen will, versucht es zunächst mit Lügen. Dann folgen zögerliche Halbwahrheiten, Tränen fließen. Aber die sind dann doch wohl mehr wäßriger Ausdruck der Angst vor dem endgültigen Geständnis, nicht das Ergebnis der Vernehmungsmethode. Frau Latscher war da keine Ausnahme."

Hauptmann Knurrge wertete mit dem Genossen aus Dresden den gestrigen Einsatz aus, hatte sich aber zuvor für die Hilfe der Mitarbeiter bedankt.

„Was mir besondere Sorge macht", meinte Knurrge, „ist die Feststellung des Schadens, der dem Kombinat durch Dr. Igler entstanden ist. Das dauert mir alles zu lange."

„Wir werden alles tun, was in unseren Kräften steht", antwortete Striegler. „Die Schwierigkeit der Ermittlungen besteht für uns darin, daß eine Vielzahl von Akten, die den Forschungsauftrag begleiten, gesichtet werden muß. Verschwunden sind mit Sicherheit, das haben wir bereits ermittelt, Skizzen und Berechnungen zur Erstellung des Endproduktes. Aber ob das, was fehlt, zur Aufnahme der Produktion im Ausland ausreicht, das wissen wir noch nicht. Mitarbeiter der Forschungsgruppe sind der Meinung, daß Dr. Igler allein mit diesen Skizzen und Berechnungen in der Ferne nichts anrichten kann. Deshalb ermitteln wir gründlich weiter. Dabei stützen wir uns auf die Hilfe des Direktors und aller Mitarbeiter der Gruppe."

Knurrge hörte aufmerksam zu. Hin und wieder nickte er auch. Im Laufe der Unterhaltung gestand er ein, daß er nur wenig von den Zusammenhängen zwischen Physik und Chemie im Bereich des Forschungsauftrages verstehe.

„Eine Frage interessiert mich doch noch“, sagte Knurrge. „Wie konnte Dr. Igler derart brisantes Material aus dem Kombinat verschwinden lassen? Forschungsmaterial liegt doch nicht im Kulturhaus herum. Gab es möglicherweise Helfershelfer?“

„Auch in dieser Sache sind wir aktiv“, gab Striegler zu verstehen. Dann sagte er noch: „Übertriebene Eile könnte unter Umständen zu größeren Zeitverlusten führen. In der Gründlichkeit der Ermittlungen liegt der Erfolg. Es braucht alles seine Zeit.“

„Was halten Sie davon, wenn wir eine Frühstückspause einlegen?“ fragte Striegler.

„Einverstanden. Schaden kann es nicht.“

Striegler sah kurz auf die Uhr, dann machte er sich auf den Weg in die Kantine. Auch Knurrge stand auf. Er nahm sich den Reisepaß der Latscher vor, der lag obenauf in der Kiste mit Fotoalben, Kontoauszügen und anderen Utensilien, die bei der Haussuchung mitgenommen wurden. Laut fertiggestellter Liste wurden aus den zunächst sichergestellten drei Alben in der Wohnung des Dr. Igler sieben stattliche Wälzer. Bei Frau Latscher kamen noch einmal sechs hinzu. Da kommt eine Menge Arbeit auf mich zu, dachte Knurrge. Was die in Jahren gesammelt haben, muß in kurzer Zeit durchgearbeitet werden. Er hatte Frau Latscher versprochen, die Alben umgehend zurückzugeben. Im Unterschied zum Reisepaß. Da hatte er gesagt. „Bis auf weiteres!“

Mit strahlender Miene kam Striegler zurück. Auf einem Tablett jonglierte er zwei Kännchen Kaffee und belegte Brötchen.

„Greifen Sie zu“, sagte er. „Solch knackige Brötchen kriegen Sie nur hier in Dresden.“

„Die Wurst riecht gut“, meinte Knurrge und wünschte „guten Appetit“.

„Das ist doch sicher der Reisepaß der Frau Latscher – darf ich mal?“

Knurrge schob ihn auf Strieglers Seite. Der blätterte ihn durch, sprach dann: „Eine schneeempfindliche Dame! Reist immer nur im Sommer. Regelmäßig zweimal im Jahr.“

„Jeder hat so seinen Vogel“, gab Knurrge zu verstehen.

Als Striegler den Reisepaß zurückschob, meinte Knurrge:

„Nein, nein, den behalten Sie mal. Ich möchte, daß Sie überprüfen, wohin Frau Latscher zweimal im Jahr fährt. Das kann für Sie kein Problem sein. Vor Antritt der Reise müssen ja im Antrag die zu besuchende Person und der Zielort angegeben werden. An die Unterlagen kommen Sie schnell heran. Lassen Sie dies am besten gleich feststellen. Die Unterlagen nehme ich mit nach Berlin."

Striegler steckte den Reisepaß in die Tasche, stellte das Frühstücksgeschirr aufs Tablett zurück und verließ das Zimmer.

Knurrge hatte alle Mühe, Gedanken, die sich in seinem Kopfe überschlugen, zu bremsen. Er versuchte der Reihe nach zu ordnen, um nichts zu vergessen. Er nahm seinen Notizblock zur Hand, schrieb mit gekräuselter Stirn Zahlen untereinander. Den Zahlen fügte er Namen hinzu, auch Frage- und Ausrufezeichen.

Als Striegler ins Zimmer zurückkam, lachte Knurrge vor sich hin.

„Ist was?" fragte Striegler.

„Die Alte hatte recht", lachte Knurrge. „Bei der gestrigen Vernehmung der Frau Latscher – es ging da um das Erkennen eines Bildes in ihrer Wohnung – hielt sie mir vor, daß mein Erinnerungsvermögen nicht mehr ganz in Ordnung sei. Sie konnte nicht ahnen, daß ich sie getäuscht hatte. Aber immerhin, mit meinem Erinnerungsvermögen ist das so eine Sache. Wir hätten gleich zwei Fliegen mit einer Klappe schlagen können. Da ist nämlich auch noch der Fall Dr. Helmus. Von diesem Herrn benötige ich die gleichen Unterlagen."

„Das macht doch nichts", meinte Striegler. „Laufen stabilisiert den Blutkreislauf."

Es verging geraume Zeit. Knurrge ging im Zimmer auf und ab. Am Fenster blieb er stehen, sah in die Sonne und auf den Schatten, der von den Dienstgebäuden auf den Innenhof fiel. Im Gedanken war er bei den Aufzeichnungen im Notizblock, bei den Frage- und Ausrufezeichen. In diese Gedanken hinein fielen ganz bewußt die beiden Bilder, das eine auf dem Klavier, das andere in der Wohnung der Frau Latscher. Und auch hier am Fenster spürte er den klickenden Schmerz im Kopf. In diesem Augenblick verfiel er auf die Idee, nicht nach Prag zu reisen. Er wollte schnellstmöglich zurück nach Berlin. Die Akte des Dr. „Sowieso" mußte noch einmal durchgearbeitet werden.

„Der Bote vom Dienst ist zurück“, spottete Striegler. „Hier haben Sie die vollständige Adresse der Person, die von Frau Latscher besucht wird, und hier die, die von Dr. Helmus. Zieladresse ist in beiden Fällen Frankfurt am Main. Dr. Helmus fährt dreimal im Jahr, auch im Winter, wie ich aus den Unterlagen ersehe. Beide Personen besuchen Cousinen. Die von Frau Latscher wohnt ungefähr 30 Kilometer von Frankfurt entfernt.“

„Ich danke Ihnen“, sagte Knurrge. „Das ging ja schneller, als ich dachte. Nochmals vielen Dank.“

Dann nahm er die Unterlagen und legte sie auf die beschlagnahmten Alben in der Kiste.

„Während Sie auf ‘Botengang’ waren“, spottete Knurrge zurück, „kam mir folgende Idee. Folgen Sie doch bitte einmal meinen Gedankengängen. Es geht um die Koordinierung der Arbeit zwischen Ihrer Dienststelle und meiner. Dieses Zusammenspiel muß präzise klappen, sonst werden wir weiterhin im dunkeln tappen. Vielleicht nehmen Sie sich auch einen Notizblock zur Hand.“

Länger als eine Stunde diskutierten Knurrge und Striegler über Strategie und Taktik für die folgenden Wochen. Sie waren sich einig darin, daß, obwohl kein konkretes Beweismaterial gegen Dr. Helmus vorlag, dieser von Sonnenaufgang bis Sonnenuntergang überwacht werden sollte.

„Kontaktpersonen, wenn möglich, fotografieren“, meinte Knurrge. „Auch Autokennzeichen festhalten. Alles, was von Nutzen sein kann, registrieren.“

Striegler schrieb fleißig in sein Notizbuch und nickte auch Zustimmung.

„Noch ein Hinweis“, warf Knurrge in die Diskussion. „Berichten Sie mir in Zukunft sofort, wenn irgend etwas Interessantes aufgedeckt wurde.“

Im Falle Latscher waren sich beide einig, daß hier eine Überwachung nichts bringen würde. Aber Striegler versprach, dem Knurrge sofort zu melden, wenn die Latscher einen Reiseantrag stellte. Gleiches wurde auch für Dr. Helmus vereinbart. Aus wohlüberlegten Gründen sollte Frau Latscher unverzüglich ihren Reisepaß zurückerhalten. Die angedrohte Bewegungsfreiheit für den Raum Dresden wurde damit auch aufgehoben.

„Erzählen Sie der Alten ein diesbezüglich glaubwürdiges Märchen, das wird sie erfreuen“, versprach Knurrge.

„Das könnte auch ins Auge gehen“, meinte Striegler. Beide besprachen die Vorgehensweise gegen illegalen Geldumtausch. Knurrge ging davon aus, daß acht Genossen seiner Partei in der Forschungsgruppe arbeiten würden und diese eine gute Basis für weitere Ermittlungen kein könnten. Striegler hingegen gab zu bedenken, daß durchaus auch ein Genosse dieses schmutzige Geschäft betreiben könnte.

„Möglich ist alles“, meinte Striegler. „Ich bin der Meinung, wir sollten nach dem Ausscheiden des Dr. Igler aus der Forschungsgruppe einen Vertrauensmann in die Gruppe einschleusen, der mit entsprechendem Sachverstand sowohl für die Forschungsarbeit als auch für uns von großem Nutzen sein könnte.“

„Die Idee ist nicht schlecht“, sagte Knurrge. „Haben Sie eine bestimmte Person im Auge?“

„Eine bestimmte Person nicht“, antwortete Striegler. „Aber die läßt sich von unserer Dienststelle aus finden. Da habe ich gar keine Bedenken.“

Während Hauptmann Striegler sprach, schrieb er fleißig in sein Notizbuch. Und so, wie der schrieb, hakte Hauptmann Knurrge in seinem Notizbuch ab.

„Da kommt eine Menge zusätzlicher Arbeit auf uns zu“, deutete Striegler an. Scherzend fügte er zweideutig hinzu: „Das ist gut für den Kreislauf.“

„Das ja“, meinte Knurrge. „Aber bedenken Sie auch, daß Sie direkt am Ort des Geschehens sind. Sie haben Standortvorteile. Das macht die Sache einfacher und effektiver.“

Auf der Heimfahrt nach Berlin machte Knurrge einen entspannten, ausgeglichenen Eindruck. Er war gesprächiger als auf der Fahrt nach Dresden. Die Nacht hatte er gut und ausgiebig geschlafen. Die Dienstbesprechung mit Striegler brachte Erleichterung und Zuversicht.

„Was halten Sie davon“, fragte er den Kraftfahrer, „wenn wir an der nächsten Raststätte eine Pause einlegen?“

„Einverstanden“, antwortete der. „Aber zwölf Kilometer müssen wir noch fahren.“

Der Kraftfahrer wurde von der Dienststelle in Dresden abkommandiert. Wie er während der Fahrt erzählte, würde er Berlin gut kennen. Deshalb hätte er den Fahrauftrag gern angenommen.

„Ganz in der Nähe der Hauptstadt habe ich meinen Wehrdienst abgeleistet", erzählte er. „Das war eine schöne, aber auch schwere Zeit. Ich hatte mich auf drei Jahre verpflichtet. Jeder Wachaufzug 'Unter den Linden' war ein unvergeßliches Erlebnis. Wenn alles vorbei war, waren auch die Strapazen der Vorbereitungen vergessen. Ich erinnere mich gern an diese Zeit. Außerdem habe ich einen guten Freund in Berlin. Bei dem werde ich übernachten. Und dann ist da auch noch unsere Stammkneipe. Da werden wir kräftig einen kübeln gehen, eine kühle Berliner Molle zischen."

In der Raststätte bat Knurrge um eine telefonische Verbindung zu seiner Frau. Er versprach ihr, bis spätestens 21 Uhr zu Hause zu sein, vorausgesetzt, es käme nichts dazwischen.

„Ich möchte zunächst ein Bier und einen Wodka", bestellte er.

„Ich möchte eine Cola", ergänzte der Kraftfahrer die Bestellung.

Knurrge schluckte, als hätte er seit Tagen nichts zu trinken gehabt. Er bestellte gleich noch einmal. Dem Kraftfahrer lief das Wasser im Munde zusammen.

„Ich habe mir den falschen Beruf ausgewählt", scherzte er. „Macht aber nichts, heute abend, wenn Sie längst schlafen, stürze ich mich in die Fluten."

Warmes Essen gab es nicht mehr in der Raststätte. Die Mittagszeit war längst vorbei. Knurrge und sein Kraftfahrer bestellten Schnitzel mit Kartoffelsalat.

„Genosse Oberstleutnant! Hauptmann Knurrge meldet sich von Dienstreise zurück!"

„Freue mich, Sie wiederzusehen", entgegnete Böller.

Nachdem Knurrge Platz genommen hatte, begann das übliche Frage-und-Antwort-Spiel nach Wohlbefinden, auch dem der Familien.

„So früh hatte ich Sie nicht zurück erwartet", gestand Böller ein. „Ist irgend etwas schief gegangen? Oder wollen Sie kapitulieren?"

„Weder noch“, antwortete Knurrge. „Ganz im Gegenteil. Die Arbeit ging zügig voran. Wesentlichen Anteil daran hatte Hauptmann Striegler von der Dienststelle in Dresden. Seine Unterstützung für meine Anliegen war ausgezeichnet. Überhaupt, ein wunderbarer Mensch. Er zeigte sich mir gegenüber als sachlich, kritisch und hilfsbereit. Ich blicke zuversichtlich auf unsere zukünftige Zusammenarbeit. Also kein Grund zu kapitulieren.“

Böller wies gleich zu Beginn der Unterredung darauf hin, daß während der Abwesenheit des Knurrge weitere Faxe aus dem Kombinat eingetroffen seien. Übereinstimmend wurde darauf hingewiesen, daß der von Dr. Igler angerichtete Schaden aller Wahrscheinlichkeit nach nicht so hoch ausfallen würde wie ursprünglich angenommen. Bei der Sichtung eines Teiles der Forschungsergebnisse konnte festgestellt werden, daß sich Skizzen und Berechnungen lückenlos aneinanderreihen ließen. Dennoch, so wurde von der Kombinatsleitung eingeräumt, fehlte einiges.

„Moment mal“, warf Knurrge ein. „Wenn ich Sie richtig verstanden habe, hat Dr. Igler unbedeutendes Material entwendet und wichtige Unterlagen im Betrieb gelassen? Das kann ja wohl nicht wahr sein! Außerdem, ich halte die Ermittlungen im Kombinat für richtig und sinnvoll, aber der klassische Diebstahl wissenschaftlicher Erkenntnisse sieht doch wohl ganz anders aus. Da werden keine Akten gestohlen, da wird gefilmt.“

„Genau das waren meine Überlegungen auch“, antwortete Böller. „Das heimliche Verschwinden des Dr. Igler allein, selbst ohne Mitnahme von Forschungsunterlagen, hat der DDR erheblichen Ansehensverlust gebracht. Für den Klassenfeind ist es immer ein gefundenes Fressen, wenn Lücken in die Reihen unserer Intelligenz gerissen werden. Diese Methode ist Bestandteil des ‘kalten Krieges’.“

Während Böller erzählte, wischten Knurrges Fingerspitzen über die Nachbildung der Weltraumkapsel auf dem Schreibtisch.

„Da liegen wir auf einer Wellenlänge“, meinte Knurrge. Er fügte hinzu: „Unabhängig von den Ermittlungen im Kombinat ist das Verschwinden des Dr. Igler Schande genug.“

„Kommen wir zu Ihrem Bericht“, sagte Böller. „Ich bin überzeugt, Sie haben einiges im Gepäck.“

„So ist es", antwortete Knurrge. „Aber zunächst eine Frage: Erinnern Sie sich noch an die Auswertungen der Vernehmungen aller Mitglieder der Forschungsgruppe?"

Böller fragte mit Blicken zurück. Er versuchte sich zu erinnern.

„Was meinen Sie konkret?" fragte er.

„Da wären zum Beispiel die übereinstimmenden Aussagen der Kollegen des Dr. Igler bezüglich seiner Verhaltensweisen. Demnach soll Dr. Igler ein in sich verschlossener, schwer zugänglicher Mensch sein. Sein Haus von außen kannten sie, aber keiner von ihnen hat je einen Schritt über die Schwelle des Hauses getan. Er soll der Typ eines Einzelgängers gewesen sein. Erinnern Sie sich noch?"

„Da geht mir ein Licht auf", erwiderte Böller. „Ja, das stimmt. Und Sie können diese These widerlegen?"

„Ich werde es zumindest versuchen. Völlig beweisen kann ich in diesem Augenblick noch nichts. Aber ich bin optimistisch. Es gibt eine Reihe Anhaltspunkte, die Dr. Igler in einem anderen Licht erscheinen lassen."

Für einige Augenblicke lag Stille im Zimmer. Nach der Denkpause sprudelte es aus Knurrge heraus. Zunächst ging er auf den illegalen Geldumtausch des Dr. Igler ein. Dafür gab es unwiderlegbare Beweise im Kühlschrank der Frau Latscher. Außerdem war da noch ihr Hinweis auf solche Geschäfte, die auch von ihrer Tochter bestätigt wurden.

„Wir können davon ausgehen, dieser Meinung ist auch Hauptmann Striegler, daß der Geschäftemacher innerhalb der Forschungsgruppe zu suchen ist. Es wird so sein, daß nicht Dr. Igler diesen Kontakt suchte, das hätte Gefahren für ihn mit sich bringen können, der Geschäftemacher selbst hat den Kontakt hergestellt. Was immer auch die Motive zu diesen Kontakten gewesen sein mögen, Dr. Igler muß grenzenloses Vertrauen in diese Person gesetzt haben. Diese Reihenfolge der Kontaktaufnahme paßt besser zu seinem Charakterbild."

„Durchaus möglich", meinte Böller.

Danach erzählte ihm Knurrge, auf welche Art und Weise Hauptmann Striegler Licht ins Dunkel bringen wollte. Böller schmunzelte Zuversicht. Knurrge plauderte dann weiter davon, daß es für notorische Einzelgänger untypisch sei, gute Freunde zu haben. Aber zumindest einen hatte Dr. Igler. Seine Schwiegermutter sprach vom „Freund des Hauses“. Sie verwies auf das Bild des Dr. Helmus auf dem Klavier im Wohnzimmer ihres Schwiegersohnes. Die gleiche Formulierung benutzte sie, als sie auf das Bild in ihrem Wohnzimmer zu sprechen kam. Klavierlehrer war er auch noch für die Kinder des Dr. Igler.

„In Freundschaft verbunden, so etwa auf der Rückseite beider Bilder zu lesen, für mich ist das sehr aufschlußreich“, sprach Knurrge. „Aber nun behaupten Sie nicht schon wieder, daß ich abergläubisch sei, Genosse Oberstleutnant. Ich hatte tatsächlich beim Betrachten beider Bilder ein schmerzendes Klicken im Kopf verspürt.“

Böller nickte lachend vor sich hin. Mit den Fingern einer Hand trommelte er auf die Tischplatte.

„Ein Glück, daß es keine Medizin gegen diesen klickenden Schmerz in Ihrem Kopf gibt“, meinte Böller. Trotz Ironie zwischen den Lippen gab er zu: „Ihr klickender Schmerz im Kopf ist so etwas wie der erfolgreiche Fährtenhund in Ihrer Laufbahn. Ich wünsche Ihnen noch viele solcher Schmerzen!“

„Es ist zum Mäusemelken“, warf Knurrge in das Zwiegespräch.

Ihm zur Seite stand ein Mitarbeiter, der von Böller ausgesucht wurde, um Knurrge in seiner Arbeit zu entlasten.

„Sehen Sie“, sagte Knurrge, „da soll ein Mensch nicht verrückt werden. Wie ich das hasse. Er versuchte mittels Pinzette unter eine Ecke des Bildes zu kommen, das fein säuberlich in eines der Alben des Dr. Igler geklebt war.

„Zugegeben“, ergänzte er, „ich habe das früher auch so gemacht. Und abgeguckt habe ich bei meinen Eltern. Trotzdem hasse ich das Einkleben von Bildern in ein Album.“

Die Arbeit des Knurrge war ein mühseliges Geschäft. Aber er hatte sich die Arbeit auch selbst schwergemacht. Jedes einzelne Bild lockerte er sorgfältig so lange, bis er es unversehrt in seinen Händen halten konnte.

„Mit den Ecken ist es schon schlimm“, fügte er hinzu. „Aber dann der dicke Klecks Klebstoff in der Mitte der Bilder.“

Knurrge hätte sich die komplizierte Arbeit sparen können. Aber er wollte, koste es was es wolle, jedes einzelne Bild von hinten und vorn betrachten. Im Falle der Bilder des Dr. Helmus war es die Rückseite, die ihn zu Schlußfolgerungen führte. Das Gesicht des Mannes war Nebensache. Das freundliche Lächeln war nicht zu verwenden.

„Sie sind nicht zu beneiden", sprach der Mitarbeiter. „Mein Hobby wäre das nicht."

„Ich habe mir dieses Spielchen nicht ausgedacht", entgegnete Knurrge.

Der schob mit beiden Händen alle Akten auf seinem Schreibtisch zusammen und übergab sie. „Viel Erfolg", waren seine letzten Worte.

Wärmende Sonnenstrahlen fielen in Knurrges Dienstzimmer. Die Fenster hatte er weit geöffnet. Unter besinnliche Ruhe des Raumes mischte sich Frischluft.

Ein Telefongespräch klingelte sich in die Atmosphäre. Es war Böller, der anrief. Er verständigte Knurrge darüber, daß Dr. Igler in keinem der Aufnahmelager der BRD registriert sei.

„Soviel steht mit Sicherheit fest", behauptete er. Dann zählte er zwei Möglichkeiten auf, die in Erwägung gezogen werden müßten. „Die eine wäre, entweder ist der Bursche noch in der CSSR, was nach allen Erfahrungen nicht anzunehmen ist, oder einflußreiche Kreise haben ihn an Aufnahmelagern vorbei zum Bundesbürger gemacht. Die zweite Variante wird wohl die zutreffendere sein."

„Genauso war es im Falle des Dr. Sowieso auch, wie ich mich erinnere. Ein Hinweis auf sein Verschwinden kam ebenfalls erst Tage später, nämlich mit dem Zeitungsbericht, der die Sicherheitsorgane der DDR lächerlich machte. Wir werden wohl noch einige Tage Geduld haben müssen", prophezeite Knurrge.

Nachdem der Telefonhörer auf die Gabel zurückgefallen war, sortierte er fleißig weiter losgetrennte Bilder nach einem von ihm bestimmten Schema. Da waren Landschaftsbilder, solche der gesamten Familie, aber auch solche, die vom allmählichen Altern der Schwiegermutter zeugten. Bilder mit Personen, die von Knurrge auf den ersten Blick nicht zugeordnet werden konnten, legte er etwas weiter weg.

Die Mittagszeit war angebrochen. Türen gingen auf und zu. Auf den Fluren war viel Fußvolk unterwegs.

Auch Knurrge wollte gerade zur Kantine gehen, als das Telefon klingelte. Am Apparat war Hauptmann Striegler aus Dresden. Nach Worten freundlicher Begrüßung kam sein Bericht.

„Frau Latscher war wie aus allen Wolken gefallen, als ihr das Reisedokument ausgehändigt wurde.“

Sie hatte sich schon damit abgefunden, den Paß nie mehr zu bekommen. Und sie begründete auch ihre Meinung. Sie ging davon aus, daß Angehörige von Republikflüchtigen keine Reisegenehmigungen erhalten.

„Warum sollten wir?“ fragte der Mitarbeiter des Striegler zurück. „Dr. Igler ist weg, für uns ist das Problem erledigt.“

„Haben Sie keine Angst, mein Herr, daß auch ich abhauen könnte?“ fragte die Latscher. Der schüttelte den Kopf, gab dann zu verstehen: „Warum sollten wir Angst haben? Wenn Sie abhauen, ist das Ihre Sache, nicht unsere. In diesem Fall wären wir wieder ein Problem los.“

Hauptmann Striegler kam dann auf Dr. Helmus zu sprechen.

„Alles geht seinen sozialistischen Gang“, lächelte Striegler in den Hörer.

„Das höre ich gern“, gab Knurrge zurück. „Nur nicht lockerlassen!“

Striegler sprach lange und ausführlich. Es war zu spüren, daß er sich streng an gemeinsame Abmachungen hielt.

„Von Dr. Iglers Auto haben wir noch keine Spur. Aber wir bleiben am Ball. Die Hauptverwaltung der Verkehrspolizei wurde verständigt, Hilfe versprochen. Aber leider liegen von dort noch keine Erkenntnisse vor.“

„Aber der Anfang ist gemacht“, dankte Knurrge. „Ein vielversprechender Anfang, wie ich meine. Besonders erfreulich ist, daß Frau Latscher an die Angel gegangen ist. Übrigens, das war ja Ihre Masche, Genosse Striegler. Als Sie mir die in Dresden erklärten, war ich zunächst skeptisch, denn die Sache kann auch ins Auge gehen. Warten wir's ab.“

„Die Meinung teile ich nicht“, sagte Striegler im Brustton der Überzeugung. Nach dem Bericht meines Mitarbeiters gab Frau Latscher zu verstehen, daß sie niemals abhauen würde. Sie begründete das mit ihrem fortgeschrittenen Alter, aber auch damit, daß sie eine schöne Rente beziehe und Dresden ihr Geburtsort und ihre Heimat sei. Am Ende der Unterhaltung soll sie noch gesagt haben: 'Der Reisepaß ist gut und schön. Das heißt aber noch nicht, daß ich auch Reisepapiere bekomme.' Auf diese Äußerung ist mein Mitarbeiter nicht eingegangen."

„Das war sehr klug von ihm. Machen Sie weiter so, Genosse Striegler."

„Kommen Sie! Urteilen Sie selbst!" Hauptmann Striegler tippte der Reihe nach über Berichtsbögen, die vor ihm auf dem Schreibtisch lagen. „Was Sie mir hier zumuten, sieht aus, als hätten Sie mit Durchschlagpapier gearbeitet. Urteilen Sie selbst!"

In Strieglers Tonlage lag Unzufriedenheit. Er vermißte Aussagekraft in der Gesamtheit der Berichte.

„Jedes Blatt Papier beginnt mit den gleichen Sätzen und endet auch so.

7.50 Uhr, er geht zum Bäcker.

8.10 Uhr, er kommt vom Bäcker zurück.

10 Uhr, er wartet auf den Briefträger. Dann Unterhaltung mit dem Briefträger.

Anschließend Arbeit im Garten.

15.10 Uhr verläßt er das Haus in Richtung Parkanlage.

15.20 Uhr, Ankunft im Park. Treff mit einer unbekannten Person auf einer Sitzgruppe in der Nähe des Toilettenhauses.

Spielt Schach mit dem Unbekannten. Das Schachspiel brachte er mit. Er holte es aus seiner Aktentasche, zusammen mit Papieren in einem Briefumschlag. Es sah so aus, als würde nach diesen Papieren gespielt.'

Des weiteren war täglich den Berichten zu entnehmen, daß ein weiterer Unbekannter häufig von der Straße kommend im Toilettenhäuschen war, einmal zeitgleich mit Dr. Helmus."

Während Striegler erzählend registrierte, kreiste er unruhig um seinen Mitarbeiter herum. Er hatte ihn selbst zur Beobachtung abkommandiert. Und nun die Enttäuschung.

„Mann, versetzen Sie sich einmal in meine Lage. Mir brennt es unter den Fingernägeln, und Sie studieren Ihre Uhr anstatt den Helmus. Sie haben doch alle Technik bei sich. Warum höre ich da nichts von der Unterhaltung mit dem Bäcker? Warum nichts von der Unterhaltung mit dem Briefträger? Kein aufgezeichnetes

Gespräch während des Schachspiels. Dabei ist es doch so einfach. Gerade bei einem solchen Spiel ist es doch nicht ungewöhnlich, daß vorbeikommende Personen zuschauen. Dann wird das Gerät eingeschaltet. Verstehen Sie mich? Und wenn Dr. Helmus zum Bäcker geht, sind auch Sie Sekunden später im Laden. Ihrer Phantasie sind keine Grenzen gesetzt. Verstehen Sie?"

Striegler war ungehalten. Er hielt seinem Untergebenen unter anderem auch vor, fast eine Woche Zeit verloren zu haben.

„Die holen wir so leicht nicht wieder auf", brüllte er. „Natürlich können auch Uhrzeiten interessant sein, aber wenn sie sich immer wiederholen ..."

Striegler brach die Unterhaltung ab. Ein wortreiches Trommelfeuer hatte Spuren hinterlassen. Der Mann ließ es über sich ergehen und blieb stumm. Er war noch jung und unerfahren. Aber gerade deshalb war Strieglers Ton, die Art und Weise, wie er ihn fertigmachte, herausfordernd schroff. Er selbst wurde auch nicht anders in der Dienststelle erzogen. Und das war hilfreich, wie er später erzählte. Aber er gestand auch ein, daß es ihm manchmal zum Weglaufen gewesen wäre.

„Immer nur Tadel und Vorwürfe", sprach der junge Mitarbeiter in sich hinein. Am Abend zuvor mußte er Kritiken seiner Freundin einstecken. Die waren im Tonfall nicht so grob, aber immerhin. Die fühlte sich durch seine Arbeit vernachlässigt, vermutete sogar Fremdgeherei und ermahnte ihn, zu normalen Liebesbeziehungen zurückzukehren. Sie verlangte Taten und Lippenbekenntnisse zärtlicher Art.

„Was habe ich doch für verdammt schlechte Karten im Leben", dachte er. Einen Augenblick später sagte er dann: „Genosse Hauptmann! Ich sehe ein, ich habe Fehler gemacht. Ich bedauere den Zeitverlust. Ich werde alles in meinen Kräften Stehende tun, um das wieder wettzumachen. Schenken Sie mir weiterhin Ihr Vertrauen."

„Diese Antwort habe ich von Ihnen erwartet. Begreifen Sie in Zukunft eines: Lehrjahre können wir keinem Mitarbeiter gewähren. Das läßt unsere Aufgabe nicht zu. Auch Herrenjahre werden Sie nicht erleben. Das ist unser Schicksal. Mein Vertrauen werden Sie auch weiterhin haben, da dürfen Sie sich sicher sein. So, und nun ran an die Arbeit!"

Auf dem langen Weg zur Kantine traf Striegler auf eine Mitarbeiterin.

„Ich bin gerade auf dem Weg zu Ihnen", sagte sie und gab ihm einen Zettel in die Hand. Es war eine kurze Information, von ihr selbst mit der Hand geschrieben. Er überflog die Mitteilung, steckte sie anschließend in die Hosentasche. Er wollte auf der Stelle umdrehen, aber dann entschloß er sich doch, seinen Frühstückskaffe zu holen.

„Das ist wie ein kleiner Lottotreffer", brummelte er vor sich hin. Und dann noch einmal: „Der Knurrge wird Augen machen."

Als er wieder am Schreibtisch saß, den Zettel vor sich, rieb er genüßlich beide Hände. Er wollte zunächst den Kaffee austrinken. Immer wieder fiel Lachen in die Tasse. Zeit ist Geld, das stimmt, der Knurrge wird jetzt auch Kaffee trinken. Dann griff er zum Hörer.

„Guten Morgen, Genosse Knurrge. Haben Sie schon gefrühstückt? Prima! Dann halten Sie sich schön fest. Die Latscher hat einen Reiseantrag gestellt. Und der wurde auch prompt genehmigt. In ihrem Antrag gab sie an, ihre Cousine in Frankfurt am Main besuchen zu wollen. Sie will zehn Tage bleiben, und zwar vom 12. bis 22. des Monats. Übrigens: der 12. wäre nächsten Dienstag. Da bleiben uns noch fünf Tage Zeit."

„Das hört sich ja gut an. Aber zugegeben, lieber Striegler, damit habe ich gerechnet. Jetzt steht es eins zu eins zwischen uns beiden. Erinnern Sie sich noch? Die erste Partie haben Sie gewonnen. Jetzt habe ich ausgeglichen. Aber Spaß beiseite. Was mich augenblicklich stutzig macht: Wird die Alte auch wirklich am 12. reisen?"

„Wie auch immer", gab Striegler zurück. „Sie wird fahren."

Danach dehnte sich die Unterhaltung aus. Lange sprachen beide miteinander. Knurrge zeigte sich erfreut, was die Latscher anbetraf, aber dann war Totenstimmung in seinen Äußerungen. Er beklagte die Erfolglosigkeit bei der Bearbeitung der Fotoalben, andererseits sprach er seiner Frau viel Dank für ihr Verständnis in seiner verzweifelten Lage aus. Er sprach von zwei Alben, die noch zu durchforsten wären, und beklagte den Verlust der letzten Woche. Das Ergebnis sei gleich Null, aber er stellte auch Fragen. Eine davon beantwortete Striegler sofort.

„Die Genossen in Prag geben sich alle Mühe. Aber auch dort wird die Stecknadel im Heuhaufen gesucht. Bedenken Sie bitte, Genosse Knurrge, daß die CSSR ein Transitland ist. Täglich fahren Tausende Autos über die Straßen. Ein Großteil davon kommt aus Prag. Wir müssen Geduld haben. Und was die Abfahrtzeiten der Frau Latscher anbetrifft, da gibt es zwei Möglichkeiten. Ein Zug fährt 5.47 Uhr, der andere 16.22 Uhr ab Bahnhof Dresden. Ich nehme an, sie wird mit dem ersten Zug fahren. Aber seien Sie versichert, egal an welchem Tag oder zu welcher Zeit, wir sind am Ball."

Auf eine andere Frage entgegnete Striegler: „Ich sehe da keine Schwierigkeiten. Gleich im Anschluß an unser Gespräch werde ich zum Bahnhof fahren. Sollte Frau Latscher, wie Sie vermuten, schon eine Platzkarte haben, werde ich einen Genossen in ihrem Rücken postieren. Sollte auch diese Karte vergeben sein, werde ich mir eine zweite aushändigen lassen. In diesem Fall wird unser Genosse mit einem Schwerstbeschädigtenausweis Platz nehmen. Schwierigkeiten soll die Reichsbahn schlichten."

„Ich verlasse mich ganz auf Sie", sagte Knurrge. „Uns beiden wünsche ich Erfolg, denn dann bleibt es beim Eins-zu-Eins."

Er lachte in den Hörer, daß Striegler sein Ohr abwenden mußte. Er empfand eine Lautstärke, die Gläser zum Springen bringen konnte.

„Auffälliger geht es nun wirklich nicht", zischte es durch die Lippen des Schattens. Frau Latscher war aufgetakelt wie ein Pfau zur Parade. Elegant der Hosenanzug, Lippen und Augenbrauen glänzten auffällig im Neon der Bahnsteigbeleuchtung. Sie trug einen pilzförmigen Hut mit breiter Krempe. Sie postierte sich als herausragendes Erscheinungsbild in früher Morgenstunde. Auf dem Bahnsteig, neben ihren Füßen, standen zwei Koffer, über die Schulter gehängt baumelte eine Handtasche. Viele Augenpaare waren auf sie gerichtet, auch dem Schatten entging nichts. Seiner Meinung nach verriet das Gepäck beiderseits zu ihren Füßen, daß sie die Urlaubsdauer voll auskosten würde.

Als der D-Zug einfuhr, gab es das übliche Gedränge. Der Hut der Frau Latscher wankte wie eine Leuchtboje auf ihrem Kopfe hin und her. Der Schatten blieb auf Tuchfühlung.

Im Abteil saßen sie Rücken an Rücken mit direktem Blick aus dem Fenster. Neben Frau Latscher saß ein Herr ungefähr gleichen Alters, der hilfsbereit ihre Koffer ins Gepäcknetz hievte. Aus dem „Danke vielmals“ entwickelte sich langsam ein Gespräch zwischen beiden. Er erzählte ihr, daß er nur eine Station weit fahren würde.

„Es ist nur ein größerer Katzensprung“, versicherte er. „Aber zu Fuß, nein“, das könne er sich nicht mehr zumuten. Die Bandscheibe! Mit dem Hinweis darauf, daß er drei Wochen lang zu Besuch bei seiner Tochter in Dresden war, erweckte er das Interesse der Frau neben sich. „Ich hatte herrliches Urlaubswetter“, strunzte er. „Ein paar Regentage waren dabei, aber die gehören nun einmal zum Urlaub, oder nicht?“ Sie nickte deutliche Zustimmung. Er schwärmte weiter: „Dresden ist eine wunderschöne Stadt. Der Glanz der Semperoper, die Neubauviertel mit ihren Parkanlagen. Wer heute Dresden besucht, kommt aus dem Staunen nicht mehr heraus. Wenn ich daran denke, wie das nach 1945 aussah!“

„Wem erzählen Sie das“, warf sie ein. „Ich bin gebürtige Dresdnerin, habe alle Bombenangriffe im Luftschutzkeller miterlebt. Es folgten nach dem Wahnsinn die Hunger- und Aufbaujahre. Wer das nicht miterlebt hat …“ Da stockte ihr Atem.

„Ich las in der ‘Frontzeitung’ über Bombardements auf Dresden. Ich war Kriegsfreiwilliger, wissen Sie, an der Ostfront. Bombenangriffe kannten wir in unserem Frontabschnitt so gut wie gar nicht. Uns heulten die Stalinorgeln um die Ohren, daß uns Hören und Sehen verging. Aber als ich las, daß Zigtausende Frauen und Kinder, Flüchtlinge und Schwerverletzte in Lazaretten ums Leben kamen, lief mir eine Gänsehaut über den Rücken.“

„Hoffentlich bleibt uns das einmal Erlebte für die Zukunft erspart“, antwortete sie und faltete die Hände. Sie redete mit ihm, sprach auch aus dem Fenster. Ihre Blicke blieben an Mähdreschern hängen, die Spur an Spur nebeneinander herfuhren, auf großer Breite alles schluckten, was sich ihnen in den Weg stellte.

„Wohin fahren Sie denn?“ fragte der Mann. Sie riß die Blicke vom Fenster weg, sah ihm ins Gesicht mit den Worten: „Ich fahre nach Frankfurt am Main, zu meiner Cousine. Die wird in Ohnmacht fallen, wenn ich vor der Türe stehe. Wissen Sie, mein Herr, ich melde mich nie an, wenn ich komme. Meine Cousine hat sich inzwischen an meine Unsitte gewöhnt. Trotzdem zeigt sie sich jedesmal erschrocken. Ich darf ja nun schon einige Jahre fahren."

„Ich habe im Westen gar keine Verwandtschaft", gestand er ein. „Das macht aber nichts. Mir geht es gut, wir haben schön geplaudert, die Zeit verging wie im Fluge. Ihnen wünsche ich gute Reise, und ich muß jetzt aussteigen."

„Es war wirklich nur ein Katzensprung", sagte sie. „Auch Ihnen alles Gute."

Er nahm sein Gepäck, ging auf die Ausgangstür zu und winkte freundlich. Nach Abfahrt des Zuges blieb der Platz neben Frau Latscher leer. Als sie nach einem ihrer Koffer greifen wollte, erhob sich der Schatten hinter ihr.

„Warten Sie einen Moment, ich helfe Ihnen."

„Ach, ist doch nicht nötig", antwortete sie.

„Doch, doch, lassen Sie nur, ich helfe Ihnen." Als er neben ihr stand, fielen ihm die Worte ein: „Ein so großer Koffer ist doch wohl zu schwer für Sie."

„Schönen Dank, mein Herr."

Er legte den Koffer auf die frei gewordene Sitzfläche und ging auf seinen Platz zurück.

„Schönen Dank, mein Herr. Recht herzlichen Dank", sagte sie noch einmal und begann in ihrem Proviant zu kramen. Zuerst legte sie einen Apfel auf das Servierbrett am Fenster. Danach wickelte sie Stullen aus. Appetitanregender Duft zog durchs Abteil. Majoran und Thymian mischten sich unter Rot- und Leberwurst.

„Lassen Sie es sich gut schmecken". Der Schatten drehte sich um auf seinem Platz und sah an der Hutkrempe vorbei. „Sie schlachten sicher selbst?" wollte er wissen.

„Nein", antwortete sie. Rückwärts gewandt fragte sie zurück: „Darf ich Ihnen eine Stulle anbieten?"

„Gerne", erwiderte er. „Einen solchen Duft habe ich schon lange nicht mehr genossen."

Sie reichte mit Rotwurst belegtes Brot und bat ihn, neben ihr Platz zu nehmen.

„Wenn Sie so freundlich wären, könnten Sie auch gleich wieder den Koffer ins Netz heben."

„Ich weiß nicht, wie weit Sie fahren. Wenn Sie meine Hilfe benötigen, haben Sie keine Hemmungen. Sagen Sie es mir. Ich helfe gern, wenn ich kann."

Ob es Langeweile war oder die Laune der Stunden, das Ehepaar gegenüber in der Sitzreihe war tief im Schlaf versunken.

Frau Latscher stand auf und ging in Richtung des langen Ganges außerhalb des Abteils. Ihre Blicke weilten auf der anderen Seite der Landschaft, als der Schatten folgte. Die Landschaft sah nicht anders aus, die Häuser grau in grau, im Zeichen der Zeit. Auch auf dieser Seite des vorbeirasenden Zuges fleißige Bauern bei der Arbeit. Als er neben ihr stand, meinte er: „Hier kann man sich wenigstens die Füße vertreten. Ich habe das Gefühl, mir schlafen sie ein."

„Da haben wir gleiche Gefühle", erwiderte sie. „Deshalb bin ich in den Gang ausgewichen."

An vorbeihuschenden Bäumen, an Autos so groß wie Streichholzschachteln stand er schweigsam neben ihr.

„Sehen Sie mal, die Rehe da und dort, die Hasen, alle sind sie auf der Flucht vor den Mähdreschern."

„Einer flieht vor dem anderen", warf sie in das Gespräch. „Das ist nun einmal so auf dieser Welt."

Unaufhörlich huschten Menschen an beiden vorbei. Die einen gingen zur Toilette, die anderen in die „Mitropa". Und irgendwann trafen sie wieder mit freundlichem Lächeln aufeinander, die einen von da und die anderen von dort.

„Ich wundere mich über die Menschen, wie ruhig und gelassen die hier lang laufen. Für mich schlecht zu begreifen. Wenn ich an die letzten zwei Nächte denke, ich habe keine Minute ruhig geschlafen."

„Wissen Sie, mein Herr, das ist die Aufregung auf dieser Reise. Wer häufig hier fährt, empfindet das ganz anders als einer, sagen wir mal, der Neueinsteiger ist. Ich kenne alles auf dieser Fahrt, ich reise unbekümmert." Sie sah hoch zu ihm auf und blinzelte: „Sie fahren sicher das erste Mal. Ich weiß sehr genau, was in Ihnen vorgeht, mein Herr. Auch ich hatte schon einmal Nächte nicht mehr geschlafen. Aber das liegt einige Jahre zurück." Dann klopfte sie ihm auf die Schulter und meinte: „Sie sind doch noch so jung. Da dürfte doch Angst den wohlverdienten Schlaf nicht vertreiben. Vorausgesetzt, Ihre Papiere sind in Ordnung."

Sie sah ihn fragend, aber auch nachdenklich an. Und stets, wenn ihre Hutkrempe ungewollt an die Fensterscheibe klopfte, rückte sie ihn zurecht.

„Sie haben gut reden“, nickte er vor sich hin. „Nein, nein, die Papiere sind es nicht, die mich so unruhig machen. Es ist ganz einfach ein prickelndes Gefühl, das sich vom Kopf bis in die Fußspitzen zieht. Es ist auch keine Angst. Es ist ein Gefühl, das ich nicht recht beschreiben kann.“ Er tanzte von einem Fuß auf den anderen, sah auf die Uhr und meinte: „Ich weiß genau, die gleiche Unruhe steckt auch in meiner Frau. Die war Ohrenzeuge, als unsere Flurnachbarin mir die Worte mit auf den Weg gab: ‘Erst wenn du einen Westpolizisten siehst, bist du auch im Westen.’ Die sprach dann weiter davon, und das habe ich schon öfter gehört, daß Menschen, die gar nicht damit rechneten, vor der Grenze aus dem Zug geholt wurden, obwohl sie sich keiner Schuld bewußt waren. Wenn die etwas finden wollen, finden die auch was.“

„Aber jetzt übertreiben Sie, mein Herr. So etwas habe ich noch nie erlebt. Es wird viel dummes Zeug geredet. Allerdings, das habe ich auch schon einmal erlebt, mußte ein Ehepaar den Zug verlassen, weil sie den Reisepaß nicht bei sich hatten. So etwas gibt es auch, aber das ist doch nicht alltäglich.“

Als sei er erschrocken, zog er die Brieftasche aus dem Jackett, öffnete sie so, daß auch sie sich überzeugen konnte. Es war alles in Ordnung. Dabei klopfte sie abermals mit der Hutkrempe an die Fensterscheibe.

„Sie fahren nach Frankfurt, wie ich gelesen habe“, warf sie in die Unterhaltung ein. „Da haben wir ja das gleiche Reiseziel“, ergänzte Frau Latscher.

„Wenn ich bloß erst da wäre“, stöhnte er. „Auf dem Bahnhof werde ich dann erst einmal tief durchatmen, dreimal tief durchatmen.“

„Da müssen Sie sich aber noch gedulden, mein Herr. Wir haben noch ein schönes Stück Weg vor uns. Kommen Sie, wir setzen uns wieder.“

Das Ehepaar gegenüber im Abteil schlief noch immer. Sie hatte ihren Kopf an seine Schulter angelehnt, er seinen an die Polsterung. Aus dem Abfallbehälter unterhalb des Fensters kroch der

Geruch der Hausschlachtewurst, der sich hartnäckig am Butterbrotpapier festhielt. Plötzlich stieß er sie an und zeigte mit dem Finger durchs Fenster. In einiger Entfernung huschten die Umrisse dreier Düsenjäger vorbei. Sie nickte und begann mit leiserer Stimme als auf dem Gang außerhalb des Abteils die Unterhaltung mit der Frage: „Ich habe Sie noch gar nicht nach dem Grund Ihrer Reise gefragt. Es ist doch hoffentlich ein erfreulicher?"

Einen Augenblick schwieg der Mann neben ihr. Er senkte den Kopf und überspielte Gedanken mit Traurigkeit. Dann stammelte er kurz und abgehackt die Silben: „Ein Todesfall. Ein Verkehrsunfall." Er ließ den Kopf gesenkt, nahm das „Herzliches Beileid" der Frau Latscher in sich auf.

„Das ist kein freudiger Anlaß", gestand sie ein.

Für Minuten war das Gespräch verstummt. Es war eine Ruhepause, wie zum „stillen Gedenken". Erst als er den Kopf wieder erhob, wollte sie wissen, ob er erwartet und vom Bahnhof abgeholt würde, wann die Beerdigung sei und wann er zurückreisen würde nach Dresden. Sie wollte auch noch wissen, ob er über den Hergang des Unfalls unterrichtet sei. Er ging der Reihe nach auf ihre Fragen ein.

„Meine Cousine holt mich vom Bahnhof ab. Meine Frau hat gestern nachmittag ein Telegramm aufgegeben. Darin auch die voraussichtliche Ankunft mitgeteilt." Wie es zu dem Unfall kam, wer schuld und wer nicht schuld hatte, entzog sich seiner Kenntnis. Aber er war davon überzeugt, daß ihn seine Angehörigen über die Einzelheiten unterrichten würden. „Was die Heimreise anbetrifft", erzählte er weiter, würde von den Verhältnissen abhängen, die er vorfände. „Zwölf Tage darf ich bleiben, mal sehen."

„Das wird heute ein Freudentag für die Cousine in Frankfurt. Hatten Sie denn Schwierigkeiten, einen Reisepaß zu bekommen?" wollte sie wissen.

„Mehr als genug", erwiderte er. In seiner Thematik lag der übertriebene Gesetzesdschungel der Besuchsregelungen für junge Menschen.

Er schilderte alles Erlebte und wie er es auch verstand, der Polizeibehörde Streiche zu spielen. Von seinem Betrieb ging das Übel aus. Planrückstände, die aufgeholt werden müßten, auf jede

Arbeitskraft käme es an, keine geeignete Person, die ihn vertreten könnte. Dabei sei das alles nur ein Vorwand zur Ablehnung gewesen. Und von der Polizeibehörde kam die Ablehnung des Reiseantrages, weil die familiäre Zuordnung zum Toten nicht im Sinne des Gesetzes war.

„Wissen Sie, ich bin Abteilungsleiter im Betrieb. Außerdem auch noch Mitglied der Betriebsgewerkschaftsleitung. Wie sich jetzt für mich herausstellt, Klötze am Bein, wenn man in den Westen reisen will."

Da kam zustimmendes Nicken von der Frau neben ihm. Dann schilderte er in ergreifender Weise seine Art des Protestes. Seinem Betriebsleiter gegenüber hatte er mit Kündigung gedroht. Auch damit, daß der Staatsratsvorsitzende einen Brief von ihm bekommen würde. Dem Betriebsratsvorsitzenden hatte er mit dem Austritt aus der Gewerkschaft gedroht. Und bei der Polizeibehörde unüberhörbar darauf hingewiesen: „Ich rühre täglich meine Hände für den Sozialismus, auch nach Feierabend. Aber wenn dieser Sozialismus zu einer ungerechten Fessel für mich und meine Familie wird, dann mache ich nicht mehr mit."

Frau Latscher nickte nachdenklichen Beifall und erzählte ausführlich über ihre Vorstellungen in Sachen Reisemöglichkeiten. Sie war dafür, Verbrecher auszuschließen, aber alle anderen Menschen, ganz gleich, welcher Partei sie angehören oder für welchen Glauben sie beten, reisen zu lassen.

„Wer nicht wiederkommt, bleibt weg. Dann wären in kürzester Zeit die Fronten geklärt."

Seine Zustimmung war Kopfnicken. „So ist es", meinte er. „Aber was soll es? Der Trubel ist vorbei, Schnee von gestern. Jetzt sitze ich neben Ihnen im Zug und harre der Dinge, die auf mich zukommen."

Versöhnlich klang ihre Stimme, als die Lippen formulierten: „Wissen Sie, mein Herr, wenn man Einzelschicksale so überdenkt, einen Vorwurf kann man denen, die einem Knüppel zwischen die Beine werfen, gar nicht machen. Die handeln im Gefühl der Rechtsprechung und der Pflichterfüllung. Viele Schicksale werden Opfer, weil sie sich nicht zu wehren wissen. Sie hatten Glück, mein Herr. Freuen Sie sich auf Frankfurt. Und nicht vergessen, dreimal tief durchatmen."

Abermals kehrte der Schmerz in die Füße zurück. Frau Latscher rieb sich beide Waden, sicheres Anzeichen schlechter Durchblutung. Das Ehepaar gegenüber begleitete die leise Unterhaltung mit störenden unrhythmischen Geräuschen.

„Kommen Sie, mein Herr. Lassen Sie uns nach draußen auf den Gang gehen.“ Sie zeigte, während sie sprach, auf das schlafende Ehepaar und machte abwehrende Handbewegungen.

„Mein Gott, tut das den Füßen gut. Empfinden Sie das auch so?“ fragte sie gegen die Fensterscheibe. Auch der Hut klopfte an, während sie den Kopf drehte und fragte.

„Es ist eine Wohltat, hier zu stehen“, erwiderte er. „Aber das Vorbeihuschen der Masten und Bäume, wissen Sie, stört das Empfinden der Augen.“

„Das kommt daher, daß Sie stur geradeaus gucken. Da müssen die Augen schmerzen, bei der Geschwindigkeit. Lassen Sie einmal langsam Ihre Augen wandern, von rechts nach links und dann wieder in umgekehrter Richtung. Langsam, verstehen Sie? Das ist wie im täglichen Leben auch. Die Schnelligkeit unserer Zeit duldet keinen sturen Blick. Auch rechts und links von uns geschieht etwas. Das Auge kann aufnehmen, wenn es dazu gezwungen wird. Es verlangt nach dem weitesten Blickwinkel. Dafür wurde es geschaffen.“

Im Schatten war Überlegung. Der Blickwinkel war es, der zwischen beiden am Fenster stand. Und die Pflicht!

„Sie werden sicher auch vom Bahnhof abgeholt“, wollte er wissen.

Sie verneinte die Frage und erklärte auch warum. „Ich bin für die Überraschung“, gestand sie ein. Dann plauderte sie weiter, als hätte sie zuvor auswendig gelernt. Es sprudelte aus ihr heraus, wie Stunden zuvor auch, als sie dem älteren Herrn, der nur eine Station an ihrer Seite saß, die gleiche Antwort gegeben hatte. Sie erzählte unbekümmert, versicherte auch, daß sie frei sei von Ängsten in der Großstadt und daß die Busse pünktlich führen. Und dann war immer wieder das Wort „Überraschung“ zu hören.

„Wenn Sie einverstanden sind“, so sein Angebot, „können Sie mit uns fahren. Ich werde mit meiner Cousine sprechen, und wie ich sie kenne, wird sie meine Bitte nicht abschlagen.“

„Es ist gut gemeint von Ihnen, mein Herr. Schönen Dank. Aber ich möchte Sie und Ihre Cousine nicht belästigen. Ich fahre wie gewohnt mit dem Bus."

„Ich habe es nur gut gemeint. Sie müssen es wissen", antwortete er.

„So habe ich Ihr Angebot auch verstanden", warf sie ein. „Aber ich möchte Ihrer Cousine nicht zumuten, daß sie mich durch die Gegend kutschiert. Die hat bestimmt den Kopf mit anderen Problemen voll. Und außerdem fahre ich in einen Vorort von Frankfurt, der mehr als 20 Kilometer von der Stadt entfernt liegt. Ich steige in den Bus ein und nach ungefähr einer dreiviertel Stunde wieder aus. Dann sind es noch fünf Minuten Fußweg, und das Überraschungsei steht vor der Haustür."

Der Fahrkartenkontrolle ging die Aufforderung voraus, den Gang zu räumen und in die Abteile zu gehen. Dann ging es Schlag auf Schlag. Es folgte die Ausweis- und dann die Paßkontrolle.

„Wenn die durch sind", meinte Frau Latscher, „sind alle Peinlichkeiten vorbei. Beim nächsten Halt des Zuges steigen die Kontrolleure aus, und Ihnen fällt sicherlich ein Stein vom Herzen. Dann werden Sie mir eingestehen, daß alle Aufregung für die Katz war." Nach einem Augenblick des Schweigens fügte sie an: „Auf der anderen Seite geht es oberflächlicher zu. Das ist dann mehr eine Pflichtübung mit sehr viel Freundlichkeit."

„Hoffentlich", nickte er ihr zu. „Ehrlich gestanden, ich hatte mir die Sache schlimmer vorgestellt. Vor allen Dingen, was die Gepäckkontrolle anbetraf. Ich habe zwar nichts Verbotenes bei mir, aber ich dachte, die wühlen jeden Koffer durch."

„Ein solches Erlebnis werden Sie erst auf der Rückreise haben, mein Herr. Ich kann Ihnen nur den guten Rat geben, bringen Sie keine Zeitungen oder Zeitschriften mit. Die sind Sie mit Sicherheit los. Dann könnten Sie auch unfreundliche Worte hören."

Auf dem Bahnhof in Frankfurt am Main gingen die Türen auf, obwohl der Zug noch gar nicht hielt. Es war mehr Hektik als in Dresden. Umarmungen, wohin auch die Blicke schweiften, Einzelgänger huschten schneller als Paare. Der freundliche Herr, der Frau Latscher begleitete, hatte ihr beim Aussteigen geholfen, einen Teil ihres Gepäcks getragen. Seitlich von beiden wurden

Frankfurter Würstchen angepriesen. Plötzlich blieb sie stehen. Nur ihre Augen verrieten den Blickwinkel eines unruhigen Abtastens. Sie wanderten von rechts nach links und dann wieder in umgekehrter Richtung.

„Ist Ihnen nicht gut?“ fragte der Herr an ihrer Seite.

„Doch, doch“, entgegnete sie. „Ich kann diesen Trubel hier nicht vertragen. Mich macht das nervös. Gedulden Sie sich einen kleinen Augenblick, mein Herr. Wenn sich der Stau hier aufgelöst hat, werde ich einen Gepäckträger rufen. Der wird alles zum Bus bringen.“ Mit einem freundlichen Abschiedslächeln sah sie ihrem Begleiter ins Gesicht: „Es war schön, Sie kennengelernt zu haben.“

„Es war angenehm, mit Ihnen zu reisen und zu plaudern. Vor allen Dingen bedanke ich mich für die beruhigenden Worte vor den Kontrollen. Sie haben mir sehr geholfen. Und natürlich noch einmal vielen Dank für die Butterbrote mit der Hausschlachtewurst. Der Duft steckt mir jetzt noch in der Nase. Hoffentlich habe ich Ihrer Cousine nicht weggefuttert, was für sie bestimmt war.“

„Machen Sie sich keine Sorgen, mein Herr“, kam es von ihr zurück. „Meine Cousine ist reichlich abgesegnet. Sie hat gute Bekannte in der CSSR, die sich nicht lumpen lassen. Sie hat mir einmal vor einiger Zeit die Andeutung gemacht, daß es da auch Schwachstellen in der Kontrolle gibt.“ Und lachend fügte sie hinzu: „Der richtige Geldschein zwischen dem Reisepaß wirkt da Wunder.“ Und wieder lachte sie.

Der Schatten reichte ihr beide Hände zum Abschied. „Ich wünsche Ihnen einen angenehmen Aufenthalt bei Ihrer Cousine, einen schönen Urlaub, und vielleicht sehen wir uns rein zufällig bei der Heimreise wieder.“

Alles paßte zusammen, wie es zusammenpassen mußte. Die Farbe des Sakkos mit der Farbe der Hose, die mit der der Schuhe, die Farbe der Krawatte mit der des Hemdes. Aber unnachahmlich fuhr die linke Hand kratzend an den Hinterkopf. Als sich seine Stirn in Richtung Armbanduhr senkte, verließ sie die Parkuhr und ging auf ihn zu.

„Herzlich willkommen in Frankfurt“, sagte sie, ihm die Hände reichend.

„Danke Ihnen“, antwortete er. „Ich wünsche Ihnen noch einen schönen Tag.“

Sie erzählte ihm, daß das Auto da drüben an der Parkuhr ihr gehöre, daß sie sich auf die Zusammenarbeit mit ihm freue. Er warf einen letzten Blick seitlich von ihm zur Bushaltestelle, wo Frau Latscher auf die Ankunft des Busses wartete.

Beide hatten noch gar nicht richtig im Auto Platz genommen, da ergriff sie eine Schachtel Zigaretten und bot ihm an, mit ihr zu rauchen.

„Nein danke, ich bin Nichtraucher.“

„Auch das noch“, stöhnte sie. „Ich kann nicht Auto fahren, ohne an der Zigarette zu nuckeln. Ein Laster, ich weiß, aber es geht ganz einfach nicht. Mein Mann behauptet, ich hätte keinen Willen. Mag sein. Dann will ich eben nicht. Oder stört es Sie, wenn ich rauche?“

„Nein, rauchen Sie nur“, sprach er vor sich hin. Dabei beobachtete er das Einsteigen der Frau Latscher in den Bus.

„Sehen Sie, dem da drüben, das ist der 264er, dem müssen wir folgen.“

Während der Fahrt, vor allen Dingen an Haltestellen, erläuterte sie Sehenswürdigkeiten rechts und links der breiten Straße, nannte riesige Bank- und Versicherungsgebäude beim Namen, redete ihm den Mund wäßrig mit Spezialitäten verschiedener Restaurants, an denen sie vorbeifuhren.

Dann kam die längst von ihr erwartete Frage: „Wollen wir nicht ‘du’ zueinander sagen?“

„Selbstverständlich“, nickte sie ihm entgegen. „Ich heiße Christa.“

„Und ich bin der Lothar.“

„Wenn wir diese Straße hier reinfahren würden, könnte ich dir mein Geburtshaus zeigen. Da bin ich auch aufgewachsen“, erzählte Christa.

Sie sprach dann weiter davon, daß sie eine kaufmännische Lehre abgeschlossen habe und jetzt als freie Mitarbeiterin für eine Kosmetikfirma arbeiten würde. Dabei rauchte sie unaufhörlich und rücksichtslos.

„In Frankfurt und Umgebung kenn’ ich mich aus wie in meiner Westentasche. Hier könnte ich Blindekuh spielen. Und mit dem 264er, ach, ich weiß tatsächlich nicht, wie oft ich mit dem schon gefahren bin. Da kommen schon einige Kilometer zusammen."

Der Stadtrand von Frankfurt lag weit zurück. Im Rückspiegel des Wagens waren nur noch Wolkenkratzer zu sehen. Immer länger wurden die Abstände zwischen den Bushaltestellen. Dementsprechend war Christas Fahrweise, aber stets darauf bedacht, gebührenden Abstand zu halten.

An einer der Haltestellen nutzte sie die Gelegenheit, den Aschenbecher zu leeren. Als sie wieder im Auto saß, der Bus war bereits losgefahren, fragte sie plötzlich: „Wie weit ist es denn noch?"

Lothar sah sie erstaunt an, als hätte es ihm die Sprache verschlagen. „Weißt du es denn nicht?" kam es zögerlich aus seinem Munde.

„Woher soll ich es wissen?" fragte sie zurück. „Mein Auftrag lautet, deinen Anweisungen entsprechend zu fahren, dich bei uns einzuquartieren und für dein leibliches Wohl zu sorgen. Das ist alles, was ich weiß." Als der Bus sich wieder in Fahrt setzte, fügte sie hinzu: „Jetzt sind es noch fünf Haltestellen bis zur Endstation."

Lothar faßte in die Seitentasche seines Sakkos, zog einen Zettel mit der Anschrift heraus und übergab ihn Christa. Die las, sah ihn erschrocken an und forderte: „Kneif mich mal!"

„Was ist?" fragte er sofort zurück.

„Da stimmt irgend etwas nicht", gab sie zu verstehen. Sie nahm den Fuß vom Gaspedal und rieb die Stirn, als müßte sie in Unordnung geratene Ortskenntnisse zurechtrücken. „Nie und nimmer stimmt diese Adresse. Da hätten wir schon vor 20 Minuten rechts abbiegen müssen. Vier oder fünf Stationen hinter dem Stadtrand.

„Die wird doch nicht den Bus verlassen haben, ohne daß wir es gemerkt haben."

„Quatsch", antwortete sie. „Die paar Figuren, die ein- und aussteigen, sind doch übersichtlich. Das hättest du sehen müssen. Ich kenne die Person ja nicht", sprudelte es aus ihr heraus.

„Dir mache ich keine Vorwürfe", gab er tröstend zu. „Jetzt sehe ich auch ein, da stimmt etwas nicht."

Zwei Haltestellen weiter war die Sache perfekt. Ein Mann stand da mit Blumen, wie zum Empfang bereit. Dann stupste Lothar Christa am Arm. Sie wurden zu Augenzeugen. Da standen zwei Überraschungseier tief ineinander verschlungen. Und sie küßten sich.

„Gib Gas", befahl er.

„Der Trick war nicht von schlechten Eltern", schmeichelte Lothar.

Auf der Fahrt zurück nach Frankfurt gab es reichlich Gesprächsstoff. Er war der Meinung, daß die zu beobachtende Person ihn an der Nase herumgeführt hatte. Christa war der Meinung, daß es vorteilhafter wäre, zunächst die vorliegende Adresse anzufahren. Wenige Kilometer vor Frankfurt bogen sie rechts ab. Im Vorort angekommen, erkundigte sich Christa nach der Straße. Ein Liebespaar, das sich schmusend ihrem Auto genähert hatte, beschrieb den Weg. Lothar hörte nicht, was gesprochen wurde. Er sah nur, wie der Verliebte mit der Hand Kurven in die Luft malte, mal nach rechts, mal nach links. Christa nickte bei jeder Handbewegung, als hätte sie begriffen, wo es lang geht.

„Es ist nicht mehr weit von hier", sagte sie.

Als sie wieder im Auto saß, begann die Fahrt mit der Zigarette. Die Fahrt führte vorbei an gepflegten Einfamilienhäusern beiderseits der Straßen. Die Gartenanlagen wirkten auf Lothar, als stünden sie in einem Schönheitswettbewerb untereinander. Da zeigte Christa auf eine Straßeneinfahrt.

„Die muß es sein", pustete sie qualmend in die Luft. Sie fuhr langsamer, ihre Blicke wanderten mit den Hausnummern. Dann zeigte sie mit weisendem Finger und meinte: „Das ist deine Adresse, Lothar."

Sie fuhr noch ein Stück die Straße entlang, hielt an, stieg aus und ging um das Auto herum, um abermals die Kofferklappe zu öffnen. Und wieder nahm sie ein Bündel Papiere heraus. Ging auf gleicher Straßenseite zurück und steckte immer einen Zettel in die Briefkästen. An der Gartentür zum Haus der gesuchten Cousine befanden sich drei Briefkästen mit unterschiedlichen Namensschildern. Der oberste Briefkasten gehörte der Cousine. Auf dem Namensschild stand: M. Strammer.

Als Christa zurück im Auto war, übergab sie Lothar kommentarlos den Rest der Zettel.

„Die Adresse stimmt haargenau", meinte sie. „Aber da wohnt noch eine Familie im Haus. Zwei Briefkästen mit gleichen Familiennamen."

„Nicht von schlechten Eltern", gestand Lothar nochmals ein.

Kosmetikwerbung, dein Freund und Helfer.

„Wie Sie schon sagten, und da bin ich ganz Ihrer Meinung: Erstens kommt es anders, und zweitens, als man denkt. Unsere Ansicht wurde endgültig entkräftigt. Kein Angehöriger der Forschungsgruppe betreibt illegalen Geldumtausch. Diese Sorge sind wir los. Dennoch, es bleibt eine andere."

Striegler hatte bereits geraume Zeit mit Knurrge telefoniert. Er bestätigte ihm, daß die Untersuchungsergebnisse im Kombinat endgültig abgeschlossen sind.

„Der Abschlußbericht weicht nicht von den Erkenntnissen der letzten Tage ab. Es bleibt dabei, es fehlen einige Konstruktionszeichnungen aus der Anfangsphase der Forschung. Nach übereinstimmender Ansicht aller Mitarbeiter kann Dr. Igler allein mit diesen Unterlagen in der Fremde keinen Blumenkopf gewinnen. Ich habe deshalb angewiesen", so Striegler weiter, „daß jedes einzelne Stück Papier der Forschungsunterlagen in unserem Labor unter die Lupe genommen wird. Die Ergebnisse werden in den nächsten Tagen auf meinem Schreibtisch liegen. Sie hören dann von mir. Ich gehe aber schon jetzt davon aus, daß gefilmt wurde."

„Das ist die typische Handschrift des Klassenfeindes", unterbrach Knurrge. „Wer sich diesen Leuten an den Hals werfen will, klaut zunächst Kleinigkeiten, um so Vertrauen zu erwerben. Dann werden die Daumenschrauben angesetzt. Angst vor Strafe macht schließlich gefügig. Aus Sympathisanten werden Staatsfeinde. Dieses Spiel kennen wir doch, Genosse Striegler. Aber warten wir die Laborergebnisse ab."

Einen Augenblick war Ruhe in der Leitung.

„Warten Sie einen Moment", sagte Knurrge. Er zog ein Schreiben aus der Ablage und sprach dann weiter: „Hören Sie mich?"

In der Folgezeit rief er in Erinnerung, daß seine Dienststelle nicht nur mit der Sichtung der Fotoalben beschäftigt sei, sondern sehr aufmerksam die Kontoauszüge des Dr. Igler analysierte.

„Da ist zunächst festzuhalten“, meinte er, „daß es für das Ehepaar Igler ein gemeinsames Girokonto gab. Sowohl die Gehälter als auch Prämien wurden über dieses Konto abgewickelt. Und nun kommt der Hammer. Innerhalb von 18 Monaten wurden regelmäßig Beträge abgebucht, die doppelt so hoch waren wie die monatlichen Abbuchungen in der Zeit zuvor. Und kein Mensch hat das gemerkt. Die Sparkasse versteckt sich hinter Ausflüchten – wie, was hätten wir da merken sollen? Oder ein leitender Mitarbeiter des Kombinats mit entsprechendem Gehalt und dann der gute Ruf des Dr. Igler. Kurzum, Gleichgültigkeit und Schlamperei. Und dafür müssen wir uns den Kopf zerbrechen.“

„Wenn ich richtig verstanden habe, quält Sie die Frage, wo das viele Geld geblieben ist“, fragte Striegler zurück. Danach stockte seine Stimme. „Entschuldigen Sie bitte, legen Sie mal den Hörer auf. Ich rufe zurück.“

Auf diese Vernehmungsprotokolle, die ihm auf den Tisch gelegt wurden, hatte Striegler schon seit den frühen Morgenstunden gewartet. Die Nacht hatte ihn schwitzen lassen. Er hatte keine Ruhe gefunden, sich im Bett hin und her gewälzt. Er sprach wie aufgezogen ins Kopfkissen hinein, und dann immer wieder der Versuch, Zusammenhänge zu kombinieren. Jetzt lagen Erwartungen schwarz auf weiß vor ihm auf dem Schreibtisch. Auf der letzten Seite der Protokolle befand sich der Hinweis. Die Vernehmung wird fortgesetzt.

„Kommen Sie mir bloß nicht mit einer Schreckensmeldung“, bat Knurrge, als er abermals mit Dresden verbunden war.

„Ganz im Gegenteil“, kam die Antwort von da. „Allerdings ist auch noch kein Grund zu großem Jubel gegeben. Ich hatte zu Beginn unseres Gesprächs bereits eine Andeutung gemacht. Sie erinnern sich, von Ihnen kam der Ausspruch: ‘Denn erstens kommt es anders, und zweitens, als man denkt.’ Deshalb brach ich ab. Ich wollte keine falschen Hoffnungen wecken. Aber nun liegen mir Resultate auf dem Tisch, mit denen wir etwas anfangen können.“

Striegler hatte die Vernehmungsprotokolle der Reihe nach nebeneinander vor sich ausgebreitet, um jederzeit Fragen präzise beantworten zu können. Während er redete, überflogen seine Augen ständig interessierende Aussagen.

„Zur Vorgeschichte folgendes: Mein Mitarbeiter, der Dr. Helmus zu überwachen hat, berichtete mir täglich aus einer Parkanlage in der Nähe der Wohnung des Helmus. Der spielt dort regelmäßig Schach mit stets der gleichen Person und immer am gleichen Tisch. Ungefähr 30 Meter von dieser Stelle entfernt befindet sich die Toilette der Parkanlage. Leider ist diese ohne ständiges Reinigungspersonal."

Knurrge unterbrach das Gespräch mit einem Kurzkommentar, der sich anhörte wie: „Es ist das altgewohnte Lied, das auf unseren Bedürfnisanstalten gesungen wird."

Striegler nickte vor sich hin und erzählte weiter: „Und in dieser Toilette findet nach mehrmaligen Beobachtungen unseres Mannes ein reger Geldumtausch statt. Die Hauptrolle spielt, wie in jedem ordentlichen Krimi, der große Unbekannte. Unser Mitarbeiter machte ein Bild von ihm, das wir der Kripo mit der Bitte um Klärung übergaben. Als sich herausstellte, daß der große Unbekannte als Arbeitsbummelant und Scheinkranker aktenkundig war, habe ich seine Festnahme veranlaßt."

Während Striegler sprach, hörte er deutlich, wie Ungeduld aus der Hörmuschel kroch. Merkwürdiges Stöhnen und Husten war zu hören.

„Während der Festnahme des Unbekannten", so erzählte Striegler weiter, „war auch Dr. Helmus im Innenraum der Toilette. Damit mußte gerechnet werden. Unser Mitarbeiter hat darüber berichtet, daß auch der zu den Besuchern gehörte, wenn der Unbekannte aufkreuzte. Deshalb war mit den Genossen der Kripo abgesprochen, ihn unbehelligt zu lassen. Und so geschah es dann auch."

„Hat der Festgenommene denn schon geplappert?" wollte Knurrge wissen.

„Das ja", antwortete Striegler. „Aber es sind nur Teilgeständnisse. Auf die Genossen der Kripo kommt eine Lawine zu. Ohne vorauseilen zu wollen, bin ich davon überzeugt, das waren nicht nur 'Sieben auf einen Streich'."

„Wir müssen das Gespräch beenden", meinte Knurrge. „Ich habe einen Besucher."

Den Gesamteindruck aller Vernehmungsprotokolle faßte Striegler still für sich so zusammen: „Ein ausgekochter Bandit!"

Seine Vernehmung begann mit dem drohenden Hinweis: „Ich mache Sie darauf aufmerksam, daß ich einen angeborenen Herzfehler habe. Ich bin deshalb in ständiger Behandlung." Dann wies er Fragen kopfschüttelnd von sich, verstrickte sich in Lügen, und erst als die konkrete Frage kam: „Von wem haben Sie das viele Westgeld und von wem diesen hohen Betrag an Mark der DDR?", kam er ins Schwimmen.

„Das war reiner Zufall mit dem Westgeld. Ich stand an der Imbißbude, trank mein Bier, als der Mann neben mir Westgeld zeigte. Das war ein ganzer Packen. Dann fragte er mich, ob ich das Geld für ihn umtauschen könnte. Er würde mir auch ein schönes Trinkgeld geben. Da habe ich ihm geantwortet, ich könnte es ja mal versuchen."

„Und dieses Märchen soll ich Ihnen glauben?" fragte der Vernehmer. „Für wie dumm halten Sie mich eigentlich? Da kommt also nach Ihrer Darstellung ein wildfremder Mann auf Sie zu, wedelt lustig mit einem Packen Geld in der Hand, gibt es ausgerechnet Ihnen. Der muß doch grenzenloses Vertrauen gehabt haben. Obwohl Sie ihm völlig unbekannt waren, wie Sie behaupten. Hat der Fremde denn nicht wenigstens gesagt, wann Sie sich wieder treffen wollten? Antworten Sie endlich!"

Zuerst schwieg er. In seinem Blick flimmerte Ausrede.

„Ganz so war das nicht, wie Sie sagen", erwiderte er. „Ich wußte ja, er wollte eins zu vier im Umtausch."

„So, das wußten Sie. Von wem wußten Sie das? Und wann sollte das eingetauschte Geld zurückgegeben werden? Ich gebe Ihnen den guten Rat, überlegen Sie genau, bevor Sie antworten."

Der Angesprochene tat auch so, als würde er überlegen, dann faßte er in die Herzgegend, verzog das Gesicht, als würde er Schmerz empfinden.

„Ich hatte schon einmal für den Mann Geld umgetauscht. Aber das liegt schon lange Zeit zurück. Ich kann mich nicht mehr genau erinnern. Ich weiß nur, daß er sagte, nicht unter eins zu vier."

„Sie haben eine Frage von mir noch nicht beantwortet: Wann, wo und wie haben Sie das umgetauschte Geld zurückgegeben?"

„Das weiß ich nicht mehr so genau. Aber es war immer hier in der Nähe der Imbißbude. Weil der Fremde wußte, daß ich ihn nicht übers Ohr haue, hat er in meinem Beisein nie nachgezählt. Er nahm das Geld und steckte es in seine Brieftasche."

„Das muß ein Trottel gewesen sein. Normale Menschen verhalten sich bei Geldgeschäften völlig anders", gab der Vernehmer zu verstehen. „Aber immerhin, Ihre Aussagen waren wertvoller, als Sie vermuten können. Sie haben einerseits gut gelogen, andererseits Antworten auf Fragen gegeben, die ich noch gar nicht gestellt hatte. Das ist Ihr Pech. Mein Rat für die Mittagspause, die Sie jetzt anschließend haben werden: Denken Sie daran, Untersuchungshaft muß bei einem richterlichen Urteil nicht unbedingt angerechnet werden. Haben Sie mich verstanden?"

Es war kurz vor Dienstschluß, als Knurrge noch einmal anrief.

„Mir fehlen die Worte, lieber Striegler."

„Das will schon etwas heißen", mischte der sich ein. „Ist etwas passiert?"

Da kam von Knurrge kurz die Frage: „Haben Sie sich schon einmal selbst geohrfeigt? Wenn ja, dann kennen Sie den Schmerz. Wenn nein, ich kann Ihnen ein Lied davon singen." Nähere Andeutungen machte er nicht. Er wünschte einen angenehmen Feierabend, dann kam noch ein Gruß an die Familie. Und zuletzt, als sei das die größte Nebensache der Welt, fielen noch die Worte: „Bis morgen früh in Dresden."

„Was ich jetzt gebrauchen könnte, Genosse Striegler, wäre ein starker Kaffee. Am besten ein Kännchen, mit Milch, aber ohne Zucker bitte. Und extra stark muß er sein, verstehen Sie?"

„Das läßt sich schnell machen. Ohne Zucker, wie Sie sagten. Und wie wäre es mit einem Brötchen?"

„Warum nicht? Gerne", antwortete Knurrge. „Meiner Frau habe ich gestern abend noch gestanden, daß ich mich riesig auf die Brötchen in Dresden freue. Ich werde ihr auch einige mitnehmen, denn Dresdener Brötchen sollen ja die besten in der gesamten Republik sein, wie Sie einmal sagten."

„Das stimmt allerdings", meinte Striegler, während er den Raum in Richtung Kantine verließ.

Knurrge hatte die Kiste mit den Fotoalben mitgebracht. Obenauf lag das kleinste aller Alben. Er legte es auf den Schreibtisch. Viele Erinnerungen wurden wach in ihm. Freude und oftmaliger Schmerz lagen in diesem kleinsten von allen dicht beieinander. Frau Latscher wurde die Rückgabe versprochen. Dieses Versprechen sollte in den nächsten Tagen eingelöst werden.

„Sie schickt der Himmel", stöhnte Knurrge dem Striegler entgegen. Er saugte tief atmend den Frischduft der Schrippen ein und wiederholte sich: „Sie schickt der Himmel."

Striegler brachte auch für sich ein Kännchen mit. Als sie sich gegenübersaßen, fragte er: „Hatten Sie eine angenehme Reise?"

„Fragen Sie nicht", erwiderte der. „Ich bin die Nacht um drei Uhr ins Auto gestiegen. Wie das letzte Bein da reinkam, weiß ich nicht mehr. Da muß ich schon fest geschlafen haben. Filmriß, verstehen Sie? Ich muß aber auch hinzufügen, die Arbeit der letzten drei Tage hat kräftig an den Nerven gezehrt. Es war zuviel auf einmal. Wach wurde ich erst wieder kurz vor Dresden", gestand er ein.

„Da haben Sie ja gepennt wie einer, der 14 Tage lang kein Bett gesehen hat", scherzte Striegler. Er glaubte, in den Augen Knurrges immer noch Müdigkeit zu erkennen. Und er gähnte auch hin und wieder, während er Kaffee schlürfte. Müde klingende Worte fielen aus seinem Munde.

„Das wäre es zunächst einmal. Der erste Teil der Wiederbelebung ist gelungen. Was jetzt noch fehlt, wäre eine Dusche mit eiskaltem Wasser. Mit verschlafenen Augen läßt sich schlecht diskutieren."

In diesem Augenblick fiel ihm Striegler ins Wort: „Sie spannen mich auf die Folter, Genosse Knurrge. Als ich heute morgen mein Dienstzimmer betrat, sah ich Sie bereits hinter mir. Sie folgten mit angeschwollenen Backen, mit geheimnisvollen Worten. Ich war voller ungeduldiger Erwartung. Sie spielen die Ruhe in Person. Ich erkenne Sie nicht wieder. Sie sind doch nicht nur zum Kaffeetrinken oder zum Duschen nach Dresden gereist. Ich kann Ihrem Verhalten schlecht folgen. Sie spannen mich tatsächlich auf die Folter."

„Mit dieser Absicht bin ich nicht hierher gekommen. Aber wenn Sie schon einmal so empfinden, dann wissen Sie auch, wie mir zumute war, als ich die Fotoalben zu durchwühlen hatte.

Gönnen Sie mir die kalte Dusche und freuen Sie sich auf eine schlaflose Nacht an meiner Seite."

„Was soll das heißen?" fragte Striegler zurück.

„Warten Sie ab. Sie brauchen viel Geduld. Ich werde durchhalten. Das kann ich Ihnen versprechen. Aber erst möchte ich noch duschen."

Knurrge verließ bester Laune den Raum. Striegler war sprachlos. Er nutzte die ihm verbleibende Zeit, noch einmal die Vernehmungsprotokolle vom gestrigen Nachmittag zu überfliegen. Seine Aufmerksamkeit galt dabei der Hausdurchsuchung des Festgenommenen. Schon am Morgen hatte er eine Stelle ausgemacht, die seitens der Kripo nachgefragt werden müßte. Und während er las, fiel er tief in das Frage- und Antwortspiel im Vernehmungszimmer der Kripo.

„Sie hatten ausreichend Zeit, noch einmal Ihre Aussagen zu überdenken", ermahnte der Vernehmer. „Haben Sie mir etwas zu sagen?"

„Ich wüßte nicht was", war die Antwort. „Ich habe Ihnen heute vormittag schon alles gesagt."

„Gut, wenn Sie meinen. Dann werde ich Ihnen einige Ihrer Aussagen in Erinnerung bringen. Auf meine Frage: 'Wann, wo und wie haben Sie das eingetauschte Geld zurückgegeben?' haben Sie geantwortet: 'Es war immer in der Nähe der Imbißbude.' Stimmt das?"

„Ja."

„Was verstehen Sie eigentlich unter 'immer'? 'Immer', das heißt doch auf gut deutsch 'oftmals' oder auch 'ständig'. Geben Sie das zu?"

„Ja."

„Was ist denn nun richtig?" fragte der Vernehmer zurück. „Heute morgen haben Sie behauptet, Geldannahme, Geldumtausch, das alles war Zufall."

„Das ist mir so rausgerutscht", meinte der Festgenommene.

„Aha, so rausgerutscht. Da kann ich mir die nächste Frage sparen, da ist mit Sicherheit wieder etwas aus Ihnen herausgerutscht. Aber um ganz sicherzugehen, halte ich Ihnen noch eine Ihrer Aussagen vor. 'Der Fremde wußte, daß ich ihn nicht übers Ohr haue.' Das haben Sie doch gesagt, oder nicht?"

„Ja."

„Woher wußte der Fremde das? Der mußte doch seine Erfahrungen mit Ihnen gemacht haben. Stimmt das?"

„Ja."

„Belassen wir es zunächst dabei", meinte der Vernehmer. Dann gab er vom Tisch aus ein Zeichen. Da trat einer ein, brachte den Beutel, den der Beschuldigte zum Zeitpunkt der Festnahme bei sich getragen hatte. Außerdem legte er einen Aktenordner auf den Schreibtisch des Vernehmers.

„Ist das Ihr Beutel?" fragte er. Während er fragte, griff er in den Beutel hinein, um das auf der Toilette beschlagnahmte Geld herauszuholen. Er legte es fein säuberlich geordnet, Ost neben West, und fragte: „Wissen Sie eigentlich, wieviel Geld das ist?"

„Nein", antwortete der.

Der Vernehmer ging ans Fenster, sah über die Stadt und auch in die langsam untergehende Sonne.

„Ich mache Ihnen einen Vorschlag. Wir brechen die Vernehmung für heute ab und setzen sie in vier Wochen fort. Dazu werde ich mir die Erlaubnis des Staatsanwalts einholen. Wissen Sie, ich gehe nämlich morgen in Urlaub. Ich habe keine Lust, mir die Vorfreude von Ihnen vermasseln zu lassen. Haben Sie mich verstanden?"

Der schwieg und ließ den Kopf gesenkt.

Da fuhr ihn der Vernehmer in zornigem Tone an: „Sie haben drei hervorstechende Charaktereigenschaften. Sie sind arbeitsscheu, wie aus Ihren Kaderakten hervorgeht, Sie sind verlogen, das bescheinige ich Ihnen, und Sie sind hochgradig dumm, deshalb sitzen Sie hier."

Der Festgenommene schreckte merklich zusammen. Nicht die Vorhaltung hatte ihn beeindruckt. Es war vielmehr die Angst vor einer längeren Haftzeit.

„Kennen Sie dieses Büchlein hier? Das wurde während der Haussuchung bei Ihnen gefunden. Kennen Sie es, ja oder nein? Und kein Eiertanz, mein Herr."

Blitze durchzuckten die drei Charakterschwächen. Er wurde gesprächiger: „Ja, das ist mein Buch. Sie haben es unter meinem Kopfkissen gefunden. Wenn ich abends vom Geldumtausch zurückkam, habe ich mir Notizen gemacht und dann wieder unter das Kopfkissen gelegt."

„Notizen nennen Sie das? Ich nenne das täglichen Kassensturz. Habe ich recht?"

„Das ist richtig. Ich habe genau Buch geführt. Wenn ich losging, nahm ich bestimmte Geldmengen mit. Das meiste zum Wochenende. Da gingen die Geschäfte am besten. Was ich mitnahm, wurde sofort eingetragen. Und wenn ich zu Hause war, wurde Kassensturz gemacht, wie Sie sagten. Dann habe ich den Reingewinn des Tages errechnet und auch in dieses Büchlein eingetragen."

„Und was haben Sie mit dem Reingewinn gemacht?"

„Wieder Westgeld gekauft."

„Warum nicht gleich so?" fragte der Vernehmer. „Sie können, wenn Sie wollen. Halten wir noch einmal fest: Die Geschäfte gingen am Wochenende am besten, schlecht demnach am Wochenanfang bis hin zur Wochenmitte. Aber nun seien Sie einmal ganz ehrlich. Am besten liefen die Geschäfte doch sicherlich mit Krankenschein und Westgeld, oder nicht?"

„Das stimmt auch. Ich hätte ihn nicht nehmen müssen, habe ja täglich genug verdient, aber dann hätte ich im Betrieb unentschuldigt gefehlt. Das ist Arbeitsbummelei. Deshalb war ich gezwungen, häufig einen Krankenschein zu nehmen. Außerdem habe ich ja einen angeborenen Herzfehler. Mein Arzt wußte das."

„Diese Logik sollten Sie sich patentieren lassen", meinte der Vernehmer. „Obwohl sie in meinen Ohren wie Geschützdonner klingt. Versuchen Sie es mal auf dem Patentamt. Ihr Reingewinn, so sagten Sie, wurde gleich wieder in Westgeld umgesetzt. Demnach brauchte der unbekannte Fremde, den Sie ins Spiel bringen, nicht lange auf sein Geld zu warten. Wenn ich einmal kurz überschlage, sind das ja erhebliche Gewinne, die Sie gemacht haben. Nennen Sie mir den Namen des Fremden und wo wir ihn fassen können."

Wieder lag nur Schweigen im Raum. Der Vernehmer blätterte im Büchlein herum und addierte Buchstaben, die im Zusammenhang mit Geldumtausch standen. Sie waren groß geschrieben, wie Anfangsbuchstaben von Vor- oder Nachnamen.

„Sie wollen mir also nicht sagen, wie der Fremde heißt und wo er wohnt?"

Vom Schreibtisch her kam abermals ein Zeichen. Als die Tür aufging, traten die Personen ein, von denen in der Toilette in den

Parkanlagen die Personalien aufgeschrieben wurden. Sie stellten sich nebeneinander, die Hände auf dem Rücken. Der Vernehmer musterte alle der Reihe nach und fragte: „Kennen Sie die Leute hier?“

„Ja“, war die Antwort.

„Nun reden Sie einmal jeden einzelnen mit dem Buchstaben an, den Sie in Ihrem Büchlein aufgeschrieben haben.“

Mit ausgestreckter Hand zeigte der Festgenommene auf die erste Person und sagte: „Das ist ‘L’, das heißt Ludwig. Dann kommt ‘K’, das ist Klaus. Dann kommt ‘P’, das ist Peter.“

„Das reicht erst mal“, meinte der Vernehmer. „Wer von denen hat Ihnen das Westgeld angeboten?“

„Von denen hier keiner“, kam es blitzschnell zurück. „Das sind ständige Käufer.“

„Da sind wir wieder bei dem unbekannten Fremden. Machen Sie mich nicht verrückt!“ brüllte der Vernehmer den Festgenommenen an. „Wer ist der Mann, den ich suche? Beeilen Sie sich mit der Antwort. Meine Geduld ist zu Ende. Haben Sie mich verstanden?“

„Ich gebe zu, den Fremden gibt es nicht.“ Er rutschte auf dem Stuhl hin und her und begann ausführlich zu erzählen.

„Mit Betteln fing alles an. Auf einem Parkplatz bat ich einen Westler um eine Zigarette. Die gab er mir auch. Wir rauchten zusammen und unterhielten uns. Ehe er wieder abfuhr, schenkte er mir zwei Schachteln. Außerdem gab er mir noch 20 DM. Die habe ich bei einem Kumpel für 100 Ostmark umgetauscht. Auf dem Hauptbahnhof, an Intershops und vor allen Dingen bei Reisegruppen aus dem Westen habe ich die Geschäfte in gleicher Weise fortgesetzt. Aber nicht nur mit Krankenschein, das möchte ich ausdrücklich betonen. Aus den kleinen Anfängen wurden dann immer größere Geschäfte. Nun sitze ich hier. Und alle Personen, die in dem Büchlein stehen, waren Käufer von Westgeld. Ich habe es beschafft. Der fremde Mann, von dem ich zuerst sprach, war eine Erfindung von mir. So, nun wissen Sie alles. Und das ist die Wahrheit.“

„Der Folterknecht meldet sich zurück“, jubelte Knurrge, als er Strieglers Dienstzimmer betrat.

Er ging schnellen Schrittes auf seinen Platz zu, und während er sich setzte, nahm er das vor ihm liegende Album in die Hand.

Dabei sah er Striegler an, als wenn er sagen wollte: Rate mal, was da drin ist?

„Nehmen wir einmal an, Sie spielen Lotto, Genosse Striegler. Sie tüfteln Zahlen aus und hoffen auf einen kräftigen Gewinn. Am Tag der Ziehung stellen Sie fest, immer eine Zahl daneben. Was würden Sie da sagen?"

„So eine Scheiße."

„Nehmen wir an, dieses Pech verfolgt Sie zehnmal hintereinander. Was würden Sie dann sagen?"

„Zehnmal hintereinander Scheiße."

„Aber dann, beim elften Mal, hat es endlich geklappt. Und sogar der Hauptgewinn. Was würden Sie dann sagen?"

„Die Scheiße hat sich gelohnt."

Dabei lachten beide herzhaft, bis Knurrge sagte: „Fast genauso, wie Sie sich soeben ausgedrückt haben, fielen mir die Worte aus dem Mund, wenn ich wieder ein Album erfolglos durchgeblättert hatte. Nichts, aber auch gar nichts, was neben Ihrem Schreibtisch in der Kiste liegt, hätte uns auch nur einen Schritt weiterbringen können. Und dann war dieses Album hier an der Reihe. Es war nicht nur das letzte, es war auch das kleinste aller Alben. Dabei hätte es auch das erste sein können. Wieviel Arbeit wäre mir da erspart geblieben. Es sollte nicht sein, Künstlerpech. Ich weiß wirklich nicht, welcher Teufel mich geritten hat, als ich die Alben nach den Hausdurchsuchungen bei Dr. Igler und Frau Latscher in diese Kiste packte."

„Und wem gehört das Album?" wollte Striegler wissen.

„Der Frau Latscher."

Mit flinken Fingern blätterte Knurrge Seite für Seite um. Als er innehielt, fielen zwei lockere Bilder heraus.

„Was sagen Ihnen diese beiden Bilder hier?"

Bevor er sie weiterreichte, warf er noch einmal Blicke auf beide, schob sie dann zu Striegler weiter. Der nahm sie mit Neugier auf, sah ungewohntes Bildmaterial, verglich es miteinander und sprach: „Was soll ich da sagen? Auf jeden Fall sind die beiden Soldaten mit dem Kreuz auf dem Knie ein und dieselbe Person. Das ist unverkennbar. Die Soldaten auf beiden Bildern sind Angehörige der französischen Fremdenlegion, auch das steht fest. Aber was bedeuten die Kreuze auf den Knien?"

Hinter Knurrges rätselhaftem Lächeln verbarg sich Wissen. Striegler bewegte den Kopf nachdenklich in alle Richtungen. Dann fragte er: „Und Sie wissen genau, diese beiden Bilder sind aus dem Album der Latscher?“

Knurrge nickte, aus seinem rätselhaften Lächeln kamen die Worte: „Drehen Sie doch mal die Bilder um.“

Striegler las: ‘Der mit dem Kreuz, das bin ich.’ Am untersten Rand des Bildes, rechts in der Ecke: ‘Bordeaux 1961’.

Zaghaft überzog auch Striegler sein Gesicht mit Lächeln. Es sah aus wie Gleichklang der Gedanken.

„Allmählich dämmert es“, sprach er in sich hinein. Und dann für Knurrge hörbar: „Jetzt geht mir ein Licht auf.“

„Dieses schöne Gefühl hatte ich schon vorgestern, als ich mit Oberstleutnant Böller eine diesbezügliche Aussprache hatte.“

Erinnerungen flackerten in Striegler auf. Sie fielen zurück in die Stunden, in denen er Frau Latscher vernommen hatte. Er sprach seine Vermutung aus: „Demnach könnte der Soldat mit dem Kreuz auf dem Knie der Mann der Frau Latscher sein, ja, ich bin überzeugt.“

„Ihre Vermutung ist nicht unbegründet. Den gleichen Verdacht haben auch Böller und ich. Nun sehen Sie mal hier: Auf dem rechten Arm bis hoch zum kurzärmeligen Hemd eine Tätowierung nach der anderen. Genauere Symbole sind nicht zu erkennen. Aber das sind deutlich sichtbare Tätowierungen. Und hier, die Orden und Ehrenzeichen auf seiner Brust. Und hier, die Rangabzeichen. Ein einfacher Soldat war er jedenfalls nicht, als diese Aufnahmen gemacht wurden. Und was viel wichtiger ist, der Hinweis auf das Jahr 1961.“ Für einige Sekunden verstimmte seine Stimme. Dann versicherte er dem Striegler: „Oberstleutnant Böller wird Klarheit schaffen, bis ins kleinste Detail.“

„Ich bin überrascht“, gestand Striegler ein. „Das sind Pluspunkte für Sie, Knurrge. Ihr Spürsinn und Ihre Beharrlichkeit verlangen Respekt ab. Ich möchte Ihnen gratulieren.“ Bei nochmaligem Blick auf beide Bilder meldeten sich bei Striegler innere Zweifel an. „Was aber wird sein, wenn sich herausstellen sollte, daß Erinnerungslükken bei der Latscher zu Falschaussagen geführt haben?“

„Aber erlauben Sie mal“, sprach Knurrge. „Erinnerungslükken? Diese Frage können Sie vergessen. Ich habe die Latscher ja selbst vernommen. Die ist munter wie der Aal im Wasser und auch so glatt. Im Laufe der Vernehmung der Latscher hatte ich mehr und mehr den Eindruck, das ist eine hochintelligente Frau. Sie verstand es, eine ganze Weile Zuflucht hinter Lügen zu finden. Außerdem war klar zu erkennen, daß sie selbst vor erdrükkendem Beweismaterial nicht in die Knie ging. Sie suchte ständig, obwohl längst in die Enge getrieben, nach dem kleinsten Spalt eines Ausweges. Und nicht zuletzt verstand sie es ausgezeichnet, mit weiblichem Charme und herzzerreißendem Geheule Mitleid zu erwecken. Das sind Beweise krimineller Intelligenz und schauspielerischer Talente. Ich bin nun wirklich kein Kind von Traurigkeit, aber mir ist ihr Weinen oftmals sehr nahegegangen. Wissen Sie, die Frau ist im gleichen Alter wie meine Mutter."

Aufmerksam lauschte Striegler den Ausführungen seines Gesprächspartners. Er machte darauf aufmerksam, daß sein Einwand keinesfalls Fahndungserfolge schmälern sollte. Er wollte nur vor übertriebenem Optimismus zu dieser Zeit warnen.

„Voreilige Freude kann ins Auge gehen. Jeder Rückschlag zerstört Hoffnungen. Und das ist schmerzlich. Wie oft schon hat sich jeder von uns einmal als Sieger gefühlt, und dann lagen auf der Straße bitterer Erkenntnis Luftblasen, die uns den Weg versperrten. Nur darauf hin wollte ich verweisen. Ich sprach ja auch nur von der Möglichkeit, daß es so sein könnte. Die Realität können Sie natürlich besser einschätzen, Genosse Knurrge."

„Wenn ich mir heute die Vernehmung der Frau Latscher in ihrer Wohnung ins Gedächtnis zurückrufe, dann sehe ich sie bildlich vor mir stehen. Auf meine Frage, ob sie Witwe sei, verspürte ich, wie sie innerlich bebte. Dabei unterdrückte sie gequältes Schluchzen, und nur wenig Feuchtigkeit trat aus ihren Augen. Dann jammerte sie ihr Klagelied herunter. Ihr Mann sei in den Westen abgehauen, wie viele junger Menschen auch, jahrelang hätte sie nichts von ihm gehört. In diesen schweren Zeiten war sie alleinerziehende Mutter, bis sie dann etwa 1948/49 von einem Freund ihres Mannes die Nachricht bekam, daß er in der Fremdenlegion gefallen sei. Verstehen Sie, Genosse Striegler, auf diese Jahreszahlen besann sich Frau Latscher, ohne vorher lange zu überlegen. Deshalb hatte ich Ihnen geraten, die Frage zu vergessen."

Knurrge nahm die Bilder wieder an sich und legte sie ins Album zurück.

„Die werde ich noch fein säuberlich einkleben, Sie wissen ja, was von der Latscher mitgenommen wurde, muß zurück. Aber das wird Ihre Aufgabe sein, Genosse Striegler."

„Wird schnellstens erledigt", sagte er. „Aber erst einmal muß sie aus Frankfurt zurück sein."

„Sollte sich unsere Vermutung bestätigen, und davon können wir ausgehen, daß Herr Latscher 1961 noch lebte, dann ist die Alte ein ganz ausgekochtes, hinterlistiges Frauenzimmer. Nach allem, was wir bis jetzt wissen, muß sie von ihrer Unantastbarkeit überzeugt sein. Wir dürfen gespannt sein, wie es weitergehen wird, wenn unser Genosse aus Frankfurt zurück ist."

In Knurrges Ausführungen lagen Wut und Verachtung. Er fühlte sich an der Nase herumgeführt. Gleiches würde der Alten nicht noch einmal gelingen, versprach er.

„In Zukunft werde ich jedes Wort von ihr auf die Goldwaage legen."

Ein vorher nicht angekündigtes Lächeln überzog Knurrges Gesicht. Es sah so aus, als hätte er noch irgend etwas in der Hinterhand. Striegler ahnte, daß es nicht allein die Bilder gewesen sein konnten, die Knurrge von Berlin nach Dresden führten. Der Besuch war unverhofft angemeldet worden. Da mußte was in der Luft liegen.

„Ich muß Sie noch einmal auf die Folter spannen", meinte Knurrge. „Aber zuvor möchte ich mir die Füße ein bißchen vertreten."

„Ich wollte Ihnen schon den Vorschlag machen, noch ein Kännchen Kaffee zu trinken, aber die beiden Bilder haben mich zu sehr gefesselt", gestand Striegler ein. Er war bereit, allein in die Kantine zu gehen, schließlich kannte er die Kaffeewünsche des Knurrge.

„Nein, danke", sprach der. „Ich muß die Füße bewegen und das Kreuz entspannen, die Armgelenke etwas ausschlenkern."

Auf dem Weg in die Kantine traf Striegler zufällig auf den Mitarbeiter, der Dr. Helmus zu überwachen hatte. Seine Absicht sei es gewesen, so beteuerte er, den Zweitagesbericht abzuliefern. Aber da er erfahren hatte, daß Besuch im Dienstzimmer sei, sei er auf dem Weg in die Kantine, um sich bei einer Tasse Kaffee die Zeit zu vertreiben.

„Heute wird das sowieso nichts mehr“, versprach Striegler. „Und morgen … ich weiß noch nicht recht. Legen Sie Ihren Bericht zu meiner Post. Oder ist etwas Besonderes zu melden?“

„Ja“, antwortete der Mitarbeiter. Dann sprach er davon, daß Dr. Helmus gestern einen sehr merkwürdigen Eindruck machte. „Nach dem Schachspiel zum Beispiel ging er auf die Toilette zu, sah sich fortwährend um, als würde er hinter jedem Busch irgend jemanden vermuten. Auffällig war sein langsam prüfender Gang. Dann sah er kurz in die Toilette hinein und ging dann schnellen Schrittes auf die Straße in Richtung Wohnung. Vor seinem Haus sei Dr. Helmus auf zwei Jugendliche gestoßen, mit denen er diskutierte. Es waren Jugendliche aus der Nachbarschaft. Danach verschwand Dr. Helmus. Das war der letzte Blickkontakt, den ich hatte. Auch dem Postboten, der täglich mit ihm sprach, ist aufgefallen, daß Dr. Helmus nicht wie gewohnt auf der Straße stand. Er sah sich einige Male um, blickte auch von der Seite in den Garten hinein und ging nur zögerlich weiter. Ich mache mir Vorwürfe, Genosse Hauptmann. Der wird doch nicht eine Mücke gemacht haben?“

„Das ist nicht anzunehmen“, tröstete Striegler. „Dr. Helmus wird seine Gründe haben, warum er das Licht der Öffentlichkeit scheut. Wahrscheinlicher ist, daß er sich aus Angst verbarrikadiert hat. Vergessen Sie nicht, er hat miterlebt, wie der Geldschieber verhaftet wurde und auch Personalien festgestellt wurden. Wahrscheinlich ist es das schlechte Gewissen, das ihn unsichtbar macht. Er macht sich eigene Gedanken, obwohl wir ihm bis jetzt nichts nachweisen können. Aber sein Wegtauchen beweist, er fühlt sich beschuldigt.“ Striegler legte eine Hand auf die Schulter seines Mitarbeiters und meinte: „Sie brauchen sich keine Vorwürfe zu machen. Wohin könnte er fliehen? Nein, bleiben Sie am Ball.“

Knurrge hatte seinen Kaffee fast ausgetrunken, als Striegler an seine Seite trat. Nach dem ersten Schluck aus seiner Tasse schüttelte er sich. „Lauwarme Brühe kann auch das Herz erfreuen. Für den Durst, wie extra für mich gebrüht.“

Als sich beide wieder im Sessel des Dienstzimmers gegenübersaßen, zog Striegler die Vernehmungsprotokolle von der Tischkante an sich.

„Gönnen Sie mir die Freude, Sie auch einmal auf die Folter zu spannen. Warum immer nur aus Berlin folgern?“ Er schob die Aussagen des Devisenschiebers dem Knurrge zu. „Eine sehr interessante Lektüre“, schmeichelte Striegler. „Lesen Sie mal.“

Knurrge las in gewohnter Weise. Seine Augen fraßen Worte und Sätze, um dann ruckartig innezuhalten. Sie wichen vom Geschriebenen ab, forschten unter der Zimmerdecke und auch im Raume, um weiter zu fressen. An einer Stelle schwenkten die Augen auf Striegler.

„Haben Sie das Büchlein des Festgenommenen auch gelesen? Ich frage deshalb, weil keinerlei Hinweise auf Dr. Helmus zu entdecken sind.“

„Noch nicht“, gestand Striegler ein. „Es liegt bei der Kripo, weil es da noch benötigt wird. Aber ich habe Kopien jeder einzelnen Seite angefordert. Dem Vernehmer ging es wohl in erster Linie um ein schnelles Geständnis, das ist jedenfalls mein Eindruck. Ich hatte Ihnen gegenüber bereits die Andeutung gemacht, daß da eine Lawine ins Rollen kommt. Andererseits wissen Sie ja, daß wir absichtlich Dr. Helmus aus dem Spiel lassen mußten. Der weitere Fortgang der Vernehmungen wird noch manches ans Tageslicht bringen.“

Es waren nur noch wenige Sätze der Protokolle zu lesen, als Knurrge abbrach, mit verwirrten Blicken Striegler ansah. Verzweifelt klopfte er mit der flachen Hand auf seiner Stirn herum.

„Mensch, Striegler“, sagte er. „Entschuldigen Sie meine Vergeßlichkeit. Als ich gestern morgen mit Oberstleutnant Böller eine Aussprache hatte, gab er mir abschließend seine Bitte mit auf den Weg, Sie und Ihre Familie herzlich zu grüßen. Ich sollte Sie auch noch darauf vorbereiten, daß er in absehbarer Zeit zu einem Besuch nach Dresden kommen würde.“

Für die überbrachten Grüße bedankte sich Striegler, auch im Namen seiner Familie. Danach überfiel verschmitztes Lächeln seine Lippen. Der Hinweis darauf, daß Böller nach Dresden kommen würde, machte ihn nachdenklich. In der Regel sind derartige Besuche aus Berlin mit einer gehörigen Kopfwäsche verbunden. Das sagte er dem Knurrge auch. Der wehrte kurzerhand ab und macht darauf aufmerksam, daß kein Grund für eine Kopfwäsche vorliegen würde.

„Ganz im Gegenteil“, sagte er. „Böller schätzt Ihre Arbeit im vorliegenden Falle sehr positiv ein.“

Anschließend kam Knurrge auf den eigentlichen Grund seines Besuches zu sprechen. Er tat bisher sehr geheimnisvoll. Mit zwei Bildern mit Fremdenlegionären begann die Unterhaltung. Striegler hatte längst begriffen, das konnte nicht der einzige Grund für den Blitzbesuch sein. Da mußte mehr in der Luft liegen. Knurrge bestätigte Strieglers Verdacht mit dem Hinweis darauf, daß die Bilder aus dem Album der Latscher nur ein Teil seiner Berichterstattung seien. Er kam dann auf eine Aussprache vom Vortage zu sprechen, zu der Oberstleutnant Böller geladen hatte. Zugegen waren außerdem zwei weitere Offiziere, die als Spezialisten vorgestellt wurden.

„Es ging um die Auswertung des ersten Berichtes aus Frankfurt. Dieser Bericht ist vielversprechend“, setzte er hinzu. „Erstes Licht durchbricht das Dunkel.“

„Das ist eine freudige Überraschung“, meinte Striegler. „Da bin ich gespannt.“

Knurrge griff nach seinem Aktenkoffer, entnahm Notizen, die er während der Aussprache mit Böller gemacht hatte, und legte sie vor sich auf den Schreibtisch. Beide Arme legte er ausgestreckt daneben und begann das Gespräch.

„Zu Ihrer Beruhigung möchte ich erst einmal darauf hinweisen, daß Ihr Mann, lieber Striegler, bisher ganze Arbeit geleistet hat. Er verwickelte die Latscher in aufschlußreiche Gespräche bis zum Verlassen des Zuges in Frankfurt. Über genauere Inhalte werden Sie ja persönlich informiert, wenn er sich in den nächsten Tagen von der Reise zurückmeldet. Das Zusammentreffen mit der Informantin am Zielort klappte ausgezeichnet. Frau Latscher fuhr tatsächlich mit dem Bus weiter, wie sie vorher bereits angedeutet hatte. Sie wurde demnach nicht auf dem Bahnhof von ihrer Cousine empfangen. Auch darauf hatte sie vorher hingewiesen.“ Nach einer kurzen Atempause, die auch Striegler nutzte, sagte Knurrge weiter: „Und nun versuchen Sie einmal für einige Stunden die Luft anzuhalten. Sie werden aus dem Staunen nicht herauskommen, Striegler!“

Fragende Augenpaare trafen in der Mitte des Tisches aufeinander, als Knurrge das Gespräch fortsetzte. „Ich fange einmal in der Mitte des Berichtes an. Da berichtet die Informantin aus Frankfurt, die Ihren Mann begleitet, daß die von Frau Latscher angegebene Adresse der Cousine mit Ortsteil, Namen und Hausnummer stimmt. Daß Frau Latscher auch an ihrem vierten Besuchstag noch nicht einmal bei ihrer Cousine aufgetaucht ist, bleibt im Augenblick ein Rätsel. Was sagen Sie nun, Striegler? Das wird doch nicht auch eine Erinnerungslücke sein?"

Der versteckte sich hinter Schweigen. Ihm hatte es die Sprache verschlagen. Knurrges Frage beantwortete er nicht. Er empfand sie als Seitenhieb, der schmerzte, aber zu verkraften war. Schmerzhafter empfand er das, was er zu fragen hatte: „Kann die Latscher sich in Luft aufgelöst haben? Hat unser Mitarbeiter gepennt? Gibt uns die Frau schon wieder neue Rätsel auf?"

„Warten Sie es nur ab", erwiderte Knurrge. „Nach Angaben Ihres Mannes hat sich die Latscher während der Fahrt selbst als 'Überraschungsei' bezeichnet. Wir können davon ausgehen, daß sie weiß, wovon sie spricht."

„Eine Selbsteinschätzung, die ins Schwarze trifft", meinte Striegler.

Während der sprach, überflog Knurrge seine vor ihm liegenden Notizen. Dann lüftete er das Geheimnis.

„Sie fragten, wo die Latscher geblieben sei. Ich kann es Ihnen genau sagen: in einem ganz entgegengesetzten Stadtteil der Cousine. Bei der Verfolgung der Reiseroute des Busses, in dem Frau Latscher saß, kamen unserer Informantin aus Frankfurt erste Bedenken. Erst als die Latscher dem Bus entstieg, war alles klar. Kurz vor der Endstation wurde sie von einem Mann mit großem Blumenstrauß empfangen. Der Mann wurde als auffallend groß, als sportliche Erscheinung mit graumeliertem Igelhaarschnitt beschrieben. An der Bushaltestelle begrüßten sich beide mit herzlicher Umarmung und Küssen auf den Mund, wie es bei Ehepaaren üblich ist. Unsere Informantin brachte in Erfahrung, daß es sich um einen gewissen Dr. Flascheck handelt, der die Latscher in Empfang nahm. Er wohnt allem Anschein nach in einem pompösen Zweifamilienhaus. Im Telefonbuch steht unter seinem Namen: Diplomingenieur, Immobilien. Was sagen Sie nun, Striegler?"

„Die Überraschung ist gelungen", erwiderte er. „Ich muß mich zwingen, die Luft anzuhalten. Ich bin sprachlos. Da werden wir noch manche Nuß zu knacken kriegen. Das Weib führt vor unseren Augen ein tiefgründiges Theater auf und krönt ihren Auftritt obendrein mit Eheküssen. Der Knutschkopp kann meiner Meinung nach kein Fremder gewesen sein, das steht fest." Einen Augenblick hielt er inne. Dann fragte er: „Oder sind Sie anderer Meinung?"

Knurrge nickte nur kurz. Seine Augen huschten weiter über angefertigte Notizen.

„Wissen Sie", sagte Striegler in seiner Verlegenheit, „jetzt könnte ich zwei, drei Schnäpse gebrauchen. Kaffee würde mich noch mehr in Wallung bringen. Das ausgekochte Weib verarscht uns am laufenden Band. Mensch, hab' ich eine Wut."

„So wie Sie hat gestern auch Böller gesprochen, als er uns über den Bericht informierte. Wir waren alle der gleichen Meinung: Auf das, was da besprochen wurde, gehört ein kräftiger Schluck. Ich schlage Ihnen vor, wir werden uns einen nach Feierabend genehmigen. Einverstanden?"

„Wir sind vom Thema abgekommen." Dieser Hinweis kam von Knurrge. Er kam noch einmal auf die Stelle seiner Schilderungen zurück, die sich auf Dr. J. Flascheck, Diplomingenieur und Immobilienmakler, bezogen. „Über den genauen Vornamen gab es zunächst keine genauen Angaben. Es wurde ein 'Jürgen', ein 'Josef' oder ein 'Johann' vermutet. Aber zu diesem Problem werde ich später noch etwas sagen. Fest steht dagegen, daß sowohl dieser J. Flascheck als auch die Latscher alle Mahlzeiten, außer dem Frühstück, in einem französischen Restaurant einnehmen, das in unmittelbarer Nähe des Hauses von J. Flascheck liegt. Pünktlich auf die Minute betreten beide das Lokal. An einem für sie reservierten Tisch mit Blick zum Fenster nehmen sie das Mittag- und das Abendessen ein. Nach jeder Mahlzeit trinken sie eine Flasche Rotwein. Unsere Informantin nimmt an, daß der Besitzer des Restaurants und der Flascheck gute Bekannte sind. Beide duzen sich. Die Begrüßung findet mit Handschlag statt. Auch an dieser Information läßt Böller weiter arbeiten. Aber es kommt noch dicker", versprach Knurrge.

„Ehe Sie weiterreden", unterbrach Striegler, „da ist zumindest ein Zusammenhang zwischen den Bildern mit Fremdenlegionären und dem französischen Restaurant zu vermuten."

„Sie liegen völlig richtig mit Ihrer Vermutung. Dafür gibt es sogar einen Beweis. Böller geht mit seiner Vermutung sogar noch weiter. Als er die Informantin aus Frankfurt genauer analysierte, sprach er davon, daß in der französischen Fremdenlegion Namen Schall und Rauch sind. Da legt sich jeder Legionär den Namen zu, der seine eigentliche Identität unkenntlich macht. Er wies darauf hin, daß Fremdenlegionäre Abenteurer sind, die durchweg etwas auf dem Kerbholz haben."

„Der Hammer hat gesessen", meinte Striegler. „Für mich ist das Neuland."

„Für mich ebenfalls", gab Knurrge zu. Dann verwies er darauf, daß Böller einige Jahre älter sei und sicher nichts behaupten würde, was er nicht beweisen kann.

„Davon bin ich tief überzeugt", sagte Striegler.

„Und ich gehe noch weiter als er. Ich spreche es aus, Dr. Flascheck ist nicht Dr. Flascheck, sondern Herr Latscher, der in der Fremdenlegion seine Identität gegen eine andere Karte austauschte. Würde sich meine Vermutung bestätigen, müßte die Frage gestellt werden: Welches Kerbholz nahm er mit in die Legion?"

„Und genauso, wie Sie vermuten, ist es", erwiderte Knurrge.

Nachdem er abermals eigene Notizen überflogen hatte, erläuterte er die Vorgehensweise der Informantin am zweiten Tag vor dem Mittagessen des Dr. Flascheck und der Latscher. „Sie nahm in unmittelbarer Nähe des Tisches mit dem Reservierungsschild Platz. Sie setzte sich so, daß sie alles erspähen und auch belauschen konnte. Als beide das Restaurant betraten, war die Begrüßung durch den Restaurantbesitzer wie tags zuvor auch. Dann gingen Sie auf ihren Tisch zu. Sie grüßten freundlich zur Informantin rüber und setzten sich, genau wie am Tag zuvor. Flascheck saß der Informantin genau gegenüber. Beide bestellten Seezunge, vorher eine Suppe und eine Flasche Rotwein. Dr. Flascheck erschien mit eleganter Bügelfalte in der Hose. Er war mit einem weißen Hemd bekleidet, dessen Ärmel bis an die Ellenbogen aufgekrempelt war. Um sein Handgelenk trug er eine breite goldene Gliederkette. Auf seinem braungebrannten rechten Unterarm war eine blaue tätowierte Schlange zu erkennen. Während des Essens sprach sie ihn nie anders als mit Robert an.

Das wäre es in Kurzform, was ich Ihnen zu sagen hätte, Striegler. Nun sind Sie dran."

„Der Held in diesem Krimi ist zweifellos Oberstleutnant Böller. Aber auch Hut ab vor der Informantin. Die Frau ist ihr Geld wert. Das hätten wir nicht besser machen können", gab Striegler zurück. Mit stotternder Stimme winkte der Zaunpfahl: „An mir bleibt wieder die dumme Frage hängen: Ist dieser Robert auch der Fremdenlegionär mit dem Kreuz auf dem Knie?"

Knurrge lachte vor sich hin, weil er wußte, daß diese Frage auch am Vortage in der Gesprächsrolle bei Böller eine Rolle gespielt hatte. Deshalb wurden ja die zwei Spezialisten mit hinzugezogen.

„Die Antwort werden wir bis spätestens morgen auf dem Tisch liegen haben", versprach Knurrge. Sein Versprechen begründete Knurrge mit dem Hinweis darauf, daß Böller von zwei unabhängig voneinander arbeitenden Spezialisten die Anfertigung von Phantombildern verlangt hatte. Er wollte auch, daß das Alter mit eingearbeitet werden sollte und daß die ungefähre Größe des Legionärs bestimmt werden müsse.

„Morgen werden wir schlauer sein", versprach Knurrge.

„Das überzeugt", meinte Striegler.

Im Laufe der weiteren Unterhaltung brachte Knurrge die von Frau Latscher angegebene Cousine ins Spiel.

„Dafür, daß sie bislang nicht von Frau Latscher besucht wurde, gibt es eine ganz einfache Erklärung", meinte Knurrge.

Er erläuterte die Bemühungen des Dresdener Mitarbeiters im Zusammenspiel mit der Informantin. Danach beobachtete der Mitarbeiter die Cousine auf Schritt und Tritt. Frühmorgens wurde er von der Informantin an den Bestimmungsort gefahren, abends an verabredeter Stelle wieder abgeholt. Er hatte ausreichend Gelegenheit, allein auf sich gestellt seine Beobachtungen zu machen. Seiner Meinung nach war die Cousine sehr gesprächig, insbesondere auf dem Wochenmarkt. Sie verstehe auch zu scherzen. Und wenn sie sprach, war in ihrem Tonfall viel Freundlichkeit .

„Aber von all den Tips, die Ihr Mitarbeiter an unsere Informantin weitergab, war einer von besonderem Gewicht. Er hatte bei Gesprächen der Cousine mit Marktfrauen herausgehört, daß sie einen merkwürdigen Dialekt sprach. Er versuchte ihn nachzuahmen, aber das gelang wohl nicht. Auf diesen Tip sollten Sie besonders achten, denn der ist mehr als nur aufschlußreich", sagte Knurrge mit mahnendem Zeigefinger zu Striegler.

„Es gab also wertvolle Ansätze für unsere Mitarbeiterin. Und sie tat das Richtige. Sie kramte Bilder ihrer Mutter aus der Schulzeit hervor, wohl wissend, daß die Cousine ungefähr gleichen Alters war. Das größte nahm sie mit auf den Weg. Selbstverständlich auch den Kosmetikkoffer. Das Klingeln war bis auf die Straße zu hören, als die Tür aufging. Die Cousine trat heraus. Unsere Mitarbeiterin entschuldigte sich für ihr nicht vorher angekündigtes Erscheinen und bat die Frau, nicht zu erschrecken, denn sie wolle nichts verkaufen, nur eine Auskunft. Dann zeigte sie das Gruppenbild von der Mutter vor. Die Cousine bat unsere Mitarbeiterin, in die Wohnung zu kommen. Sie sah sich geraume Zeit das Bild an und schüttelte den Kopf. Ein solches Bild habe sie nie zuvor gesehen, und auch der Hintergrund sei ihr völlig fremd. Als sie dann gefragt wurde, ob sie sich nicht selbst auf dem Bild erkennen würde, verneinte sie. Unsere Mitarbeiterin zeigte daraufhin rein willkürlich auf ein Mädchen, sagte, das sei ihre Mutter, und ob sie die ebenfalls nicht kenne. Sie verneinte abermals. Sie sprach dann von einer Verwechslung, die vorliegen müßte, anders könne sie sich das nicht erklären. Als die Mitarbeiterin daraufhin erklärte, daß die Adresse aber mit der übereinstimmen würde, die ihr vom Suchdienst mitgeteilt wurde, bewegte sie wieder nichtssagend den Kopf. Dann wollte die Cousine wissen, wo die Mutter wohnte und wie ihr Mädchenname war. Sie lachte auf die Antwort hin. Sie räumte ein zu wissen, wo die DDR liegt, aber sie selbst kenne niemanden in der DDR. Sie hätte da weder Verwandte noch Bekannte. Das alles müsse ein großer Irrtum sein. Im weiteren Gespräch sprach sie über die Schweiz, in der sie geboren sei, daß sie dort die Schule besucht habe, dort auch ihren Mann kennengelernt, aber in Frankfurt geheiratet habe, denn ihr Mann sei Deutscher. Sie betonte nachdrücklich, daß auch er keine Verwandten in der DDR habe. Abschließend bedauerte sie noch einmal das peinliche Mißverständnis. Als unsere Mitarbeiterin das Haus verlassen wollte, fragte die Cousine noch nach dem Inhalt des Koffers. Als der geöffnet wurde, griff sie, als hätte sie den Inhalt vorher schon einmal gesehen, eine Dose mit wohlriechender Creme heraus. ‘Die nehme ich’, sagte sie. ‘Als kleine Entschädigung für Ihr mühevolles Suchen.’ Was sagen Sie dazu?“ wollte Knurrge wissen.

Im Nachdenken kam die Antwort: „Alle Achtung vor der Informantin. Das ist eine Persönlichkeit mit Kopf und Leidenschaft. Aber auch höchstes Lob für Oberstleutnant Böller, der sich glücklich schätzen darf, eine solche Kundschafterin an seiner Seite zu haben. Was von dieser Frau ans Tageslicht gebracht wurde, das paßt zusammengenommen wie Arsch auf Eimer.“

„Dann hat sich Ihrer Meinung nach die Folter gelohnt?“

„Im nachhinein kann ich behaupten, diese Schmerzen habe ich gern ertragen!“

Striegler schob die Vernehmungsprotokolle, die vor ihm lagen, zurück an die äußerste Seite des Schreibtisches. Knurrge verstaute währenddessen seine Notizen im Aktenkoffer.

„Das wäre es gewesen für heute“, sagte er. „Jetzt könnte der fröhliche Umtrunk beginnen.“

Knurrge wartete bereits ungeduldig auf dem Flur, während Striegler Vorbereitungen traf, sein Dienstzimmer zu versiegeln. Da klingelte das Telefon. Er ging zurück, am anderen Ende der Leitung war die Kripo. Es drangen nur wenige Sätze an sein Ohr, da schrie er los. Er schrie so laut, daß auch der Flur mithörte.

„Was sagen Sie da? Das kann doch nicht wahr sein! Ich werd’ verrückt! Von wem haben Sie die Nachricht erhalten? Ich werd’ verrückt!“

Danach beruhigte sich seine Stimme. Er fragte nach den Vorkehrungen, die getroffen wurden, und versprach, in spätestens einer halben Stunde an Ort und Stelle zu sein.

Dr. Helmus hatte sich erhängt. Der Verdacht, der vom Postboten an die Kripo weitergeleitet worden war, hatte sich bestätigt. Dr. Helmus hatte sich für seinen Freitod die kleine Abstellkammer auf dem Boden ausgesucht. Er hing an einem Haken, den er kurz zuvor in einen Balken gebohrt haben mußte. Auf dem verstaubten Fußboden waren frische Bohrspäne zu erkennen.

„In seiner Hosentasche hatte er diesen Zettel hier“, sagte einer der Genossen von der Kripo. Er gab ihn an Striegler weiter. Bedächtig faltete er das Papier auseinander und las.

„Ich hatte Euch lieb“, stand in der obersten Reihe des Zettels geschrieben. Darunter stand: „Euer Helmi“.

Knurrge, der ebenfalls mitgekommen war, stand an Strieglers Seite und las mit. Aber sein besonderes Augenmerk galt der Arbeit der Mordkommission. Er tuschelte auch Striegler etwas in die Ohren, worauf der nur nickte. Etwas später sagte er dann zu dem Leiter der Kommission: „Veranlassen Sie bitte, daß die Leiche vorläufig nicht freigegeben wird.“

Alles, aber auch wirklich alles wurde systematisch durchwühlt. Von der Bodenkammer bis runter in den Keller, nichts blieb den Fahndern verborgen. Vor der Durchsuchung des Hauses wurde mit dem Leiter des Kommandos der Kripo vereinbart, daß beschlagnahmte Materialien auf einer Liste erfaßt werden. Auf der sollten auch die Hinweise stehen, an welcher Stelle die Materialien gefunden wurden, damit sie nach Sichtung genau dort wieder postiert werden konnten. Außerdem war festgelegt, vorläufig nichts außer Haus zu bringen, um Verdachtsmomente anderer auszuschließen.

Der gestrige Abend war alles andere gewesen als der von Knurrge und Striegler eingeplante fröhliche Umtrunk. Zur Flasche wurde auch gegriffen, aber es war mehr ein Abend angeregter Gespräche. Der Freitod des Dr. Helmus hinterließ Spuren, die Zweifel aufkommen ließen. Vor allen Dingen der Zettel, der bei ihm gefunden wurde mit dem ganz persönlichen Abschiedsgruß „Euer Helmi“. Wer sollte der Empfänger sein? Wenn zu denen auch Frau Latscher gehören sollte, dann war Dr. Helmus mehr als nur ein „Freund des Hauses“. Für diesen Fall hatte beide einen Plan ausgearbeitet, der nach der Rückkehr der Frau Latscher in die Tat umgesetzt werden sollte.

Stinkender Mief in der Dachkammer war für die Fahnder unerträglich. Sie rissen gleich nach Betreten das Dachfenster auf, streckten abwechselnd die Köpfe nach draußen und wedelten sich Frischluft zu. Es war nicht allein Leichengeruch, der den Raum ausfüllte, es war vor allem der Mief des Staubes, der fingerdick auf dem Fußboden lag. Übereinandergeschichtet lagen Aktenordner mit einzelnen Blättern und Aufzeichnungen, über die längst Gras gewachsen war. Ein paar selbstgemalte Bilder des Dr. Helmus nach Motiven aus der Pflanzen- und Tierwelt und dann die Bohrmaschine. Sie lag mit Kabelanschluß im Staub, fast senkrecht unter dem Haken, den sie einbohren mußte. Hinein in den Staub, der auf der Maschine haftete, krampften sich Fingerabdrücke, die schwitzend gewesen sein mußten, feucht aufgewischter Staub auf Metall sieht auch so aus.

„Wie es aussieht, hatte er diese Zeitschriften abonniert“, antwortete Striegler auf eine Frage Knurrges. „Regelmäßig erschienen, nach einem Jahr gebündelt und dann hier in der Dachkammer zu den Akten gelegt. Ab Januar des Jahres riß die Zustellung ab, wenn nicht noch unten in der Wohnung etwas gefunden wird.“

Diese Zeitschriften waren wissenschaftlichen Inhalts. Vieles von dem, was da geschrieben wurde, war für Knurrge und Striegler nur wenig verständlich. Sie konnten nach Wissensgebieten einordnen, aber dieses Fachdeutsch war etwas für Fachleute auf dem jeweiligen Gebiet, und das waren beide nicht. Ihr Wissensgebiet lag auf einer anderen Ebene. Ihre Entdeckungen werden nicht öffentlich publiziert.

„Allem Anschein nach wird es so gewesen sein, wie Sie sagten. Dennoch bin ich der Ansicht, daß ein näheres Eingehen auf bestimmte Artikel und die Namen der Verfasser im Augenblick Zeitverschwendung wäre. Es tauchen immer neue Probleme auf. Wir müssen sie beiseite lassen, um wesentlichere Dinge nicht aus dem Auge zu verlieren“, meinte Knurrge.

In der Wohnung des Dr. Helmus huschten Fahnder wie Ameisen umher. Am Tisch in der Mitte eines Zimmers saß der Genosse, der die von Knurrge und Striegler gewünschte Liste mit wahrscheinlich verwertbaren Gegenständen und Dokumenten zusammenstellte.

„Notieren Sie bitte: ‘Dachkammer, Zeitschriften, rote Striche, Nachtschrank’.“

Während Knurrge sich einen Überblick von der Arbeit der Fahnder verschaffte, folgten Strieglers Blicke den numerierten Hinweisen auf der Liste, die er eben noch ergänzen ließ. Bei der Folgenummer 13 schloß er die Augen und blieb so stehen. Als er sie öffnete, fielen sie auf 13 a) und 13 b).

Auf dem Weg zu Striegler, er war nur wenige Schritte von ihm entfernt, sagte Knurrge: „Wir haben Schwein gehabt. Zeitschriften, wie in der Dachkammer, wurden keine weiteren gefunden."

„Dann bleibt uns vorläufig viel Arbeit erspart", antwortete Striegler. Dann klebte sein Zeigefinger abermals auf 13 a) und b).

Knurrge las und meinte: „Das riecht nach einem leckeren Braten. Meinen Sie nicht auch?"

Nach einem kurzen Zwiegespräch entschlossen sie sich, den Braten mit in die Dienststelle zu nehmen. Entgegen einer Abmachung mit der Kripo, nichts zu entwenden, baten sie den Leiter der Fahndungsgruppe um Herausgabe der Dokumente.

Es war später Nachmittag. Die Fahndung war so gut wie abgeschlossen, nur im Keller wurde noch gewühlt. So entschlossen sich beide, außerdem noch einen Schnellhefter mitzunehmen. Der war ihnen schon vor einigen Stunden gezeigt worden. Der Fahnder, der diesen aus einer Schublade im Wohnzimmerschrank entnahm, war der Meinung: „Das könnte brisantes Material sein."

Als Oberstleutnant Böller in die Tür eintrat, blieb nur noch wenig Platz zwischen seinen breiten Schultern und dem Türrahmen. In gewohnter Weise, wie in Berlin auch, zog er behutsam den Kopf ein. Tags zuvor bereits war sein Kommen angekündigt. Als Knurrge und Striegler von der Fahndung mitgebrachte Dokumente im Dienstzimmer ablegen wollten, wurde ihnen die Nachricht aus Berlin übergeben.

„Erschrecken Sie nicht, wenn der Bulle eintritt", mahnte Knurrge. „Böller wiegt so viel wie wir beide zusammen. Beim ersten Anblick kann man schnell einen Schreck in den Knochen kriegen."

„So schlimm wird das schon nicht sein", antwortete Striegler, obwohl er ihn selbst noch nicht kennengelernt hatte.

„Man sagt immer, Dicke sind gemütlich", meinte Knurrge weiter. „Aber in Böller kann man sich täuschen. Der kann in seiner Laune alles sein. Wenn es sein muß, äußerst streng, aber stets korrekt, dann wieder väterlich hilfreich. Wenn ein entsprechender Grund vorhanden ist, wirkt er ungeschminkt freundlich. Er ist im wahrsten Sinne des Wortes eine Seele von Mensch".

In einer solchen Laune war Böller, als er seinen Mitarbeitern gegenüberstand. Nachdem sie sich begrüßt hatten und einige

Dankesworte gefallen waren, kniff Böller dem Striegler ein Auge zu. Gleich darauf sagte er, zu Knurrge gewandt: „Von Ihrer Frau soll ich schöne Grüße bestellen. Und Sie sollen nach Erfüllung Ihres Auftrages hier nicht vergessen, Dresdener Schrippen mitzubringen.“ Während der sich für die Grüße bedankte, kniff Böller abermals in Richtung Striegler ein Auge zu und sprach: „Ich weiß nicht genau, worauf sich Ihre Frau mehr freut, auf die Schrippen oder auf Ihre Rückkehr.“ Das war so eine der üblichen Spitzen, die Böller werfen konnte. Das war seine Art zu scherzen. Knurrge antwortete mit einem verlegenen Lächeln. Striegler lächelte mit, er hatte das Augenzwinkern begriffen.

Kaum daß jeder seinen Platz eingenommen hatte, fühlten sich Knurrge und Striegler schon wieder aufgescheucht. Böller bat um ein Kännchen Kaffee mit Milch, aber ohne Zucker.

„Zucker macht dick, wissen Sie. Für die Zahnprothese soll er auch schädlich sein. Karies, wissen Sie.“ Wieder lag freundliches Lächeln in seinen Gesichtszügen. Knurrge verließ gemeinsam mit Striegler das Dienstzimmer. Jeder wußte vom anderen, daß keiner in der Lage war, drei Kännchen auf einem Tablett zu servieren.

Böller zog die Vernehmungsprotokolle des Devisenschiebers an sich und las.

Auf dem Flur zur Kantine meinte Knurrge: „Na, wie ist Ihr erster Eindruck? Kann der einem den Kopf so waschen, wie Sie sich das vorgestellt haben?“

„Es ist immer wieder das alte Lied“, behauptete Böller. „Stinkend faule Menschen neigen zum Egoismus und sind obendrein noch dumm.“

Er bezog sich auf die Aussagen des Geldschiebers, der seiner Meinung nach nicht so schnell aufgeflogen wäre, wenn er sich als Toilettenreiniger hätte einstellen lassen. Statt dessen kreuzte er mehrere Male die Straße, immer in gleicher Richtung. Dabei zog er die Neugier fremder Personen auf sich, ohne es zu merken, daß blinde Geldgier im Knast landet.

„Auf die Dauer konnte das nicht gutgehen. Wir werden dafür sorgen, daß er genügend Zeit erhält, um über sein verwerfliches Tun und seine Dummheit nachzudenken“, fügte Böller hinzu. Er schob die Vernehmungsprotokolle auf die Seite des Schreibtisches zurück. Dabei lobte er den Kaffee. „Von diesem herrlichen Getränk werden wir die nächsten Tage kannenweise benötigen", prophezeite er.

Während er sprach, kamen aus seinem Aktenkoffer die Phantombilder zum Vorschein, die er in Berlin von Experten hatte anfertigen lassen. Obwohl diese unabhängig von unterschiedlichen Personen angefertigt worden waren, hätte jeder Laie eine gewisse Ähnlichkeit feststellen können.

„Sehen Sie", meinte Böller, „ungefähr so wie hier dargestellt müßte dieser Dr. Flascheck aussehen. Die Tätowierung auf seinem rechten Arm zeigt den Unterleib einer Meerjungfrau. Wenn unsere Informantin in Frankfurt eine Schlange erkannt haben will, ein so großer Unterschied besteht da nicht. An der Tätowierung des Fremdenlegionärs haben wir den Mann erkannt, der auf beiden Bildern aus dem Jahre 1961 identisch ist mit der beobachteten Person in Frankfurt. Ob der nun Flascheck heißt oder Lehmann, das ist im Augenblick Wurscht." Im Verlaufe der weiteren Unterhaltung deutete Böller den Inhalt einer weiteren Information aus Frankfurt an, ohne aber näher darauf einzugehen. In Richtung Striegler sagte er: „Wenn Ihr Mitarbeiter zurück ist, werden wir gemeinsam ausführlich Erkenntnisse beraten und entsprechende Schlußfolgerungen ziehen."

Während Böller erzählte, verglichen Knurrge und Striegler die Phantombilder miteinander.

„Was aus so einem kleinen Bild alles konstruiert werden kann", staunte Striegler. „Es ist unglaublich", meinte er noch.

Knurrge ergänzte: „Raffiniert gemixt. Militärmütze weg, Igelhaarschnitt drauf, und fertig ist Dr. Flascheck, der graumelierte Robert."

„Was Sie andeuten, Genosse Knurrge, wird in einigen Stunden zur Gewißheit werden, davon bin ich überzeugt. Dann werden wir zur Treibjagd blasen. Verlassen Sie sich drauf", gab Böller zu verstehen. Anschließend sagte er noch: „Vergessen Sie nicht, Ihren Kaffee zu trinken. Der wird bestimmt schon kalt sein."

Während des Gesprächs unter sechs Augen flatterte eine Mitteilung der Kripo auf den Tisch. Striegler schob sie Böller zu, der schob sie mit den Worten zurück: „Das ist Ihre Sache."

Nachdem er gelesen hatte, faßte er für seine Gesprächspartner zusammen: „Zunächst einmal ist es dem Vernehmer der Kripo gelungen, Auskunft über jede Person zu erlangen, die mit einem Anfangsbuchstaben im Büchlein des Geldschiebers aufgezeichnet war. Dabei unterlief dem Vernehmer eine Panne. Weil der Beschuldigte fortwährend davon redete, daß er Reingewinne an den 'Spieler oder die Spieler verlor', klammerte der Vernehmer das 'SP' aus. Er war von der Richtigkeit seines Tuns überzeugt, weil hinter 'SP' stets größere Beträge aufgeführt waren. Erst am Ende der Vernehmung wurde der Geldwäscher aufgefordert, endlich die Namen der Spieler zu nennen, die ihm beim Glücksspiel sehr viel Geld abgenommen haben. Er beteuerte immer wieder, diese Leute mit Namen nicht zu kennen. 'Sehen Sie mal hier', sagte der Vernehmer. 'Sie können mir doch nicht weismachen, daß Sie SP nicht kennen. Ausgerechnet eine Person nicht, mit der Sie Tausende von Mark hin und her geschoben haben.' Dann wurde die Panne des Vernehmers offensichtlich. Die mit SP bezeichnete Person war nicht der Gewinner beim Glücksspiel, sondern der Schachspieler im Park. Der Geldschieber sagte dann weiter aus, daß er mit dem Schachspieler nur große Geschäfte machen konnte, weil der selbst Geldschieber war."

„Peinlich, peinlich", zornte Böller vor sich hin. „Aber an der Sache ändert das wenig. Es macht diese Sache hier verständlicher, auch diese hier."

Dabei zeigte Böller auf den Schnellhefter und auf die Liste, auf die Nr. 13 und das „a)" und „b)".

„An Ihren Gesichtern erkenne ich, daß Sie der lebende Dr. Helmus immer noch beschäftigt. Vergessen Sie ihn, sonst verschwenden Sie kostbare Zeit und Nerven obendrein. Hier auf dem Schreibtisch liegt sein Geist. Genossen, Sie haben einen unschätzbaren Fang gemacht." Danach stand Böller auf, sah auf die Uhr und fragte: „Was halten Sie von einem kräftigen Mittagessen? Ich lade Sie ein. Einverstanden?"

Unter drei Testamente hatte Dr. Helmus seine Unterschrift gesetzt. Jedes einzelne war von demselben Notar beglaubigt. Dr. Helmus hatte sie in gesonderte Briefumschläge gesteckt und sie in einer leeren Geldkassette aufbewahrt. Deshalb waren sie von den Fahndern auch einzeln registriert worden: Nr. 13 a) und b).

Striegler hatte sie für jedermann sichtbar auf seinem Schreibtisch ausgebreitet.

„Hat von Ihnen schon einer sein Testament gemacht?“ fragte Böller. Seine Mitarbeiter schüttelten den Kopf. „Ich auch nicht“, gab Böller zu.

Das erste Testament hatte Dr. Helmus bereits vor Jahren anfertigen lassen. Ein sichtbarer Grund war nicht zu erkennen. Das zweite Dokument ließ er vier Jahre später ausfertigen. Er ging wohl davon aus, daß der Erwerb einer Immobilie nach seinem Tode zu Streitigkeiten führen könnte. Deshalb ließ er notarisch festlegen, wer und wie viele Anteile jeder Erbberechtigte zu erwarten hatte.

„Was sagt Ihnen dieses letzte Testament?“ wollte Böller wissen.

Striegler hatte es mehrfach in die Hand genommen und längst über diese Frage nachgedacht. Deshalb kam seine Antwort schnell. Er gestand ein, daß er nicht begreifen könne, warum ausgerechnet Frau Latscher vom plötzlichen Sinneswandel des Dr. Helmus profitieren sollte. Sie sollte Alleinerbin aller Barschaft und der Immobilie werden. Dabei stand sie in keinem Verwandtschaftsverhältnis zu Dr. Helmus.

In Strieglers Bedenken hinein platzte Böllers Hinweis: „Ich gebe Ihnen den guten Rat, Ihr Augenmerk auf einen anderen Tatbestand zu lenken. Natürlich ist Ihre Frage berechtigt. Aber sehen Sie mal hier das Datum unter dem Testament. Oftmals lohne es sich im Leben, das Pferd von hinten aufzuzäumen. In diesem Falle ist es sogar vorteilhaft.“

Als Böller seinen Finger auf das Ausstellungsdatum unterhalb des Testamentes legte, ergänzte er seinen Hinweis mit den Worten: „Wenn mich nicht alle guten Geister verlassen haben, ist Dr. Igler mit Familie genau zwei Tage vor diesem Datum abgehauen. Verstehen Sie? Genau zwei Tage vorher. Das macht mich stutzig. Verstehen Sie?“

„In der Tat. Das stimmt haargenau“, bestätigte Knurrge. „Ich besinne mich genau. Das war der Tag, an dem ich Frau Latscher vernommen habe. Da hat Dr. Helmus zur gleichen Zeit das Testament ändern lassen.“

Nachdenklich schüttelte Striegler den Kopf. Er konnte den

Überlegungen des Dr. Helmus nicht folgen. Er war sogar der Meinung, daß es unlogisch gewesen sei, was der getan hatte.

„Ganz im Gegenteil", meinte Böller. „Dieser Dr. Helmus hat rationell gedacht und gehandelt. Lassen Sie mich das Pferd von hinten aufzäumen."

Er legte das zweite Testament, um besser vergleichen zu können, neben das letzte. Dann sagte er: „Schon auf den ersten Blick ist festzustellen, da muß man nicht einmal Kriminalist sein, daß, sagen wir mal, eine Enteignung stattgefunden hat. Prozentuale Anteile der Erben lassen wir mal beiseite. Aber hier: Enteignet wurden Frau Beate Igler, geborene Latscher, und ihre Kinder. Lachender Vierter ist Frau Latscher. Wer hat Dr. Helmus gezwungen, so zu handeln? Dieser Frage müssen wir uns stellen."

„Einverstanden", sagte Knurrge. „Wie wäre es, wenn wir den Notar befragen würden? Zwischen ihm und Helmus fand mit Sicherheit eine Aussprache statt. Vielleicht hat Helmus sich bei ihm den Rat für sein Handeln eingeholt. Er ist der einzige Überlebende, der reden könnte."

Striegler äußerte, daß er keine großen Hoffnungen hätte. Der Notar würde sich hinter seinem Schweigerecht verstecken und bestimmt auch Ausflüchte finden, die nicht zu widerlegen seien.

„Ich verspreche mir mehr von einer strengen Vernehmung der Latscher", hoffte er.

„Entschuldigen Sie mich bitte einen Augenblick", sprach Böller.

Er hatte sich aus seinem Sessel erhoben und wanderte schweigend durchs Zimmer. Mit beiden Händen in den Hosentaschen, den Kopf zum Fußboden hingesenkt, grübelte er vor sich hin. Deutlich war zu sehen, daß sich seine Lippen bewegten, als würden sie formulieren. Dann machte er kehrt und ging auf seinen Sessel zu. Aber er setzte sich nicht. Er blieb hinter ihm stehen, erfaßte die Lehne, als wollte er eine Rede halten.

„Während des Mittagessens", erzählte er, „versuchte ich mich in die Haut des Dr. Helmus zu versetzen. Mich ließ der Gedanke nicht los, daß eiskalte Berechnungen Motivation gewesen sein können. Denn sehen Sie mal, da ist der Erwerb einer Immobilie Anlaß, sofort das Testament zu ändern. Dann wissen wir, daß er an Geldschiebereien großen Ausmaßes beteiligt war. Er muß eine besondere Vorliebe für Geld gehabt haben. Und wer die hat, fürchtet sich vor Verlusten. Und da wird der Hase im Pfeffer liegen, meine Herren!"

Knurrge und Striegler lauschten gespannt, spürten aber auch, daß wohltuende Phantasie auflösende Wirkung haben kann. „Der Hase im Pfeffer" war „das Schwarze auf der Zielscheibe".

„Ich gehe davon aus", so Böllers Vermutung, „daß Dr. Helmus irgendwo und irgendwann davon hörte, daß das Vermögen Republikflüchtiger, ganz gleich welcher Art, entschädigungslos eingezogen wird. Im Falle der Erbschaft von Frau Beate Igler und ihrer Kinder wäre das auch ein Verlust für Dr. Helmus gewesen. Und weil er persönliche Verluste nicht ertragen konnte, ließ er das Testament zugunsten der Frau Latscher ändern. Der konnte Beihilfe zur Flucht nicht nachgewiesen werden. Sie wußte zwar davon, aber das ist keine Beihilfe. So wird es gewesen sein", behauptete Böller. Danach fragte er: „Was ist Ihre Meinung, Genossen?"

Knurrge und Striegler zeigten sich von der Logik überfahren.

„Genauso wird es gewesen sein", äußerte Striegler.

Knurrge sprach von einer „plausiblen Erläuterung der Denkweise des Dr. Helmus". „Phantasie gehört dazu", meinte er. Aber er sprach auch „von Sinn für Realität". Er sagte etwas später wörtlich: „Wenn wir diesen Faden weiterspinnen würden, ging Dr. Helmus davon aus, daß die Alleinerbin, Frau Latscher, Mittel und Wege finden würde, nach und nach die im zweiten Testament festgeschriebenen Erbteile an Frau Beate Igler und ihre Kinder zu verschieben."

„Genauso ist es", meinte Böller. Während er sprach, nahm er den Schnellhefter, der etwas seitlich von drei Testamenten lag, vom Schreibtisch weg und blätterte. „Raffiniert gemacht, aber dumm versteckt, vielleicht ging es auch nicht anders. Aber diesen Knoten können wir nur entflechten, wenn wir einen Dolmetscher zu Hilfe nehmen. Die Rechnungen sind in tschechischer Sprache geschrieben."

„Morgen zwischen 8 Uhr und 8.30 Uhr würde es mir am besten passen", sagte Knurrge. Auch Böller und Striegler hielten diese Zeit für günstig. Beide wollten sich während der Abwesenheit des Knurrge mit einer intensiven Auswertung des Abschlußberichtes aus dem Fotolabor beschäftigen.

Als Knurrge sich vorstellte, zeigte sich der Notar erschrokken. „Was verschafft mir die Ehre zu dieser frühen Stunde?“ wollte er wissen. In seinem freundlichen Lächeln lag Verlegenheit, die er nicht unterdrücken konnte.

Knurrge erläuterte sein Anliegen. Vorsichtshalber hatte er auch den Schnellhefter mitgebracht.

„Daß Dr. Helmus tot ist, überrascht mich. Ich sehe ihn deutlich vor mir auf dem gleichen Stuhl sitzen, den Sie eingenommen haben. Er war stets freundlich, redete nicht viel, aber was er sagte, hatte Gewicht“, stammelte der Notar. „Und dann noch auf solch tragische Weise …“

Knurrge gewann schnell den Eindruck, daß sein Gegenüber ehrlich überrascht war. Jedes seiner Worte klang glaubwürdig. Auch die naive Frage: „Aber warum kommen Sie zu mir? Sie hätten doch ebenso Frau Latscher befragen können. Die ist laut Testament Alleinerbin. Ich kann Ihnen die Adresse geben, wenn Sie wollen.“

Knurrge bedankte sich für das Angebot und sagte kurz entschlossen: „Genau deshalb bin ich hier, Herr Notar. Wissen Sie, wir sind da in einer mißlichen Lage. Die Leiche des Dr. Helmus wurde zunächst von der Kripo beschlagnahmt. Sie kennen ja selbst den Vorgang. Bei Selbstmord wird immer auch in Richtung Mord ermittelt. Allerdings ergab die Spurensuche in diesem Falle keine Hinweise auf Fremdeinwirkung. Aber ein Testament wurde gefunden mit Ihrer Unterschrift. Jetzt, wo die Leiche freigegeben werden kann, stehen wir vor der Frage: Wo hat Dr. Helmus Verwandte, die sich um die Beerdigung kümmern können?“

„Da suchen Sie umsonst“, kam die Antwort. „Es gibt keine Verwandten, die das erledigen könnten. Dr. Helmus war nach meiner ganz persönlichen Einschätzung ein knauseriger Junggeselle. So ähnlich hat er sich auch einmal mir gegenüber geäußert. Und deshalb hat er nie geheiratet. Kinder hatte er auch keine. Da käme nur Frau Latscher in Frage. Dr. Helmus sprach stets von einem guten nachbarschaftlichen Verhältnis zu dieser Frau. Vielleicht war es auch etwas mehr, als er zugab. Ich weiß es nicht. Aber allein die Tatsache, daß diese Frau bei der Ausfertigung der Testamente zugegen war, läßt einiges vermuten. Aber das ist nicht meine Aufgabe."

Knurrge nickte grübelnd vor sich hin. „Nun bin ich genauso schlau wie vorher auch", bedauerte er. „Ich habe mehr auf Verwandte gehofft, denn Frau Latscher ist für uns im Augenblick nicht erreichbar. Nach Auskunft von Nachbarn wissen wir, daß sie zu Besuch bei ihrer Cousine im Westen ist. Hinter solch einem Besuch, und da erzähle ich Ihnen ja nichts Neues, steht immer auch die ungewisse Frage nach der Rückkehr."

„Da kann ich Sie mit gutem Gewissen beruhigen. Frau Latscher ist an unser Brot gewöhnt. Und außerdem, das weiß ich aus Gesprächen, die zwischen Dr. Helmus und ihr in meiner Kanzlei stattfanden, weiß Frau Latscher sehr genau, daß sie bei einer Republikflucht auf ihr Alleinerbe verzichten müßte. Dann nämlich wäre das Testament null und nichtig."

Knurrge sah sich, während der Notar beschwichtigend auf ihn einredete, im Zimmer um, als würde er etwas suchen. Es sah auch so aus, als würde er Schwerverdauliches innerlich verarbeiten.

„Wollen wir hoffen, daß Sie recht behalten und sie zurückkommt. Andernfalls sehen wir ganz schön alt aus. Die Leiche ist noch nicht unter der Erde."

Knurrge griff nach seinem Aktenkoffer, stellte ihn auf die Knie, und während er ihn öffnete, sagte er: „Da habe ich noch eine Sache, die ich gern mit Ihnen erörtern möchte."

Als er den Schnellhefter auf den Schreibtisch legte, reagierte der Notar mit dem Hinweis: „Den kenn' ich. Der Inhalt hat mir in der Vergangenheit sehr viel Kopfschmerzen bereitet. Für mich war das immer ein undurchsichtiges Geschäft des Dr. Helmus." Dann brach er das Gespräch ab. „Rauchen Sie?" fragte er Knurrge.

„Nein danke. Ich bin Nichtraucher. Aber lassen Sie sich nicht abhalten. Mich stört Ihr Rauchen nicht."

Im Zigarettenrauch des Notars verschwand alles, was er erzählte. Und das war sehr aufschlußreich.

„Als mir Dr. Helmus diesen Schnellhefter zur Durchsicht auf den Schreibtisch legte, erzählte er mir davon, daß es sein langgehegter Wunsch war, seinen Lebensabend in einem netten kleinen Häuschen zu verbringen. Er träumte von einem Grundstück mitten im Walde, weitab von Menschen. Dieser Wunsch sei nun in Erfüllung gegangen. Sein Traumgrundstück liege direkt an der Grenze zwischen der CSSR und dem Bayrischen Wald. Er sprach von einer Perle in der Natur und auch davon, daß er mich gern einmal nach dorthin einladen würde. Er sprach auch davon, daß er das Haus schuldenfrei aufgebaut habe und möglicherweise auch dorthin ziehen würde. Als ich dann fragte, wie er dieses Grundstück erwerben konnte, sagte er ohne weitere Überlegung: 'Beziehungen.' Bei diesem Wort zeigte er keinerlei Regungen. Da überfielen mich Zweifel." Bevor er die Zigarettenkippe in den Aschenbecher legte, betonte er noch: „Dr. Helmus kam mir diesbezüglich mit Verlangen nach Ratschlägen. Ich bin aus guten Gründen seinen Wünschen mit nichtssagenden Antworten ausgewichen. Wissen Sie, diese Sache war mir zu mulmig."

„Genau die gleiche Frage lag jeden Morgen auf dem Frühstückstisch zwischen Brötchen, Butter und Marmelade. Und abends, ehe wir uns zum Schlafengehen verabschiedeten, wurde auch so diskutiert. Wir konnten unternehmen, was wir wollten, das Ziel entfernte sich von Tag zu Tag. Hinzu kam die eingeschränkte Zeit, die viel zu schnell verging."

Lothar kam mit einem großen Korb voller Eindrücke aus Frankfurt zurück. Einen schriftlichen Bericht konnte er noch nicht vorlegen, die Zeit dafür war zu kurz. Er hatte den Nachtzug benutzt, auch geschlafen, aber das war nicht der Schlaf der Entspannung gewesen. Er saß Böller, Knurrge und Striegler gegenüber, willig, Rede und Antwort zu stehen, aber die Augen konnten nicht folgen. Sie klappten unwillkürlich zu. Müdigkeit überfiel ihn, obwohl er sich ständig wehrte. Aus seinem Mund dagegen sprudelte Energie.

„Kommen wir noch einmal auf Ihre Rückreise zurück", unterbrach Böller. „Ursache war demnach Ihre Vermutung, daß Frau Latscher ihre Rückreise vorbereitete. Sie haben gesehen, daß sie in Begleitung des Dr. Flascheck Gepäck zum Bahnhof brachte. Sie konnten auch beobachten, daß beide mit eigenem Pkw wieder in die Wohnung des Dr. Flascheck zurückfuhren. Daraus würde ich schließen", sagte Böller, „daß Frau Latscher schon mit dem nächsten Zug aus Frankfurt abreisen würde. Das war doch sicher auch Ihre Meinung, sonst wären Sie doch nicht sofort mit dem Nachtzug gefahren?"

„Christa und ich waren davon überzeugt, daß die den Zug am frühen Morgen nimmt. Deshalb bin ich nachts gefahren. Der Zug mit Frau Latscher müßte demnach gegen 16.45 Uhr in Dresden eintreffen. Ich kann mir nicht vorstellen, daß sie den späteren Nachtzug benutzen würde. Aber die Frau ist unberechenbar."

Striegler, der Fragen und Antworten im Notizheft festhielt, war der Meinung, daß es höchste Zeit sei, Vorkehrungen für die Rückkehr der Latscher zu treffen. Wenn es nach ihm gegangen wäre, hätten alle Mitarbeiter der Dienststelle vom Bahnsteig bis zur Wohnung der Latscher getarntes Spalier stehen müssen, um jeden Schritt und jede Bewegung der Frau genau beobachten zu können.

„Ich übertreibe absichtlich", sprach er in die Runde. „Aber ein paar mehr als sonst üblich müssen es schon sein."

Böller und Knurrge redeten ihm Unterstützung zu. Striegler war der Mann, der schließlich den Kopf hinhalten müßte. In seiner Dienststelle lag die Verantwortung. Lothar äußerte trotz schwerer Augen den Wunsch, mit an der Beschattung der Latscher teilnehmen zu dürfen.

„Die hat mich in guter Erinnerung", behauptete er.

„Auf gar keinen Fall", fuhr Knurrge dazwischen. „Diese Begegnung werden wir uns für einen späteren Zeitpunkt reservieren. Sie kommen schon noch zu Ihrem Auftritt."

Dann warf sich Böller dazwischen. Zu Striegler gewandt sagte er: „Veranlassen Sie, was Sie für richtig halten. Aber bitte keine Übertreibungen. Das ist die Sache nicht wert. Bei der richtigen Auswahl der Genossen können große Ziele erreicht werden. Auf die Auswahl kommt es an. Alles klar?"

Als Striegler sein Zimmer verlassen hatte, sollte Lothar weitererzählen.

„Ich sagte ja bereits, von Tag zu Tag entfernte sich das Ziel, weil wir fühlten, daß die Zeit knapper wurde."

Wieder unterbrach Böller: „Ich will nicht unhöflich sein, Genosse. Vieles von dem, was Sie berichten möchten, ist uns bereits bekannt und wird sich sicher auch in Ihrem schriftlichen Bericht nachlesen lassen. Was uns brennend interessiert, ist die Frage: Wie haben Sie das gesteckte Ziel so plötzlich erreicht?"

Lothar fühlte sich unterbrochen in seiner Rede, die er in den Schlafpausen während der Reise vorbereitet hatte. Er fühlte sich aus dem Konzept gerissen und stammelte mehr, als daß er erzählte.

„Na ja, das war so.“ Er atmete einige Male tief durch und fand zum Redefluß zurück. „Wir wußten bereits nach wenigen Tagen der Beobachtung, daß der Tagesablauf des Dr. Flascheck und der Frau Latscher nach einem präzisen Zeitplan ablief. Wir hätten unsere Uhren danach stellen können. Fenster wurden zur gleichen Zeit geöffnet, Brötchen zur gleichen Zeit von ihm geholt, und sie gingen beide pünktlich zum Mittagessen. Da sagte Christa vorgestern zu mir: ‘Wir haben keine andere Möglichkeit, beim Spaziergang zur Steingrotte müssen wir die beiden überlisten.’ Dann blieb sie stumm. Sie sah mich an, in ihren Augen lag so etwas wie Entschuldigung mir gegenüber. Ich merkte, daß sie unruhig wurde. Dann kam sie mit dem überraschenden Eingeständnis, daß sie im Interesse unserer gemeinsamen Sache zwei weitere Personen mit in die Arbeit einbeziehen würde. Es hörte sich an, als hätte sie genaue Vorstellungen.“

Da wurde Lothar von Knurrge unterbrochen. „Kamen Ihnen da keine Bedenken? Sie wurden doch eingewiesen in Ihre konspirative Tätigkeit. Sie wußten bei Ihrer Abfahrt, daß es nur eine Bezugsperson für Sie gab. Das war die Frau, die Sie auf dem Bahnhof empfangen sollte.“

„Natürlich habe ich das gewußt. Aber so, wie die Lage sich zeigte, und weil der Vorschlag von Christa kam, zu der ich volles Vertrauen hatte, habe ich nicht widersprochen.“

„Das war sehr leichtsinnig von Ihnen, Genosse“, entgegnete Böller. „Denken Sie einmal darüber nach. Es lohnt sich. Was glauben Sie wohl, wie viele Antifaschisten auf diese leichtgläubige Art hereinfielen und am Galgen endeten? Denken Sie einmal darüber nach!“ Böller sprach mit väterlich strenger Stimme. Trotzdem huschte auch diesmal wieder ein wissendes Lächeln über sein Gesicht. Danach sagte er: „Fahren Sie fort mit Ihrem Bericht. Sie wurden an der Stelle unterbrochen, als Christa Ihnen sagte, daß zwei weitere Personen in die Arbeit einbezogen werden sollten.“

„Richtig“, sagte Lothar. „Christa sprach von einer Freundin und einem Bekannten. Beide Personen hätte sie bereits mit ihren Aufgaben vertraut gemacht. Nach dem Mittagsschlaf der Latscher und des Flascheck sollte es losgehen. Die sollten vom Parkplatz des französischen Restaurants aus beobachtet werden. Sobald die das Haus verlassen würden, sollten die Freundin und der Bekannte nebst mitgebrachtem Dackel folgen."

Einen Augenblick legte Lothar eine Verschnaufpause ein. Er trank den letzten Schluck des Kaffees, der nicht nur ohne Zukker, sondern auch kalt war. Nachdem er den gesamten Körper durchschüttelte, erzählte er weiter.

„Lange Rede, kurzer Sinn. Wie gewohnt gingen Frau Latscher und Dr. Flascheck in Richtung Steingrotte. Dort war ihre angestammte Sitzbank. Die Freundin und der Bekannte spielten sich mit dem Hund in die gleiche Richtung. Sie gingen an der Bank vorbei, grüßten beide und kamen wieder zurück. Der Kontakt war hergestellt, so wie sich Christa das gedacht hatte. 'Dürfen wir?' fragte die Freundin. Frau Latscher nickte freundlich. Der Bekannte spielte mit dem Hund, und die Freundin ließ in ihrer Tasche das Tonband laufen. Das gesamte Gespräch dieses Nachmittags zwischen der Latscher und ihrem Partner wurde aufgenommen. Wir waren am Ziel. Der in Frankfurt vermutete und von uns nicht auffindbare Dr. Igler war längst in den USA. Und das hier ist der Tonträger", freute sich Lothar.

Außer dem Tonträger hatte er auch Bildmaterial mitgebracht, das für weitere Ermittlungen von großem Vorteil sein dürfte.

„Donnerwetter", kam es langgezogen aus tiefer Stimme. „Mit diesem Fluchtziel des Dr. Igler hat keiner von uns gerechnet. Wir müssen nach diesen Erkenntnissen davon ausgehen, daß ein anderer Geheimdienst die Karten mischte. Möglich ist auch, daß zwei Dienste kooperierten. So oder so, ich sehe keinen Grund, in unseren Anstrengungen nachzulassen. Im Gegenteil."

„Wenn es der Geheimdienst war, wie Sie vermuten", ergänzte Lothar, „hat er ganze Arbeit geleistet. Auf dem Tonträger ist eine umfassende Schilderung des Dr. Flascheck. Danach bewohnt Dr. Igler ein geschmackvolles Einfamilienhaus, in seinem Umfeld soll es mehrere deutsche Forscher geben, und ein Arbeitsplatz wurde angeboten, der den Forschungszielen diente. Das alles erzählte Dr. Flascheck. Er bezog sich auf zwei Telefonate aus den USA und tröstete Frau Latscher mit dem Versprechen, daß wöchentlich einmal aus Amerika angerufen würde."

„Das ist eine ganze Sippschaft von Überraschungseiern", fluchte Knurrge vor sich hin.

„Ich habe einmal ein solches in den Händen gehabt. Als ich es aufmachte, kamen wunderbare Dinge zum Vorschein. Ich werde persönlich noch eines öffnen, verlassen Sie sich drauf", sprach Böller.

Zum Schluß der Unterhaltung wollte Lothar noch auf eine Aktion aufmerksam machen, die Christa mit Hilfe ihrer Freundin im französischen Restaurant startete.

„Bei dieser Aktion ging es Christa darum, das kollegiale Verhältnis des Restaurantleiters zu Dr. Flascheck zu ergründen. Die Freundin sollte den Leiter in ein Gespräch verwickeln. Anlaß sollten Landschaftsbilder an der Wand des Lokals sein. Fast alle Bilder hatte Christa als Seelandschaften erkannt und einen Zusammenhang zum Namen des Restaurants vermutet. Die Freundin erhielt den Auftrag, früh genug vor der Mittagszeit das Lokal aufzusuchen und sich so lange die Bilder zu betrachten, bis der Chef des Hauses sie in ein Gespräch verwickelte. Dann sollte sie fragen, ob das Bilder der französischen Riviera seien. Ich kann Ihnen berichten, daß dieses Vorhaben gelungen ist. Der Restaurantleiter korrigierte die Freundin, es sei nicht die Riviera, sondern seine Heimat. Es seien alles Bilder der Ostsee! 'Von meinem Elternhaus hätte ich reinspucken können', hatte er gesagt. Dann fand noch ein Gespräch statt, aus dem hervorging, daß er 1960 mit den Eltern und einem Bruder die DDR verlassen habe und daß ein zurückgebliebener Bruder den elterlichen Hof bewirtschafte. Nach seinem Wissen sollte der Bruder LPG-Vorsitzender sein, er selbst hätte keinen Kontakt zu ihm. Christa sagte mir vor der Abreise noch: 'Sag den Genossen, wir bleiben am Ball.'"

Zwei Tage später überraschte Frau Latscher mit dem sinnvollen Ausspruch: „Sie waren an dem Nachmittag ein Geschenk des Himmels für mich. Ich bin in gute Hände gefallen. Ohne Ihre Hilfe wäre ich vielleicht heute auch eine Leiche."

Auf dem Heimweg vom Dresdener Bahnhof in ihre Wohnung sah Frau Latscher, nur wenige Meter von ihrer Hauseingangstür entfernt, ein junges Pärchen diskutieren. Je mehr sie sich beiden näherte, desto deutlicher wurden aus Silben Worte, dann schließlich Sätze. Sie klangen immer deutlicher an ihr Ohr. Sie hörte deutlich vernehmbar die Stimme des Mannes: „Irgendeinen Grund muß der Mann doch gehabt haben. Ganz ohne bammelt sich doch kein Mensch auf. Aus reiner Lust und Liebe, so mir nichts, dir nichts, nein, das kann ich mir nicht vorstellen." Da wurde Frau Latscher hellhörig. Sie stand mit ihrem Reisegepäck fast in gleicher Höhe mit dem Pärchen, als die Frau entgegnete: „Wenn das stimmt, was die Nachbarn hinter vorgehaltener Hand tuscheln, hat sich Dr. Helmus erhängt. Der Postbote soll wohl der Polizei einen Wink gegeben haben."

Plötzlich ein Aufschrei, Frau Latscher brach zusammen. Sie lag auf dem Fußweg mit dem Kopf auf der Reisetasche. Als sie wieder zu sich kam, hing sie gestützt in den Armen der jungen Leute. Die Frau hielt ihr ein Riechfläschchen unter die Nase und sagte: „Atmen Sie tief durch. Das wird Ihnen guttun." Frau Latscher spürte, wie trübe Augen nach und nach klarer das Umfeld erfassen konnten. Die Gesichter der jungen Leute empfand sie als ebenso wohltuend wie den Duft, den sie tief einatmete.

„Ich danke Ihnen", lallte sie mit gebrochener Stimme. Zögerlich kam dann ihre Frage: „Würden Sie so freundlich sein, mein Gepäck ins Haus tragen?" Ihre fragenden Blicke bleiben im Gesicht des jungen Mannes hängen, der nickend seine Hilfsbereitschaft andeutete. Frau Latscher fügte noch an: „Allein würde ich es heute nicht schaffen. Der Schock sitzt zu tief. Bitte helfen Sie mir."

Frau Latscher führte die hilfsbereiten jungen Leute ins Wohnzimmer. Sogleich bemängelte sie die schlechte Luft.

„Wenn 14 Tage die Fenster nicht geöffnet wurden, riecht es in jeder Wohnung so. Sie, meine Dame, werden das am besten beurteilen können. Frauen haben da eine besondere Nase. Meinen Sie nicht auch?"

Als Frau Latscher in Richtung Fenster gehen wollte, wurde sie von der jungen Frau aufgehalten.

„Setzen Sie sich erst einmal", sagte sie. „Ich mache das schon."

Frau Latscher bat dann auch darum, das Fenster in der Küche zu öffnen. Gestaute Luft entwich aus den Räumen. Der Atem des späten Sommertages zog ein. Frau Latscher und ihre Gäste hatten Platz genommen und begannen zu erzählen.

„Ich habe den Dr. Helmus gut gekannt", begann sie das Gespräch. „In diesem Augenblick steht er ganz deutlich vor mir. Als ich mich von ihm vor der Abreise nach Frankfurt verabschiedete, nahm er mich in seine Arme, drückte mich an sich und wünschte mir eine 'gute Reise'. Er gab auch noch Grüße mit auf den Weg. Heute habe ich das Gefühl, er wußte, daß es ein Abschied für immer sein sollte." Dicke Tränen quollen aus ihren Augen. Unruhe ließ sie immer heftiger nach Luft schnappen. Ihre Lippen zitterten. Ihr Mund war halb geöffnet. Sie trocknete mit flacher Hand die Spur der Tränen und erzählte weiter: „Ich habe ihm sehr vieles zu verdanken. Dr. Helmus war ein Kavalier vom Scheitel bis zur Sohle. Er war ein sehr guter Mensch."

„Es wird Zeit, daß wir gehen", deutete die junge Frau an. „Oder können wir Ihnen noch irgendwie behilflich sein?"

Mit flehenden Blicken sah Frau Latscher in die Runde.

„Helfen können Sie mir im Augenblick nicht. Aber wenn ich Sie inniglich darum bitten würde, mir noch ein Stündchen Gesellschaft zu leisten, würden Sie mir die Bitte in dieser schweren Stunde abschlagen? Ich frage vor allen Dingen Sie, mein Herr. Sie sagen so gut wie gar nichts. Bitte, willigen Sie ein."

„An mir soll es nicht liegen. Wenn unsere Anwesenheit Trost für Sie ist, bleiben wir noch etwas. Obwohl, unsere Zeit ist knapp bemessen."

„Das klang nett, wie Sie das gesagt haben, mein Herr. Ich werde mich erkenntlich zeigen und einen kräftigen Schluck Kaffee kochen. Sie werden ihn bestimmt mögen, und ich kann ihn gut gebrauchen. Die Pumpe, wissen Sie?"

„Bleiben Sie sitzen", warf die junge Frau besorgt ein. „Überlassen Sie mir das. Wenn Sie mir sagen, wo alles zu finden ist, werde ich das für Sie tun."

Während der Kaffee serviert wurde, wollte Frau Latscher wissen, warum die Zeit der jungen Leute so knapp bemessen sei und ob sie noch einen weiten Weg vor sich hätten."

„Wir sind Studenten", gab er zurück. „Zur Zeit haben wir Semesterferien. Da muß jede Minute zum Selbststudium genutzt werden. Je mehr man weiß, desto besser die Noten, je besser die Noten, desto höher das Stipendium. Wir wollen unseren Eltern nicht auf der Tasche liegen. Da heißt es lernen, lernen und nochmals lernen."

„Verstehe", sagte Frau Latscher. „Übrigens, wenn ich einmal schmeicheln darf, Sie haben eine äußerst sympathische Stimme."

„Die sympathische Stimme heißt Enrico. Das 'mein Herr' muß nicht sein. Und ich bin ganz einfach die 'Bianca'. Sie brauchen keine Hemmungen zu haben. Reden Sie uns so an, wie wir uns eben vorgestellt haben, wir sind nicht für förmliche Anreden geschaffen. Und was Sie sicher auch noch interessieren wird: verheiratet bislang noch nicht. Wir sind für ein lockeres, freundschaftliches Miteinander. Sie verstehen sicher, was ich meine? Aber wir sind uns darüber einig, wenn die Pflicht ruft, wird geheiratet!"

„Das ehrt Sie beide", meinte Frau Latscher. „Sie haben eine edle Gesinnung. Um auf Ihr Angebot zurückzukommen – einverstanden. Die sympathische Stimme ist der Enrico und die gute Fee des Abends ist die Bianca." Frau Latscher ging mit taumelnden Schritten auf die Wand zu, an der das Bild von Dr. Helmus hing. Als sie es abnahm, meinte sie: „Da können Sie einmal sehen, wie lange ich das Bild nicht in der Hand hatte. Die Tapete darunter ist richtig vergilbt." Als sie wieder Platz nahm, schob sie es in die Mitte des Tisches mit den Worten: „Das war Dr. Helmus, wie er leibt und lebt. Sehen Sie ihm einmal tief in die Augen, dann werden Sie auf seine Güte treffen. Es war einmal."

Unterdrücktes Schluchzen und Stille war am Tisch. Bianca versuchte abzulenken.

„Eine schöne Wohnung haben Sie. Vor allen Dingen geräumig. Die Küche, das Wohnzimmer. Sie fühlen sich bestimmt wohl in Ihren vier Wänden."

„Aber sicher doch", antwortete Frau Latscher. „Das Schlafzimmer ist fast so groß wie dieses Zimmer hier, dann ist das Badezimmer mit Waschmaschine und Schleuder, hinter der Küche ist noch eine Abstellkammer, und eine Treppe höher ist noch ein Zimmer, halb so groß wie das Schlafzimmer. Das ist unverhofftem Besuch vorbehalten. Und den brauche ich nicht mehr zu erwarten."

Sie zuckte in sich zusammen, als würden Erinnerungen sie quälen. Tränen erstickten ihre Stimme. Dann zogen sich ihre dünnen Finger zusammen, als wollten sie sich zur Faust ballen.

„Die Enkelkinder", brach es dann aus ihr heraus.

Enrico klopfte ungeduldig mit dem Zeigefinger auf seine Uhr. Er mahnte zum Gehen. Frau Latscher hatte es bemerkt und reagierte sofort.

„Enrico, Sie haben doch Semesterferien. Warum drängeln Sie so? Haben Sie es denn wirklich so eilig?"

„Wenn es Ihnen recht ist, kommen wir Sie morgen besuchen", versprach Bianca. „Dann sind wir vorbereitet und können einen längeren Abend einplanen. Aber heute kam alles so unverhofft, da ist es schon besser, wenn wir gehen." Bianca tätschelte Frau Latschers Hände und sagte noch: „Sie können sich darauf verlassen, morgen im Laufe des Tages sehen wir uns wieder, wenn es Ihnen recht ist."

Ohne auf Biancas Versprechen einzugehen, stand Frau Latscher auf und ging auf die Schrankwand zu. Mit einer Hand hielt sie sich an der Ecke fest, den Kopf legte sie auf die Ecktür. Sie muß verzweifelt gewesen sein, weil Bianca fragte: „Können wir jetzt noch irgend etwas Dringendes für Sie erledigen? Sagen Sie es uns. Genieren Sie sich nicht. Ansonsten, ich habe Ihnen ja versprochen, morgen sehen wir uns wieder, wenn Sie es wollen."

Außer Weinen war nichts zu hören. Sie hämmerte mit dem Kopf gegen die Ecktür der Schrankwand wie ein zorniges Kind. Als sie sich beruhigte, warf sie sich an Enricos Brust.

„Ich fürchte mich so vor der Nacht. Und noch mehr Angst habe ich vor dem morgigen Tag. Ich weiß nicht, wie alles anfangen soll. Wo ist die Leiche? Wie komme ich an die Sterbepapiere? Es ist doch kein Mensch da, der mir helfen kann. Ich sehe keinen Anfang. Das Beste ist, ich nehme mir auch einen Strick!"

„Sie werden doch nicht eine solche Dummheit begehen, Frau Latscher. Legen Sie sich ins Bett. Versuchen Sie zu schlafen. Und wenn es Ihnen Trost bringt, weinen Sie aus Leibeskräften. Aber schlagen Sie sich den Strick aus dem Kopf. Wir wissen jetzt, was Sie bedrückt, und versprechen Ihnen, morgen so früh wie möglich bei Ihnen zu sein. Einverstanden?"

„Ich würde mich sehr freuen, wenn Sie beide kommen. Ich verspreche Ihnen auch, keine Dummheiten zu machen."

Nach der Beerdigung fuhren Frau Latscher, Bianca und Enrico mit einem Taxi zurück. Sie hatten Frau Latscher in ihre Mitte genommen. Sie trug einen schwarzen Hosenanzug mit weißbestickter Bluse. Vor ihrem Gesicht war der schwarze Schleier, der vom gleichfarbenen Hut herunterhing. Bianca ließ ihre Körperwärme spüren. Sie hakte sich ein und streichelte auch tröstend ihre Wange. So wie sich Lippen bewegten, falteten sich Hände zum stillen Gebet.

„Wenn wir zu Hause sind, werde ich uns einen starken Kaffee kochen", versprach Frau Latscher und klammerte sich fest an Biancas Arm. „Mir war am Grabe zumute, als würde ich auf einem anderen Stern leben. Deshalb überfiel mich in der Kapelle ein Schüttelfrost nach dem anderen. Mir fehlten ganz einfach Worte des Begreifens. Es war beängstigend für mich, ganz allein in der ersten Bankreihe zu sitzen. Und dann, nur wenige Schritte von mir entfernt, der Sarg. Und im gesamten Raum hinter mir die unheimliche Leere. Ein großer Raum ohne Anteilnahme. Können Sie das nachempfinden?"

Frau Latscher sprach das aus, was andere auch so empfanden. Es waren nur wenige, die das letzte Geleit gaben. Als der Sarg in die Erde gelassen wurde, weinte nur Frau Latscher. Bianca und Enrico standen in angemessenem Abstand, in der Kapelle saßen sie auch so.

„Können Sie begreifen", sagte sie am Kaffeetisch, „daß ich die Beerdigung als demütigend und beleidigend begriff? Nein, einen solchen Abschied für immer hat Dr. Helmus nun wirklich nicht verdient. Ein Glück, daß er diesen nicht mit ansehen mußte. Im Himmel wird er mehr Ehre erfahren!"

Bianca und Enrico hatten im Hintergrund auch Gedanken ausgetauscht. Für sie war unverständlich, daß ein Mensch mit akademischer Bildung nach seinem Ableben sowenig Aufmerksamkeit erfuhr. Sie kannten Dr. Helmus nicht persönlich, aber er mußte doch in der Gesellschaft gewirkt haben. Das ließ beide rätseln.

„Vorbei ist vorbei", meinte Frau Latscher. „Aber vergessen und verzeihen werde ich nie. Nicht einer seiner ehemaligen Arbeitskollegen gab ihm am Grabe die letzte Ehre. Kein Kranz des Betriebes. Von der Gewerkschaft konnte man keinen erwarten.

Er war der einzige unter seinen Kollegen, der nicht in der Gewerkschaft war. Da hätte man doch ein Auge zudrücken können. Es ist eine Schande, Tote auf diese Art zu demütigen!“

„Ich hatte auch mit mehr Trauergästen gerechnet“, meinte Bianca. „Über Demütigung oder Beleidigung, wie Sie meinten, kann ich mir kein Urteil erlauben, aber nachdenklich stimmt das schon.“ Sie ließ ihre Blicke fallen auf gefaltete Hände und betende Lippen und setzte hinzu: „Was mir außerdem noch auffiel, waren zwei Kränze. Die lagen dicht beieinander und sahen sich auch in der Anfertigung ähnlich. Der eine Kranz war von Ihnen, Frau Latscher, der andere trug die Schleifenaufschrift ‘Unvergessen, Deine Beate’. Diese Frau habe ich auch nicht auf der Beerdigung gesehen. Wer einen solchen Kranz neben die Grabstelle legt, muß doch ein sehr inniges Verhältnis zu Herrn Dr. Helmus gehabt haben. Aber diese Frau war nicht anwesend. War es vielleicht eine Geliebte?“

Verlegen spielte die Latscher am Henkel ihrer Kaffeetasse. Sie wehrte mit ihrem Wissen ab. „Nein, das war eine Frau, die den Kranz niederlegen ließ. Sie selbst konnte an der Beerdigung nicht teilnehmen. Eine plötzliche Blinddarmoperation, verstehen Sie?“

Bianca merkte, daß ihr eine Ausrede zugeschoben wurde. Zu undeutlich wurde gesprochen.

„Das entschuldigt natürlich“, sprach Bianca. Aber der Gedanke ließ sie nicht los. „Hatte Dr. Helmus überhaupt eine Geliebte? Ich kann mir schlecht vorstellen, daß ein Mann solcher Intelligenz ganz ohne durchs Leben geht. Sie müßten es ja wissen, Frau Latscher.“

„Da kann ich Sie guten Gewissens beruhigen“, beschwichtigte sie. „Eine heimliche Geliebte hatte Dr. Helmus nicht.“

Da mischte sich Enrico in die Unterhaltung ein. „Was mir während der Predigt des Pfarrers auffiel, der sprach von einer sehr schweren Jugend des Toten, die sein Leben geprägt haben müßte. Aber was er predigte, war für mich eine nichtssagende Umschreibung seines Lebens. Ich empfand die Predigt mehr als eine Pflichtlektion. Ein genaues Bild über das Leben des Dr. Helmus konnte ich mir jedenfalls nicht machen.“

Frau Latscher hielt weiter krampfhaft am Henkel der Kaffeetasse fest. Mit der anderen umfaßte sie die Tasse, als wollte sie sich erwärmen. Bianca und Enrico empfanden das unruhige Tun als die versuchte Flucht aus innerer Bedrängnis. Sie wollte vom Thema ablenken, als sie erwiderte: „Darf ich Ihnen erst einmal ein Schnäpschen anbieten? Nach altem Brauch ist es doch so, daß nach der Beerdigung ein Gläschen getrunken wird. Dr. Helmus möge mir im Himmel verzeihen. Unter uns gesagt, er hat auch nicht ins Glas gespuckt. Ich habe gern mit ihm ein Gläschen getrunken. Er stand auf Wodka, ich bin mehr für deutschen Weinbrand. Im Winter trank er leidenschaftlich gern Glühwein, mit viel Nelken drin. Und ehe er trank, ließ er seine Nase tanzen, der Genuß des Aromas war seine Welt!"

„Ich spucke auch nicht rein", ließ Enrico wissen. „Aber wenn ich bitten darf, auch einen Wodka. Dr. Helmus im Himmel wird mich verstehen."

„Ich bin mehr für Ihren Geschmack, Frau Latscher. Trinken wir beide deutschen Weinbrand. Aber ich muß mit Vorbehalt trinken. Bei den Temperaturen falle ich leicht aufs Kreuz."

Das „Prost, auf unsere Gesundheit" stammelte Frau Latscher mit leiser Stimme. Sie setzte hinzu: „Ich bin Ihnen zu sehr viel Dank verpflichtet. Wie kann ich das nur gutmachen? Der kleine Umtrunk entläßt mich nicht aus meiner Schuld. Sagen Sie mir in aller Offenheit, wie ich Ihnen einen Gefallen tun kann?"

Darauf kreuzten sich Gläser über der Mitte des Tisches. Sie lächelten einander zu. Zögerlich, aber nach reiflicher Überlegung kam Frau Latscher auf Enricos Frage zurück.

„Dr. Helmus hatte tatsächlich eine sehr schwere Jugend. Er hat mir oft davon erzählt. Da war einmal der Verlust seines Vaters, der als Offizier der Wehrmacht an der Ostfront gefallen ist. Der war, wenn ich das richtig wiedergebe, Major. Die Mutter mußte mit ihrem einzigen Sohn aus Ostpreußen fliehen. Wie er immer wieder beteuerte, mußten sie alles stehen und liegen lassen. Das, was sie am Leibe trugen, und einen Koffer mit dem Allernotwendigsten, das war alles, was sie besaßen. In einem Dorf, nicht weit von hier, fanden sie Zuflucht. Nach dem Abitur begann Dr. Helmus sein Studium. Er sprach oft von scheinbar unüberbrückbaren Schwierigkeiten, die er trotz alledem meisterte. Er sprach auch von einer verzweifelten Mutter, die ihre Welt nicht mehr verstehen konnte und den Freitod wählte. Sie hatte es ihrem Sohn vorgemacht. Sie erhängte sich. Ich hätte nie geglaubt, daß er den Mut zur gleichen Tag aufbringen würde. Er war sehr sensibel. Oft auch furchtsam. So, Herr Enrico, das wäre es, was ich in kurzen Sätzen auf Ihre Frage zu sagen hätte."

Als sich Bianca danach erkundigte, ob Frau Latscher die Mutter des Dr. Helmus persönlich kennengelernt hätte, antwortete sie: „Persönlich nicht. Ich kenne sie auch nur von Bildern her."

Es war die Denkpause, die Frau Latscher brauchte, als sie abermals, ohne zu fragen, die Gläser füllte. Anschließend bat sie darum, das Thema „Dr. Helmus" zu beenden. „Es ist ohnehin genug Schmerz in dieser Stunde. Wir können ja später noch einmal darauf zurückkommen."

„Entschuldigen Sie bitte, Frau Latscher. Es war nicht unsere Absicht, Ihnen mit Fragen weh zu tun. Unsere Unterhaltung ist so gelaufen. Das eine kam zum anderen, und so sollten Sie auch unsere Fragen verstehen. Ich bin auch der Meinung, brechen wir dieses Thema ab. Andererseits gehe ich davon aus, daß nach einer Beerdigung immer wieder ungewollt Wunden aufgerissen werden."

Während Bianca sprach, sah Frau Latscher fortwährend auf das Bild des Dr. Helmus, das noch immer auf dem Tisch lag. Dann sah sie Bianca und Enrico tief in die Augen.

„Wenn wir uns in nächster Zeit, so Gott will, näher kennengelernt haben, werde ich Ihnen noch vieles zu erzählen haben. Wissen Sie, als der Sarg in die Erde gesenkt wurde, waren meine Gedanken tief gespalten. Einerseits waren es Erinnerungen an schöne gemeinsam mit ihm gelebte Stunden, aber auch das Wissen um Geheimnisse, die er mit in den Himmel nimmt. Vielleicht sind unter diesen Geheimnissen auch solche, die ihn in den Tod trieben. Das weiß nur der liebe Gott. Aber wir wollten doch dieses Thema beenden", sagte sie. Und dann: „Trinken wir noch einen."

In der Anzahl der Trinksprüche lag begründet, daß Frau Latscher lockerer in die Unterhaltung ging.

„Irgendwie werde ich das Leben schon meistern", versprach sie. „Ich habe ein schönes Alter erreicht, und so Gott will, läßt er mich noch einige Jahre leben. Wenn das Ende kommt, sollte es mich im Schlaf überraschen. Schnell und schmerzlos. Aber ein paar Jährchen könnte es ruhig noch dauern."

„Aber, aber“, tröstete Enrico. „Sie werden doch jetzt nicht schon an Ihren Tod denken. Genießen Sie jeden Tag, den Sie erleben. Die schöne Wohnung, Geld haben Sie bestimmt auch gespart, rüstig sind Sie auch, der deutsche Weinbrand schmeckt, was wollen Sie noch mehr?“

„Oft habe ich mir das selbst schon eingestanden“, meinte sie. „Aber wenn man alt ist, spukt auch Wirrwarr im Kopf. Da kommen eigentümliche Gedanken auf. Das können Sie mir glauben, Enrico.“

„Aber das ist endgültig der letzte“, mahnte Bianca an. „Wir möchten nicht schaukelnd das Haus verlassen. Was würden die Nachbarn dazu sagen?“

Frau Latscher goß noch einmal nach mit den Worten: „Mein Gott, ich habe ja nicht einmal etwas zu knabbern auf den Tisch gestellt. Dabei ist es doch bei mir nicht wie bei armen Leuten. Es ist alles reichlich vorhanden.“ Sie stellte Butterplätzchen und Konfekt auf den Tisch. „Greifen Sie zu. Bei mir brauchen Sie keine Hemmungen haben. Alles reichlich vorhanden.“

„Ihre Beziehungen zum ‘Intershop’ oder zur Westverwandtschaft werden Sie nicht in Abrede stellen“, meinte Bianca. „Da fassen wir gerne zu. Derartige Beziehungen haben wir nicht.“

„Also nutzen Sie die Gelegenheit. Fassen Sie zu“, empfahl Frau Latscher. Während die sich eine Praline in den Mund steckte und auf der Zunge zergehen ließ, kam ihr die Frage gelegen: „Von Ihnen weiß ich nur, daß Sie fleißige Studenten sind. Mich würde interessieren, was Sie studieren und wie Sie sich Ihre Zukunft vorstellen. Haben Sie spezielle Berufswünsche? Haben Sie schon diesbezügliche Angebote, denen Sie gerne nachgehen würden? Alte Frauen haben ausgefeilte Fragen, nicht wahr?“

„Wir werden einmal unsere Hobbys zum Beruf machen“, erklärte Bianca. „Ich bin ein Technik-Fan. Schon in der Schule galt meine Leidenschaft der Mathematik und der Physik. Und in dieser Richtung studiere ich augenblicklich. Vielleicht werde ich später einmal nützliche Dinge erfinden. Auf jeden Fall sehe ich in der Forschung die Erfüllung meiner Träume.“

„Da komme ich natürlich nicht mit“, warf Enrico scherzend ein. „Ich kann sprichwörtlich keinen Nagel in die Wand schlagen. Was liegt da näher, als Journalistik zu studieren. Scherz beiseite“, sagte er dann. „Mein Studium ist keine Notlösung. Mir liegt das Schreiben, aber ich lese auch gern. Als Kind habe ich schon gern Aufsätze geschrieben. Was meine Berufswünsche anbetrifft, das ist gar nicht so einfach zu beantworten. Am liebsten wäre mir eine Tätigkeit als Reporter im Ausland. Das Schicksal der Menschen, ihre Lebensläufe, all das interessiert mich. Und dann natürlich, wie kann es anders sein, möchte ich einmal einen Roman schreiben, so wie ihn das Leben wirklich schreibt.“

Nachdenklich nickte Frau Latscher vor sich hin. „Alle Achtung“, sagte sie, „möge Ihnen gelingen, was Sie sich wünschen. Auf jeden Fall haben Sie sich edle Ziele gesteckt. Meine Segenswünsche werden Sie begleiten. Aber Sie schaffen es auch ohne, wie ich Sie einschätze. Was halten Sie davon, wenn wir zu Abend essen? Sie haben sicher schon Hunger. Ich beobachte schon geraume Zeit, wie Enrico ungeduldig auf die Armbanduhr zeigt. Sie haben gewiß Hunger?“

„Sehr nett von Ihnen, Frau Latscher, aber machen Sie sich keine Mühe. Enrico möchte gehen, ich natürlich auch. Wir haben zu Hause auch noch einiges zu erledigen. Viel Zeit bleibt da nicht mehr, dann geht es wieder ab ins Bett.“

Während sich beide zum Aufbruch fertig machten, sprach Frau Latscher ein Lobeslied auf ihre Rot- und Leberwurstbüchsen im Kühlschrank. Sie wies auf Güte und Qualität hin, behauptete, daß nur Hausschlachtewurst so riecht und schmeckt, und als alle Überredung nichts half, gab sie zu bedenken, daß sich mit leerem Magen schlecht studieren läßt.

„Ein Journalist muß hungrig sein, sonst wird er schreibfaul“, gab Enrico zurück.

„Dann werde ich Ihnen ein paar Büchsen einpacken. Sie können mit Appetit essen. Die Wurst ist von Leuten, die ich sehr gut kenne. Äußerst saubere Leute.“

„Ist ja kein Abschied für immer“, tröstete Bianca. „Sobald wir Zeit haben, kommen wir Sie wieder besuchen. Morgen wird es nichts, übermorgen auch nicht, aber wir werden schon sehen.“

„Das klingt wie aus den Augen, aus dem Sinn“, formulierten ihre Lippen. Dann lehnte sie sich an Enrico an und sprach mit erwartungsvollen Augen: „Kommen Sie schnell wieder, Enrico. Ich verlasse mich auf Sie.“ Nach einem Augenblick des Zögerns sprach sie weiter: „Ich habe auch schon eine Überschrift erdacht: ‘Die Lebensbeichte’.

„Erinnern Sie sich noch, Genossen? Wir erhielten doch vor einigen Tagen die Information, daß Dr. Helmus seinen Lebensabend in einer waldreichen Gegend, weitab von anderen Menschen, verbringen wollte. Wir wissen auch, das geht aus diesem Schnellhefter hier hervor, daß er sich für eine Landschaft in der CSSR entschieden hatte. Erinnern Sie sich einmal.“

Knurrge und Striegler standen weit nach vorn über den Schreibtisch gebeugt. Unter ihren Augen lag ausgebreitet eine Landkarte, die Oberstleutnant Böller als Beweisstück seiner Überlegungen auf den Tisch gelegt hatte. „Sie sehen“, fuhr er fort, „an dieser Stelle habe ich ein Kreuz eingezeichnet. Von hier aus bis zur bayrischen Grenze sind es ungefähr acht bis zehn Kilometer. Hier an dieser Stelle muß das Haus des Dr. Latscher gebaut worden sein.“

„Wie kommen Sie auf acht bis zehn Kilometer?“ wollte Striegler wissen. „Ich habe bei der Durchsicht aller Bauunterlagen keinerlei Hinweise auf eine solche Entfernung gefunden!“

„Können Sie auch nicht“, schmunzelte Böller. „In den Bauunterlagen habe ich auch nichts gefunden. Aber hier“, Böller schlug den Schnellhefter auf, den er neben die Landkarte gelegt hatte, „hier haben wir die genaue Entfernung. Fuhrunternehmer sind gewissenhafte Leute. Sie schreiben lieber ein paar Kilometer mehr auf die Rechnung als zuwenig. Und das ist der Beweis. Auf jeder Rechnung steht zehn Kilometer. Sehen Sie.“ Böller nahm einen Kugelschreiber und unterstrich. „Das hier sind transportierte Waren, das hier sind gefahrene Kilometer. Auf jeder Rechnung die gleiche Entfernung. Um noch präziser zu sein“, unterbrach er einen Augenblick, „würden Sie von meinem eingezeichneten Kreuz nur wenige Millimeter nach rechts oder nach links abweichen, kämen Sie auf eine größere Entfernung. Die andere Überlegung wäre, ob das Haus nicht in entgegengesetzter Richtung gebaut wurde? Dieser Frage nachzugehen, wäre absurd. Oder erkennen Sie Waldgebiete in der Richtung?“

„Ich schließe Spekulationen in diese Richtung hin völlig aus“, betonte Knurrge. „Für Dr. Helmus war der Lebensabend gleichbedeutend mit Erlebnisstand. Wenn wir davon ausgehen, lag seine Sehnsucht an der bayrischen Grenze!"

Strieglers Überlegungen waren anderer Art. „Ich stiere schon geraume Zeit auf das Kreuz, wie die Schlange aufs Kaninchen. Und warum, werde ich Ihnen erläutern. Direkt vor dem Kreuz schlängelt sich entlang der Staatsgrenze der CSSR zur BRD diese rote Linie. Selbst wenn das Kreuz noch kleiner eingezeichnet würde, dieses Gebiet müßte nach meinem Empfinden Sperrgebiet sein. Wenn meine Annahme stimmen würde, wer hat die Baugenehmigung erteilt? Gibt es überhaupt eine? Ich habe bei der Durchsicht des Schnellhefters keine gefunden. Und dann noch eins. Wer bewohnt das Haus jetzt? In dieser Richtung wissen wir noch gar nichts Genaues."

Völlig unerwartet unterbrach Böller die Aussprache. Er faltete die Landkarte zusammen, legte sie mit in den Schnellhefter, beides verschwand in seinem Aktenkoffer.

„Gedanklich sind wir drei auf dem richtigen Weg, Genossen. Aber uns sind auch die Hände gebunden. Es müssen jetzt von oberster Stelle Entscheidungen getroffen werden, denen ich nicht vorgreifen darf. Wir haben unsere Zielvorgabe, und an der halten wir fest. Ganz bestimmt werden wir uns in naher Zukunft weiter mit dem Schnellhefter beschäftigen müssen. Wann das sein wird, das müssen andere entscheiden."

Es sollte die letzte Dienstbesprechung zwischen Böller, Knurrge und Striegler sein. Böller kam noch einmal auf die Diskussionen des Vormittags zurück. Dabei erläuterte er seinen Entschluß, gemeinsam mit Knurrge Dresden zu verlassen und nach Berlin zurückzukehren. Er lobte die vorbildliche Arbeit Strieglers und seiner Mitarbeiter und sagte: „Die Gründe habe ich Ihnen im einzelnen aufgezählt. Für mich bleibt die beruhigende Erkenntnis, wir Berliner sind hier in Dresden bis auf weiteres überflüssig."

Als er auf Frau Latscher zu sprechen kam, ermahnte er Striegler, anstandshalber nichts zu überziehen.

„Wir müssen dieser Frau, wie anderen Bürgern auch, eine angemessene Zeit zur Trauer einräumen. Ich halte 14 Tage für ausreichend, ohne in Verzug zu kommen. Und, Genossen, ein Stein fällt uns auch nicht aus der Krone."

„Das ist auch meine Meinung", sprach Knurrge. Zu Striegler gewandt, setzte er hinzu: „Die paar Stunden, die da noch bleiben, müssen Sie sich zügeln. Nutzen Sie die Zeit, um Ihre Rolle gut einzustudieren. Wenn die Schonfrist für Frau Latscher abgelaufen ist, muß sie spüren, daß wir sie nicht aus dem Auge verloren haben. Nutzen Sie die Erfahrungen, die ich mit dieser Frau gemacht habe. Geizen Sie nicht mit Vorwürfen. Ich habe Ihnen gesagt, wo die verwundbaren Stellen dieser Frau liegen. Sie ist sehr empfindlich. Sparen Sie nicht mit Vorwürfen, wie 'Sie lügen' oder 'Sie sind eine notorische Lügnerin' oder 'Wie kann eine gebildete Frau so verlogen sein'." Einen Augenblick verweilte Knurrge noch bei seinen Ratschlägen, dann fügte er hinzu: „Sie werden schnell merken, wie das Überraschungsei in die Knie geht. Bei der ersten Träne, die sie fließen läßt, haben Sie die halbe Ernte in der Scheune."

Am Tisch war Übereinstimmung. So blieb es auch, als die Frage erörtert wurde, wie und wann Frau Latscher die Wohnung des Dr. Helmus betreten sollte.

„Daß die Frau noch nicht gegen die Versiegelung Sturm gelaufen ist, wundert mich. Sie wußte vor einer Woche schon, daß ihr der Zutritt verwehrt war", meinte Böller.

„Der Notar hat bisher auch nichts von sich hören lassen", warf Striegler ein. „Frau Latscher hat sämtliche Unkosten aus eigener Tasche bezahlt, ein Zeichen dafür, daß sie ausreichend auf der hohen Kante hat."

„Kunststück", erwiderte Knurrge. „Bei der Erbschaft, die sie antreten wird, muß sie nicht knausern."

Während Böller auf die Uhr sah, strich er nachdenklich mit flacher Hand über den Schreibtisch. Auch Knurrge war mit seinen Gedanken bei der Familie in Berlin.

„Eine Frage muß ich Ihnen noch stellen, Genosse Striegler. Wann haben Sie sich zum letzten Mal den Kopf gewaschen?"

„Heute morgen", kam es wie aus der Pistole geschossen.

„Aha, heute morgen", wiederholte Böller. „Haben Sie dabei einen Unterschied zu meiner Kopfwäsche festgestellt? Vor der fürchteten Sie sich doch, wie ich gehört habe."

Verlegenes Lächeln huschte über Strieglers Gesicht, als er antwortete: „Dummes Gerede von mir. Aber so spricht man doch, wenn Besuch von oben angekündigt wird. Dummes Gerede."

„So, Genossen! Das wäre es gewesen. Ihnen, Genosse Striegler, wünsche ich viel Erfolg in ihrer weiteren Arbeit. Es war angenehm, Sie kennengelernt zu haben. Alles Gute!"

Anschließend klopfte Böller dem Knurrge auf die Schulter: „Vergessen Sie morgen früh die frischen Brötchen nicht, die Sie Ihrer Frau versprochen haben."

Das waren seine letzten Worte im Dienstzimmer des Striegler.

„Entschuldigen Sie mich", sagte Frau Latscher, nachdem es geklingelt hatte. Auf dem Weg zur Haustür war noch von ihr zu hören: „Wer kann das wohl sein?"

Der Herr, der ihr in der Haustür gegenüberstand, stellte sich zwar vor, aber weder Frau Latscher noch Bianca oder Enrico konnten den undeutlich gesprochenen Namen verstehen. Deutlicher hörbar waren die Worte: „Ministerium für Staatssicherheit".

„Treten Sie näher", bat Frau Latscher. Sie sah auf den Karton, den der Herr mitgebracht hatte. Sie erkannte ihn sofort wieder. Es war der gleiche, der nach den Hausdurchsuchungen mitgenommen worden war. Die Fotoalben, ging es ihr durch den Kopf, während der Fremde sich mit großen Schritten dem Zimmer näherte. Es war Hauptmann Striegler.

„Sie haben Besuch?" fragte er. „Wahrscheinlich Bekannte von Ihnen, Frau Latscher? Ich frage so neugierig, weil ich Sie gern unter vier Augen gesprochen hätte."

„Das ist nicht nötig, mein Herr. Die jungen Leute sind gute Bekannte von mir. Zwischen uns gibt es keine Geheimnisse. Sprechen Sie ruhig."

„Wenn Sie meinen, Frau Latscher, mir ist es recht. Ich wollte nicht unhöflich sein, das war alles."

„Bitte nehmen Sie Platz", sagte sie und wies Striegler den Stuhl neben Enrico an. Als der sich setzte, begrüßte er die Gäste am Tisch und kam auch gleich auf den Punkt.

„Eigentlich sollte ich den Karton schon vor mehr als 14 Tagen vorbeibringen. Aber Sie waren nicht anzutreffen. Ihre Nachbarn gaben mir die Adresse von Herrn Dr. Helmus. Der konnte mir auch nichts Genaues sagen. Allerdings vermutete er, daß Sie zu Besuch bei einer Cousine in der BRD sind. 'Das ist nur meine Vermutung', sagte Dr. Helmus. 'Ich kenne Frau Latscher nur oberflächlich, aber ich weiß, daß sie drüben eine Cousine hat.'" Einen Augenblick unterbrach sich Striegler. Er sah sich in der Runde um. Seine Augen bewegten sich, als müßten sie nach neuen Formulierungen suchen. Dann fand er zur Rede zurück.

„Wissen Sie, Frau Latscher, vor 14 Tagen wäre es mir sicher schwerer gefallen. Ich meine den Tod des Dr. Helmus. Ich rede mir ein, daß ich der letzte gewesen sein könnte, der ihn lebend sah. Das wollte ich Ihnen sagen."

„Darf ich Ihnen einen Kaffee anbieten?" fragte Frau Latscher.

„Nein danke", antwortete Striegler. „Meine Zeit ist knapp bemessen."

Er stand auf, rückte seinen Stuhl an den Tisch zurück, als wollte er gehen. Doch unverhofft setzte er sich wieder.

„Fast hätte ich vergessen, was ich Ihnen unbedingt noch sagen muß." Er sah Frau Latscher an und begann ein neues Gespräch. „Als ich von der Kripo erfuhr, daß Dr. Helmus sich erhängt hatte und keine Angehörigen ausgemacht werden konnten, fielen Sie in mein Gedächtnis. Seine Leiche war beschlagnahmt, es mußte also schnell gehandelt werden. Deshalb zog ich Erkundigungen bei der Dienststelle für Paß- und Meldewesen ein. Von dort erhielt ich die Adresse von Ihrer Cousine. Von unserer Dienststelle aus baten wir die Kripo in Frankfurt um Mithilfe. Und nun halten Sie sich fest, Frau Latscher. Nach intensiven Bemühungen konnte die Kripo in Frankfurt Sie nicht ausfindig machen. Was sagen Sie nun?"

Verlegen sah sie sich im Zimmer um. Sie sah auch in entsetzte Gesichter ihrer guten Bekannten. Dann sprach sie mit zögerlicher Stimme: „Das verstehe ich nicht. Ich kann mir das nur so erklären, daß wir einkaufen waren, meine Cousine und ich."

Da fuhr Striegler mit forscher Stimme dazwischen: „Aha, Sie waren einkaufen mit Ihrer Cousine! Das hätte ich mir auch denken können. Ich weiß nicht, warum ich Sie überhaupt gefragt habe."

Frau Latscher zeigte sich erschrocken. So ähnlich war ihr schon einmal zumute gewesen. In ihren Fingerspitzen begann es zu kribbeln.

„Sehen Sie mir einmal tief in die Augen", forderte Striegler sie auf. „Tief in die Augen, habe ich gesagt!"

Frau Latscher spürte brennenden Schmerz. Dahinter lagen flakkernde Augen. Deshalb ergänzte sie ihre Aussage: „Ich weiß ja nicht, an welchem Tage Sie nach mir suchen ließen, mein Herr. Es kann auch sein, daß wir zu diesem Zeitpunkt auf der Insel Mainau waren. Meine Cousine hat mich für drei Tage nach dahin mitgenommen. Ich kann mir nicht helfen. Ich finde keine andere Erklärung."

„Keine andere Lüge", fuhr Striegler dazwischen. „Für wie blöd halten Sie mich eigentlich, Frau Latscher? Ich rate Ihnen gut, locken Sie nicht meinen Zorn heraus."

Während Striegler sprach, fielen ihre Blicke auf den Teppichboden. Striegler ließ nicht locker.

„Der Tanz Ihrer fiebrigen Pupillen verrät mir alles. Sie haben mich belogen, weil Sie mich irreführen wollen. Glauben Sie vielleicht, wir wüßten nicht, wie der Hase läuft?"

Dick überlagerte Schamröte ihre Gesichtsfalten. Hilflose Blikke ließ sie auf Bianca und Enrico fallen, als Striegler abermals zum Duell herausforderte.

„Wir sind in unserem Bemühen, Sie zu finden, noch weiter gegangen. Wir haben den Bürgermeister des Stadtteils, in dem Ihre Cousine wohnt, um Hilfe gebeten. Sie kennen die Dienststelle sehr genau, die Begrüßungsgeld für DDR-Bürger auszahlt. Sie waren oft genug drüben, Sie kennen sich da aus. Auch von da kam ein Schuß in den Ofen. Nun müssen Sie mir nur noch erzählen, Sie hätten auf das Begrüßungsgeld verzichtet, dann raste ich aus."

„Ich habe da tatsächlich kein Begrüßungsgeld geholt."

„Nein, da nicht", brüllte Striegler in den Raum, daß auch Bianca und Enrico erschraken. „Wissen Sie, Frau Latscher, uns interessiert doch gar nicht, was Sie im Westen machen. Ich verstehe gar nicht, warum Sie da lügen. Eines habe ich heute gelernt, Frau Latscher, und das sollte Ihnen zu denken geben: Würde ich noch einmal in meinem Leben mit einem derartigen Fall beauftragt werden, schneide ich das Telefonkabel durch, und wenn die Leiche zehn Jahre lang beschlagnahmt wird. Das können Sie sich hinter die Ohren schreiben. Ich hasse die Lüge."

Einige Sekunden brauchte Striegler, um sich von der Wucht der Anschuldigungen zu erholen. Dann sagte er weiter: „Was glauben Sie wohl, was ich mit Ihnen machen würde, wenn Sie nicht eine ältere Frau wären?"

„Diesen Ton verbitte ich mir, mein Herr. Ich brauche mich von Ihnen nicht beleidigen zu lassen. Sie haben keinerlei Beweise."

„Genau das ist es", antwortete Striegler. „Trotzdem nehme ich nicht ein Wort zurück. Aber weil Sie so trotzköpfig sind, Frau Latscher, gleich noch eine Frage: Wie war Ihnen zumute, als Sie nach Ihrer Rückkehr vom Tode des Dr. Helmus hörten?"

„Ich war zutiefst erschüttert. Unfaßbar für mich, daß der Mann aus dem Leben schied, ohne erkennbaren Grund, ohne Worte des Abschieds."

„Sehen Sie, deshalb habe ich gefragt. Dr. Helmus hat sich verabschiedet. Er hatte einen Zettel in der Tasche. Seine Abschiedsworte stimmen mich nachdenklich, Frau Latscher. Er muß weitaus mehr gewesen sein als nur ein Freund des Hauses. Und dann das ganze Getue um die Beerdigung. Bezahlt haben Sie auch alles."

„Mit dem Zettel des Dr. Helmus überraschen Sie mich, mein Herr. Ich hätte ihn gern einmal gelesen. Trotz alledem, Dr. Helmus war ein Freund des Hauses. Und was Sie, mein Herr, als 'Getue' bezeichnen, ist für mich christliche Nächstenliebe. Wie Sie darüber urteilen, ist Ihre Sache, mein Herr."

„Und mit einer eventuellen Erbschaft hat das nichts zu tun?" wollte Striegler wissen.

„Ich habe Ihnen ja gesagt, christliche Nächstenliebe."

Striegler antwortete nicht sofort, obwohl die Zunge brannte. Aber er wußte, das war seine Stunde. Da platzte es aus ihm heraus.

„Wenn Sie bei der ersten Lüge erstickt wären, könnte ich mir jeden weiteren Kommentar ersparen. Aber Sie wollen nicht. Sie sind zum Lügen geboren. Christliche Nächstenliebe, auch daran sollten Sie ersticken. Der Satan reitet Sie, Frau Latscher. Man sieht es Ihnen nicht an, Sie sind eine Hexe. Und ehe ich Ihre Wohnung verlasse, prophezeie ich Ihnen, wenn Sie nicht bald zur Wahrheit finden, werden Sie aus Gewissenskonflikten die Schlußfolgerung ziehen: Her mit dem Strick."

„Gott sei Dank! Den Kerl sind wir los.“ Frau Latscher hatte ihrem Herzen Luft gemacht. Sie atmete tief durch und faltete die Hände über dem Kopf zusammen. Erleichterung lag in ihrem Mienenspiel, als sie an den Tisch zurückkehrte.

„Ihrer Meinung kann ich mich nicht anschließen“, stemmte sich Enrico entgegen. „Ich stehe noch unter dem Schock des Echos, das durchs Zimmer flog. Ehrlich gestanden, ich wäre am liebsten im Erdboden versunken, so miserabel kam ich mir vor. Und ob Sie den Mann wirklich los sind, Frau Latscher, ich habe meine Zweifel.“

„Mir war auch nicht wohl in meiner Haut“, gestand Bianca. „Als der Mann das Zimmer betrat, machte er auf mich einen sehr sympathischen Eindruck. Er strahlte so etwas wie Frauentyp aus. Aber als er dann seine Stimme beben ließ, war ich erschrocken. Besonders nett klangen seine Vorwürfe gegen Sie, Frau Latscher, wirklich nicht.“

Für kurze Zeit lag Stille im Zimmer. Nur Augenpaare kreuzten sich. In das Schweigen des Raumes stellte Enrico die Frage: „Den müssen Sie doch gekannt haben! Wie käme der sonst auf solch persönliche Anschuldigungen gegen Sie? Notorische Lügnerin hat er sie genannt. Und immer wieder der brutale Vorwurf der Lüge. Der Mann muß sich doch ganz sicher in seiner Wortwahl gefühlt haben. Wie hätte er sonst voraussagen können, daß auch Sie eines Tages nach dem Strick greifen würden? Ich mache mir berechtigte Sorgen, Frau Latscher. Ich fühle mich irgendwie vorgewarnt. Das müssen Sie verstehen.“

„Mich quälen die gleichen Gedanken wie Enrico“, sagte Bianca. „Wir wurden Zeugen einer heftigen Aussprache mit sehr vielen Fragezeichen. Da wurde von Vernehmungsprotokollen gesprochen. Und wenn die Stasi ihre Finger im Spiel hat, kann es sich nicht um Diebstahl oder ähnliche Delikte handeln. Es muß da um politische Dinge gehen. Was mich noch stutzig machte, war der Versuch des Mannes, Sie in eine größere Nähe zu Herrn Dr. Helmus zu rücken, als Sie es zugeben wollten. Da sah ich plötzlich die Kranzschleifen am Grabe vor meinen Augen. Ganz so überzeugt, wie Sie glaubten, Frau Latscher, war ich von Ihren Argumenten nicht. Sie wissen, die Sache mit der Blinddarmoperation.“

Wer Frau Latscher kannte, wußte, wie sich Verlegenheit in ihrem Gesicht widerspiegelte. Scham sah auch so aus. Und dazu kam noch Furcht. Sie blieb stumm.

„Ich kann mir gut vorstellen, daß es Ihnen nicht ganz recht war, daß Bianca und ich mit anhören mußten, wie die Vorwürfe gegen Sie wie ein Donnerwetter einschlugen. Mir persönlich wäre es auch lieber gewesen, dieses Theater wäre uns erspart geblieben. Stellen Sie sich einmal vor, Frau Latscher, der Mann hätte unsere Personalien überprüft. Wissen Sie, was das für uns bedeutet hätte? Zumindest wären wir in den Verdacht geraten, mit Ihnen unter einer Decke zu stecken, obwohl wir von nichts in Ihrem Leben eine blasse Ahnung haben. Aber wer würde uns das glauben? Und der, der sich hier aufplusterte, schon gar nicht."

Bianca nahm den Faden von Enrico auf und strickte weiter. „Dabei fing alles so harmlos für uns an. Zuerst waren wir Retter in höchster Not, dann waren wir Trostspender in schweren Stunden, und um mit Ihren Worten zu sprechen, waren wir für Sie auch noch ein Geschenk des Himmels. Für Sie mag das so sein. Für uns kann Ihre Bekanntschaft zum Verhängnis werden. Es wäre nicht auszudenken, welche Folgen auf uns zukommen könnten. Möglicherweise ein Rausschmiß aus der Uni mit all seinen Konsequenten für uns."

„Wie soll ich das verstehen? Sie wollen mir doch nicht die Freundschaft kündigen? Sie haben doch selbst gehört, wie der Herr sagte, für mich ist die Angelegenheit längst abgeschlossen. Sie können ganz beruhigt sein, den Mann kenne ich überhaupt nicht. Ich habe den Herrn vorher noch nie gesehen, noch nie mit ihm ein Wort gewechselt. Glauben Sie mir. Der muß mit dem falschen Fuß aufgestanden sein und hat seinen Frust an mir ausgelassen. Möglich ist allerdings auch, daß ihn einer gegen mich aufgehetzt hat. Vielleicht sogar der, der mich vernommen hatte, bevor ich zu meiner Cousine nach Frankfurt fuhr." Noch während sie sprach, stand sie auf und ging auf die Vitrine zu, in der sich Schnapsflaschen und Gläser befanden. Auf dem Rückweg mit Wodka und deutschem Weinbrand sagte sie: „Auch damals mußte ich mir solche Schimpfkanonaden anhören. Das werde ich nie vergessen." Sie stellte Flaschen und Gläser auf den Tisch, überzog ihre Worte mit einem freundlichen Lächeln und lobte:

„Für mich sind und bleiben Sie ein Geschenk des Himmels."

Danach faltete sie die Hände zum Gebet. Als Bianca antworten wollte, zeigte Enrico mit mahnendem Finger auf seine Armbanduhr. Bianca nickte und machte Frau Latscher klar, daß schöne Formulierungen ehren können. Aber solange nicht alle Zweifel aus dem Weg geräumt sind, blieben bei ihr Angst um die Zukunft.

„Wir können uns nicht auf den Himmel verlassen", meinte sie. „Von uns werden Leistungen verlangt und eine reine Weste. Die muß auch politisch lupenrein sein, verstehen Sie, Frau Latscher. Wir fürchten uns vor Leuten, die uns am Zeug flicken könnten. Wie zum Beispiel der von vorhin. Auf keinen Fall möchten wir durch Ihre Bekanntschaft von der Uni fliegen."

„Zum Wohle", stammelte Frau Latscher und trank. Unter ihre Verlegenheit mischte sie die Absicht, Bianca umzustimmen. „Ich verstehe Sie sehr gut, Bianca. Auf keinen Fall möchte ich Ihrer Karriere im Wege stehen. Gott behüte. Sie deuten das Ende unserer Bekanntschaft an, und das tut mir sehr, sehr weh. Dann stehe ich wieder allein im Leben. Und weitere Irrtümer werden sich aneinanderreihen. Ich werde es nicht verhindern können, weil keiner da ist, der mir zuhört. Ich war und bleibe ein Spielball des Lebens. Und dabei hatte ich so viele Hoffnungen. Tun Sie mir einen Gefallen: Unterdrücken Sie bitte Ihre Bedenken. Ihnen möchte ich mein Herz ausschütten. Ich fürchte den Strick. Bleiben Sie!"

„Ich weiß nicht recht, wie ich Ihre Andeutungen verstehen soll", erwiderte Enrico. „Sie reden von Irrtümern, die zu Lügen werden, andererseits von Lügen, die sich aneinanderreihen. Da muß ich doch annehmen, daß der Mann von der Stasi im Recht war. Sie haben wissentlich falsche Aussagen gemacht, das heißt, Sie haben gelogen. Dann reden Sie von Beichte. Wer soll Ihnen die abnehmen?"

Frau Latscher schob beide Hände über den Tisch, als wollte sie nach Enrico greifen. Sosehr sie sich auch streckte, er war nicht zu erreichen. Der Tisch, der sie trennte, war zu groß, ihre Arme zu kurz. Verklärter wurde ihr Blick. Tränen trübten den Abstand.

„Ich verlange doch von keinem Menschen, daß er mir die Sünden vergibt. Das kann nur der Herr im Himmel. Ich möchte erleichtert vor ihn treten. Verstehen Sie meinen Wunsch, Enrico. Ich möchte mein Herz ausschütten vor Menschen, zu denen ich Vertrauen habe. Ein ganzes Leben lang mußte ich immer nur Rede und Antwort stehen. So entstanden die Lügen. Ich habe Menschen geschützt, die mir nahestanden. Ganz uneigennützig war ich nie, das gebe ich zu. Aber groß profitiert habe ich auch nicht. Im Gegenteil, ich habe mein eigenes Grab geschaufelt. Daneben liegt der Strick. Ich will nicht! Ich möchte selbst einmal ungezwungen sprechen dürfen. Lange sprechen, ohne unterbrochen zu werden."

Enrico sah deutlich, daß Ehrlichkeit über ihre Lippen kroch. Reue war nicht aus ihren Worten zu hören, aber ehrliche Bereitschaft zu plaudern.

„Allmählich geht mir ein Licht auf", gab er Frau Latscher zu verstehen. „Sie haben andere Menschen gedeckt und den Vorwurf der Lüge in Kauf genommen. Jetzt verstehe ich auch, warum Sie der Meinung sind, Spielball des Lebens zu sein."

Als Frau Latscher zur Flasche griff, um die Gläser zu füllen, wehrte Enrico ab. „Das ist nicht der Ausweg", meinte er. Als er weitersprechen wollte, fiel ihm Frau Latscher ins Wort. Sie sprach in Richtung Bianca.

„Sie haben eine ganze Weile geschwiegen. Sie trauen mir immer noch nicht. Ihnen muß die Angst noch tief in den Gliedern stecken. Sprechen Sie bitte ein paar nette Worte. Schön wäre es, wenn es Worte des Vertrauens wären."

Bianca zögerte nicht lange mit der Antwort: „Ich habe aufmerksam zugehört", versicherte sie. „Ihre Worte sind mir sehr nahegegangen. Der Schreck, der mich überfiel, ist längst gewichen. In Ihnen, liebe Frau Latscher, sehe ich die Ohnmacht am Tische, die nach dem Strohhalm greift. Deshalb können Sie mit meiner Unterstützung rechnen. Das ist mein Versprechen, das werde ich einhalten, da kann kommen, was will. Darauf können wir anstoßen. Prost!"

Im Verlaufe der weiteren Unterhaltung versprach auch Enrico Hilfe. Er versprach auch, sein Mißtrauen gegenüber Frau Latscher aufzugeben. Aber er meldete auch Zweifel an.

„Wahrscheinlich überschätzen Sie unsere Möglichkeiten, liebe Frau Latscher. Ich nehme an, Sie wollen uns aus Ihrem Leben erzählen, irgendwelche Vorkommnisse bereuen und dann unseren Segen abverlangen. Wenn Sie das meinen, also bitte. Meinetwegen können wir noch heute damit anfangen, vorausgesetzt, Sie wollen."

„Natürlich will ich", antwortete sie sofort. „Ich bin auf meine Beichte vorbereitet. Aber ich möchte mehr." Sie ging auf den Wohnzimmerschrank zu und kam mit Kugelschreiber und Schreibblock zurück. „Enrico", sagte sie mit mütterlicher Stimme, „Sie wollen Journalist werden. Zeigen Sie, was Sie können." Frau Latscher schob ihm Kugelschreiber und Schreibblock zu und sagte: „Als Überschrift würde ich mir wünschen: 'Eine Lebensbeichte'."

„Ganz so einfach, wie Sie sich das denken, geht es nicht, Frau Latscher. Ich vermute, Sie wollen, daß ich einen Roman schreibe. Und wahrscheinlich wollen Sie den auch selbst noch lesen. Bei aller Freundschaft, aber das kann ich nicht. Da müßte ich bestimmt zehn Schreibblöcke und fünf Kugelschreiber zur Verfügung haben. Ganz abgesehen davon, wissen Sie, wieviel Zeit ich allein zum Schreiben brauchen würde? Die habe ich mit dem besten Willen nicht. Sie wissen, zuerst kommt das Studium. Aber es freut mich, daß Sie mir soviel Talent zutrauen. Aber eine Zumutung ist es auch."

Und dann lachte er herzhaft. Bianca stimmte ein.

„Und da gibt es keine andere Lösung?", fragte sie.

Enrico schüttelte den Kopf. „Ich wüßte keine."

Da kam Bianca auf die Idee, Frau Latschers Erzählungen auf Tonband aufzunehmen. Sie meinte, das ginge schneller, ungestörter, und vor allen Dingen sei der Tonfall, mit dem erzählt würde, wichtig bei der Schilderung der Gefühlslage der Hauptperson.

„Da muß ich dir zustimmen", meinte Enrico. „Die Idee ist nicht schlecht. Schneller geht es auf jeden Fall. Und wie du schon sagtest, die Gefühlslage der Hauptperson. Aber du weißt genau wie ich, dazu müßte Frau Latscher ihre Einwilligung geben. Einen Kassettenrecorder haben wir ja. Der würde ausreichen. Wir müßten nur die Bänder kaufen."

Enrico hatte noch nicht ausgesprochen, als Frau Latscher sich mit den Worten einmischte: „Meinen Segen haben Sie. Machen

Sie, was Sie für richtig halten. Ich kenne mich mit dem Zeug nicht aus. Das macht nichts, meinen Segen haben Sie." Sie kippte noch einmal nach, obwohl Bianca und Enrico abwehrten. „Auf den Roman von Enrico", lachte sie über den Tisch. „Ich mache Ihnen einen Vorschlag", sagte sie gleich anschließend. „Wenn Sie wollen, können Sie bei mir schlafen. Ich habe doch oben das Gästezimmer. Da sind Sie völlig ungestört. Und wenn Sie meine Waschmaschine benutzen möchten, tun Sie sich keinen Zwang an. Alles stelle ich Ihnen gerne zur Verfügung. Und während Enrico und ich den Roman schreiben, können Sie, Bianca, für das leibliche Wohl sorgen. Einverstanden?"

„Mir ist die Frage wie ein Ausrutscher über die Zunge gelaufen", gestand Frau Latscher gegenüber Enrico ein. „Da war zuerst die innere von Neugier getriebene Stimme und dann die naive Frage. Zu gern hätte ich gewußt, wie lange Dr. Helmus am Galgen leiden mußte. Aber der Herr von der Kripo zuckte die Schultern. Auch seine Kopfbewegungen waren nicht anders. Eine genaue Auskunft konnte er mir nicht geben, obwohl, wie er beteuerte, ihn diese Frage ebenfalls brennend interessierte. Er gab dann aber im Laufe der Unterhaltung zu verstehen, daß alles im Leben seine Zeit brauche, auch das Sterben am Haken. Er redete auch davon, daß der Tote in der Pflicht sei zu schweigen."

Frau Latscher erzählte entspannter, viel aufgeschlossener als die Tage zuvor. Wenn sie sprach, klangen ihre Sätze wie ausgehaucht, so leise, aber auch selbstsicher.

„Lobend muß ich die beiden Herren von der Kripo vorstellen. Die führten mich durch die Räume des Dr. Helmus, ohne mich zu beschimpfen oder zu beleidigen. Keinerlei Ausflüchte in Verdächtigungen, nicht einmal kam das Wort 'Lüge' aus ihrem Munde. Meine bisherigen Erfahrungen mit der Stasi haben die beiden von der Kripo total auf den Kopf gestellt. Die eine Firma benimmt sich so, die andere genau gegenteilig. Anstand ist eben keine Geschmackssache, mehr wohl eine Sache der Erziehung."

Im Verlaufe der Unterhaltung sah Frau Latscher gelegentlich auf die Uhr, öfter aber auf den Kassettenrecorder. Sie vermied Lärmgeräusche jeglicher Art. Enrico und Bianca unterbrachen nie. Enrico hatte ihr versprochen, den Recorder einzuschalten, während sie sprach, um ihr dann anschließend vorzuspielen.

„Unangenehm für mich war allerdings der Augenblick, wie der eine Herr auf die Bohrmaschine an der Erde hinwies und gleich anschließend auf den Haken im Balken der Dachkammer. Der Herr zeigte sich nicht weniger ergriffen als ich, als er meinte, so sei die Sache abgelaufen. Mir stockte das Blut im Kopf. Vor Tagen noch wäre ich aus den Latschen gekippt. Aber nichts dergleichen geschah. Darüber habe ich mich doch gewundert, denn die Trauer um Dr. Helmus empfinde ich weiterhin als ungebrochen. Als wir die Dachkammer verließen, mußte ich mir eingestehen, auch nur ein Gewohnheitstier zu sein, wie andere Menschen auch."

Als Enrico an dieser Stelle merkte, daß ihre Wangen zu zukken begannen und sich ihre Finger verkrampften, gab er das vorher mit ihr vereinbarte Zeichen zum „Stopp". Während sie erleichtert durchatmete, meinte Enrico: „Bis hierher mein Kompliment, Frau Latscher. Ganz ausgezeichnet, wie Sie die Romanfigur gespielt haben. Ganz ausgezeichnet, kann ich da nur sagen."

Auch Bianca war begeistert. Frau Latscher wurde ungeduldig. Sie bat Enrico, das Band abzuspielen.

„Ich bin gespannt, wie sich meine Stimme anhört."

„Kein Problem", meinte Enrico. „Das ist schnell gemacht."

Da fragte Bianca: „Wollen wir nicht erst eine Tasse Kaffee zusammen trinken? Ihren Stimmbändern wird er guttun, Frau Latscher."

„Jetzt bin ich baff! Das soll meine Stimme sein?" fragte sie. Danach erzählte sie weiter, und Enrico ließ das Tonband laufen.

„Als wir die Bodenkammer verlassen hatten, war alles, was kam, reine Formsache. Mein erster Weg war zum Schrank hin, in dessen Schubladen das von Dr. Helmus hinterlassene Testament lag. Es waren drei Briefumschläge. Ich kannte den Inhalt, ich wußte, wo sie lagen. Als ich sie an mich nehmen wollte, zeigte sich einer der Herren etwas neugierig. Als ich ihm erklärte, daß es sich um das Testament handele, sah er oberflächlich hin und spielte plötzlich den Desinteressierten. Auch meine Besitzansprüche auf Porzellangeschirr und Kristallvasen wurden widerspruchslos anerkannt. Auf Möbel habe ich verzichtet, die hatte Dr. Helmus ohnehin zu Lebzeiten schon der Kirche versprochen.

Aber ehe ich es vergesse", sagte Frau Latscher nach kurzem Durchatmen, „da war noch eine Geschichte, die ich Ihnen nicht vorenthalten möchte. Der nette Herr von der Kripo, mit dem ich mich auf dem Dachboden über den Tod von Dr. Helmus unterhalten hatte, sah in der Ecke der Bodenkammer ein Schränkchen. Wir waren bereits auf dem Weg, den Raum zu verlassen. Da drehte er sich noch mal um, öffnete die Schranktür. Vor ihm lagen zwei Stapel wissenschaftlicher Zeitschriften, die ihn etwas ahnen ließen. Er blätterte oberflächlich darin herum und schüttelte immer wieder den Kopf.

'Die muß Dr. Helmus durchgeackert haben. Auf mehreren Seiten sehe ich hier rot umrandete Artikel, und die Namen der Autoren sind besonders dick mit Rotstift unterstrichen. Kennen Sie diese Zeitschriften, Frau Latscher? Oder können Sie mir sagen, warum soviel Rotstift verwendet wurde?'

Ich bedauerte ihm gegenüber, daß ich ihm keine Antwort darauf geben könnte, nicht einmal von der Sammlung derartiger Zeitschriften in der Dachkammer wüßte. Als der Herr die Zeitschriften in das Schränkchen zurückpackte, hatte ich ein schlechtes Gewissen."

Frau Latscher sprach nicht weiter. Ihre Hand glitt über ihre runzlige Stirn. Sie sann über eine Erklärung nach, die Zweifel zerstreuen sollte.

„Lassen Sie mir bitte noch etwas Zeit", bat sie Bianca und Enrico. „Auf dieses Thema komme ich noch einmal zurück, das verspreche ich Ihnen. Ich denke da an eine bestimmte Stelle im Roman."

„Demnach war die Antwort, wenn ich sie richtig deute, wiederum nicht die Wahrheit", meinte Bianca. „Aber Sie kennen doch das Sprichwort: 'Was du heute kannst besorgen, verschiebe nicht auf übermorgen.' Sie müssen doch einen speziellen Grund für Ihre Zurückhaltung haben."

„Natürlich habe ich den. Aber der Grund ist mehr der Hintergrund meines Wissens. Und den kann ich jetzt nicht in wenigen Sätzen erläutern. Das ist der sprichwörtliche 'rote Faden', der sich durch den Roman ziehen wird, verstehen Sie. Ich müßte sehr weit ausholen. Haben Sie bitte noch etwas Geduld. Sie wollen doch die ganze Wahrheit hören, oder?"

„Die Zeit von damals zu heute läßt sich nur schlecht vergleichen. In der Zeit kurz nach dem Krieg war sich jeder selbst der Nächste, wenn es darum ging, auch nur einigermaßen satt zu werden. Da war das Glück auf meiner Seite. Robert war bei mir. Seine Eltern besaßen eine Fleischerei, und er arbeitete kräftig mit. Erst später ging er in die Fleischfabrik. So erklärt es sich, daß mein Tisch gut und regelmäßig gedeckt war. Ich war satt und genoß seine Liebe. Das war unschätzbar in der damaligen Zeit."

„Aber hatten Sie da nicht auch Angst vor diesem Manne?" fragte Bianca. „Ihrer Schilderung nach muß er ein Riese von Kerl gewesen sein, mit Bärenkräften. Sprichwörtlich war seine lockere Faust, die er immer dann einsetzte, wenn er sich Respekt oder Vorteile verschaffen wollte. Ich denke da an seinen gewaltsamen Ausbruch aus der Kriegsgefangenschaft. Mit einem Fausthieb ins Genick eines englischen Soldaten hat er sich den Weg gebahnt. Das muß ja ein richtiger Schlägertyp gewesen sein. Und so, wie Sie hier vor uns sitzen, machen Sie mehr einen hilflosen, wehrlosen Eindruck."

„Wir haben doch auch gelernt, daß sich Gegensätze anziehen", meinte Frau Latscher. „So gesehen war unsere Liebe, die mit einer Freundschaft in der Schule begann, ganz normal. Und damit kein falscher Eindruck entsteht: Robert war mir gegenüber stets höflich und nett. Auch andere junge Damen, zu denen er Freundschaften unterhielt, beklagten sich nicht über Rüpeleien und Gewaltandrohung. Er war Kavalier vom Scheitel bis zur Sohle, wie man sagt. Wissen Sie, Bianca, und dann ist da noch eins: Die ständige Rivalität der jungen Damen untereinander – jeder wollte ja die Seine sein, wenn möglich für immer – machte nicht nur blind, sondern auch gefügig. Ich weiß nicht, ob ich damals nicht auch eine Grobheit von ihm ertragen hätte. Den Mann und keinen anderen, das war die Devise. Nicht nur meine. Roberts bevorzugte Liebe zu mir führte zum Verlust aller Freundinnen. Das mußte mit in Kauf genommen werden. Bianca, Sie hätten mal sehen sollen, wie Robert tanzen konnte. Trotz seiner stämmigen Figur schwebte er wie eine Feder."

„Nach allem, was Sie sagen, Frau Latscher, muß Ihr Robert ein leichter Vogel gewesen sein. Einer, der seine Eier auch gern in fremde Nester legte“, behauptete Bianca.

„Da haben Sie recht“, entgegnete Frau Latscher. „Er war ein sehr leichter Vogel. Deshalb war ich grenzenlos eifersüchtig. Übrigens, das war ich in der Schule schon. Meine Schwäche für ihn war seine Trumpfkarte. Und die spielte er immer dann aus, wenn er mich für Liebesspiele gefügig machen wollte. Auswege waren da keine. Von Blindheit geschlagen, war ich stets das Opfer. Wenn wir abends ausgingen, trafen wir auf Freundinnen von ihm, gingen wir tanzen, was ich oftmals zu unterbinden versuchte, gehörte der erste Tanz mir, meist war es auch der letzte. Danach schwebte er durch den Saal, jedesmal mit einer anderen Dame. Und während des Tanzes wurde geküßt. Meine Augen mußten viel ertragen. Für Robert war es genüßlich, mir zu beweisen, wie ihm die Damen zu Füßen lagen. Ganz schlimm wurde es dann, als er die elterliche Schlachterei verließ und in die Fleischfabrik ging. Völlig ohne Grund, wie mir seine Eltern sagten. 'Pure Abenteuerlust und Wichtigtuerei', sagte sein Vater. Langsam, aber sicher entschwand er meinen Blicken“, klagte Frau Latscher. „Aber wenn er einmal bei mir war, war es ein Spiel des großen, unverwechselbaren Genießens. Trotzdem, bei allen Vorwürfen, die ich heute gegen ihn erhebe, bin ich ihm auch zu Dank verpflichtet, was seine materielle Hilfe für mich anbetrifft. Dank und Schmerz liegen aus heutiger Sicht dicht beieinander, wie Fleisch und Wurst auf meinem Tisch damals. Er hatte mich lediglich entlohnt, ohne daß mir das damals bewußt wurde. Diesen Vorwurf, so verblendet gewesen zu sein, mache ich mir heute noch.“

„Was für mich unbegreiflich ist“, streute Bianca in die Unterhaltung, „daß Sie nicht mit weiblichen Waffen zurückgeschlagen haben. Sie sind doch heute noch eine sehr attraktive Frau. Ich kann mir Sie gut zur damaligen Zeit vorstellen. Warum konnten Sie nicht seine Eifersucht herauslocken? Ich hätte ihn zur Weißglut getrieben.“

„Auch das habe ich versucht“, entgegnete Frau Latscher. „Ich nahm sogar an, er würde mir aus der Hand fressen. Mein Ziel habe ich nie erreicht. Einmal, ich erinnere mich noch sehr genau, forderte mich Herr Helmus zum Tanz auf. Robert hatte mich wie ein Mauerblümchen sitzenlassen. Während wir tanzten, bat ich Herrn Helmus, seine Schüchternheit abzulegen und mich näher an sich heranzudrücken. 'Dann fährt Robert aus der Haut', antwortete er. 'Ich möchte keinen Streit zwischen uns provozieren.' Helmus muß geahnt haben, was ich vorhatte. Als er mich schließlich doch näher an sich heranzog, kam uns Robert tanzend näher. Dabei lachte er. In Tuchfühlung mit ihm sagte er: 'Schön sieht das nicht aus, wie ihr tanzt. Ihr müßt noch sehr viel lernen.' Dann schwebte er mit seiner Partnerin quer übers Parkett.

Herr Helmus war mit Robert befreundet. Von der Größe her nahmen sich beide nicht viel. Aber Helmus war ein Leichtgewicht gegenüber Robert. Ein Schlägertyp schon gar nicht. Er war mehr ein nachdenklicher, strebsamer Mensch, sehr eitel, aber nicht überheblich. Ihm lag es nicht, andere Menschen zu kränken. Das machte ihn so sympathisch. Ich hatte schon seit längerer Zeit ein Auge auf Helmus geworfen. Für mich war er nicht die Notlösung in einer nicht so richtig funktionierenden Liebesbeziehung zu Robert. Er war ein Freund für alle Fälle. So verstand er sich auch selbst. Er war Student und von daher schon geistig reifer und ausgeglichener als Robert. Wenn der über Helmus redete, fielen Worte wie 'Trottel', 'Fachidiot' oder 'Tanzkasper'. Derartige Äußerungen über Robert habe ich von Helmus nie gehört. Es war nicht die Angst, die seine Zunge bremste. Es war Anstand."

„So richtig ist es Ihnen demnach nie gelungen, den Robert eifersüchtig zu machen", unterbrach Bianca. „Statt dessen entwickelte sich klammheimlich eine Liebesbeziehung zu Herrn Helmus. Das war doch so? Jedenfalls hört es sich so an, wenn Sie erzählen."

„Sie haben richtig zugehört, Bianca. Ich tanzte zunächst aus Eifersucht auf zwei Hochzeiten. Klammheimlich, wie Sie sagten. Und daraus entwickelte sich eine Liebesaffäre mit zwei Partnern."

Hier unterbrach Frau Latscher ihre Lebensbeichte. Auf ihrer Stirn spiegelten sich Erlebnisse, die sie nicht preisgeben wollte. Sie starrte in die Leere ihres Schnapsglases, als müßte sie sich schämen oder als suche sie nach Worten eines logischen Übergangs.

„Es war die Schicksalsstunde meines Lebens. In meinen Händen hielt ich die schriftliche Bestätigung der Schwangerschaft. Da flossen Tränen, die nicht einzuordnen waren. Freudige Erwartung und Angst vor der Zukunft quälten mein Denken. Sosehr ich mich auf das Baby freute, das Wissen um den Konflikt, der ausbrechen mußte, ließ immer neue, brennende Tränen fließen. Nur ich wußte, wer der Vater war. An dem Tage, als es geschah, hatte ich ihm dies bereits prophezeit. Trotzdem war ich von der Wahrheit überrascht."

„Da hat Ihr Robert sicher große Augen gemacht, als er von der Vaterschaft erfuhr?" wollte Bianca wissen. „Immerhin mußte er Farbe bekennen. Entweder Sie oder eine der vielen anderen. Möglich ist ja auch, daß Sie ihn mit Absicht in die Falle laufen ließen. Der Verdacht liegt nahe. Sie wollten ihn ja ganz für sich allein haben. Den Robert und keinen anderen. Ihre Schwangerschaft war ja auch für Robert der Zwang zur Entscheidung."

„Robert war nicht der Vater. Das wußte ich genau. Der Vater war Herr Helmus."

„Und Sie waren sich ganz sicher, daß es nicht Robert war?"

„Ganz sicher", antwortete Frau Latscher. „Und wissen Sie, Bianca, aus heutiger Sicht war es das große Glück, das mich in den Arm nahm. Einen besseren Vater hätte meine Tochter nicht haben können.

An jenem Tag lauerte ich ihm vor der Uni auf. Nichts sollte dem Zufall überlassen werden. Als er mich sah, kam er mit großen Schritten auf mich zu. Freude lag in seinem Gesicht und in seinen Worten, als er sagte: 'Schön, daß du gekommen bist.' Und nachdem sich seine Lippen von meinen trennten, meinte er mit zärtlicher Stimme: 'Du bist die Rose in meinem Leben. Wie schön wäre es doch, wenn wir immer und ungestört zusammen sein könnten. Meinst du nicht auch?'

Ich weiß noch, daß ich verlegen nickte. Dann gab ich ihm das Attest von der Schwangerenberatung. Nicht ein Wort kam über meine Lippen. Nur meine Augen tasteten ihn ab. Er las, immer lächelnder wurde sein Gesichtsausdruck. Und dann drückte und küßte er mich, wie ich es nie zuvor verspürte. Dann erinnerte ich ihn an jenen Tag, als ich ihm sagte, ich glaube, jetzt ist es passiert. Daraufhin meinte er: 'Du sprichst so traurig. Bist du nicht glücklich?'

Wir spazierten durch die Parkanlagen, malten Bilder der Zukunft in unseren Köpfen aus und sprachen auch darüber.

'Du mußt keine Angst haben, Schätzchen', tröstete er mich. Es wird alles gutgehen. Gleich morgen früh werde ich meine Dozenten um Zustimmung bitten. Das Studium wird zeitweilig unterbrochen, Arbeit im Bergbau gibt es genug, dazu die großen Lebensmittelrationen, was wollen wir mehr.'

'Du wirst dir doch nicht die Zukunft verbauen', warnte ich ihn. 'Ich habe meine Arbeit auf der Sparkasse und verdiene auch Geld. Mir tust du keinen Gefallen mit deinem voreiligen Entschluß. Du und Bergmann, das ist absurd.'

Als er so tröstend auf mich einredete, war mir, als würde mir das Herz zerspringen. Schon der Gedanke daran, daß er in tausend Meter Tiefe der Vater meines Kindes sein sollte – für nichts auf der Welt. Deshalb bat ich ihn, auch im Interesse unseres Kindes, keine Abenteuer einzugehen. Helmus zeigte sich nachdenklich und schwieg. Ich wurde das Gefühl nicht los, daß er mich vor vollendete Tatsachen stellen würde. Deshalb warnte ich ihn noch einmal: 'Wenn du mich wirklich liebst, dann bitte keine Abenteuer. Versprichst du mir das?'

Er bäumte sich vor mir auf. Tief war sein Blick in meine Augen. 'Ich will doch ein guter Vater sein. Dazu gehört ein gesichertes Einkommen und ausreichend zu essen. Das kann ich als Student nicht bieten. Ich werde noch einmal in Ruhe darüber nachdenken. Auf keinen Fall lasse ich dich die Last allein tragen.'

Als wir nach vielem Gerede die Parkanlage verlassen hatten, bat ich ihn, mit keinem Menschen über meine Schwangerschaft zu reden. Auch seine Dozenten sollten nichts davon wissen. Darauf habe ich wohlüberlegt gedrungen.

Noch am gleichen Abend polterte Robert in meine Wohnung. Er war angetrunken. Als er mich küssen wollte, wehrte ich ab. 'Aber nicht mit dieser Fahne', sagte ich ihm. Er nahm meine Abwehr gelassen hin. Dann setzte er sich, ohne auch nur ein Wort der Entschuldigung zu sagen. Dafür paffte er eine Zigarette nach der anderen. Allerdings, und das darf ich nicht verschweigen, hatte er zuvor ein Fleisch- und Wurstpaket auf den Tisch gelegt. Ich wollte wissen, ob ihm eine Laus über die Leber gelaufen sei.

Er antwortete nicht und döste vor sich hin. Dann fragte ich noch einmal: 'Irgend etwas stimmt doch mit dir nicht, Robert?' Ich war fest in der Annahme, daß er von meiner Schwangerschaft gehört haben mußte. Aber von wem? Ich selbst wurde doch erst vor wenigen Stunden überrascht.

Mit wackligen Beinen suchte er Zuflucht am Fenster. 'Ich schäme mich', kam es aus ihm heraus. Dann unterbrach Trunkenheit seine Absicht. Er faßte sich erst wieder nach kräftigen Lungenzügen aus der Zigarette. 'Ich weiß nicht, wie ich es dir beibringen soll', stammelte er durchs Fenster. Als er sich umdrehte, wurde er deutlicher. 'Meinen Eltern habe ich es vorige Woche schon gesagt. Dann kam der große Krach mit angedrohten Folgen. Danach fehlte mir der Mut. Aber heute muß es heraus. Halte dich fest, Liebling: Ich werde Vater.'

Ich weiß heute nicht mehr, wie ich von seiner Ansicht aus reagiert habe. Ich verspürte nur die Eingabe des Himmels in meiner Gedankenwelt, als ich ihm sagte: 'Dein Mut ist bewundernswert. Zuerst wird den Eltern gebeichtet und dann mir. Ich kann dir darauf nur antworten, nun halte du dich fest, Liebling. Auch ich bin schwanger. Du wirst noch einmal Vater! Hier, das ist das Attest, um alle Zweifel zu beseitigen. Und noch heute abend verlange ich von dir eine Entscheidung. Entweder eine deiner Geliebten oder ich. Meine Entscheidung werde ich auch deinen Eltern mitteilen. Ich halte das für den anständigsten Weg.'

Da nahm er seinen Blick vom Fenster und kam mit großen, furchterregenden Augen auf mich zu. 'Schön klingt das nicht, was du mir zu berichten hast. Aber macht nichts, wir werden das Kind schon schaukeln.' Nach einer Weile des Überlegens sagte er: 'Bist du denn mit dem Kind überhaupt einverstanden? Wenn nicht, dann würden meine Eltern sicher einen Ausweg finden. Ich meine, so mit Geld und einem guten Arzt. Du weißt doch, Vater hat gute Beziehungen, nach allen Seiten.'

'Schämst du dich nicht?' fragte ich ihn. 'Hast du den gleichen Vorschlag auch deiner anderen Geliebten gemacht? Oder kommt der Vorschlag zur gewissenlosen Abtreibung gar von deinen Eltern?'

Da fiel er mir mit brutalen Gesichtszügen ins Wort: 'Meine Eltern laß bitte aus dem Spiel. Die haben damit nichts zu tun. Das war ganz allein mein Vorschlag. Und ich habe es nur gut gemeint für uns beide. Verstehst du?' Dann schnappte er nach Luft und auch zur Zigarette und sprach weiter: 'Von deiner Schwangerschaft wissen meine Eltern ja noch gar nichts. Was die andere anbetrifft, hat meine Mutter gleich gesagt: »Die kommt uns nicht ins Haus.« Alles klar? Und mein Vater verlangte saubere Verhältnisse in der Familie. Du stehst doch meinen Eltern viel näher als die andere.'

In diesem Zusammenhang darf ich nicht unerwähnt lassen, daß sich im Laufe der Zeit zu Roberts Eltern ein gutes Verhältnis angebahnt hatte. Roberts Vater nannte mich hin und wieder 'Schwiegertochter'. Inzwischen suchte Robert abermals Zuflucht am Fenster. Als ich ihn dann fragte, wie er sich unser weiteres Zusammenleben vorstellen würde, sprach er von anfänglichen Schwierigkeiten, die sich aber beheben ließen. Aber dann kam er immer wieder auf seine Eltern zurück, die uns hilfreich unter die Arme greifen würden. Aber da entfielen ihm dann auch noch die Worte: 'Wie schön war doch die Zeit. Was habe ich bloß verbrochen?' Er stöhnte jedes Wort langgezogen vor sich hin.

Mir war speiübel. In diesem Zustand totaler Abneigung standen ganz plötzlich zwei so unterschiedliche Männer vor meinen Augen, wie ich sie nie zuvor gesehen hatte. In der Liebe ein Gleichklang der Melodien und dann der unterschiedliche Wert der Charaktere.

Als sich Robert von mir verabschiedet hatte, er stand bereits mit einem Bein in der Tür, kam er noch einmal ins Zimmer zurück. 'Du hättest dir das reiflicher überlegen sollen. Wir sind noch jung. Ein ganzes Leben liegt vor uns. Du lehnst den Eingriff eines guten Arztes ab, also willst du das Kind. Meine Eltern wollen saubere Verhältnisse in der Familie. Da bleibt kein anderer Weg, wir müssen heiraten!'

'Was heißt hier »müssen«', ging ich sofort dazwischen. 'Wir müssen gar nichts. Wenn du nicht willst, bitte schön, dann geh. Ich zwinge dich nicht. Schon gar nicht eines Kindes wegen. Ich habe ein eigenes Dach über dem Kopf, einen gutbezahlten Arbeitsplatz und gesunde Hände. Das Kind kriege ich ohne dich groß. Darauf kannst du dich verlassen, Robert.'

Er sprach anschließend eine Menge dummer Worte. Er hätte das nicht so gemeint, wie ich es auffasse. Und wenn er von Hochzeit spreche, meine er es ernst. Aber den Termin wollte er mit seinen Eltern absprechen. Dann kam ein ironischer Scherz aus Alkoholfahne und Zigarettenqualm: ‘Das Kind muß doch einen Namen haben.’

Da platzte mir der Kragen. ‘Das Kind der anderen Geliebten braucht auch einen. Hast du dir darüber auch Gedanken gemacht?’ Als ich mich wieder einigermaßen gefaßt hatte, fragte ich ihn: ‘Robert, glaubst du, daß das auf die Dauer mit uns gutgeht?’

‘Kommt Zeit, kommt Rat’, antwortete er. Ohne ein Wort des Abschieds verließ er das Zimmer. Ehe er die Tür hinter sich zumachte, sagte er noch: ‘Morgen gehen wir zusammen zu meinen Eltern. Ich hole dich ab. Nicht daß du allein hingehst, verstanden? Meine Alten werden Augen machen. Eine Gardinenpredigt habe ich ja schon weg. Also, dann bis morgen.’“

„In Ihrer Haut hätte ich nicht stecken mögen“, bemerkte Bianca. „Einerseits beklagten Sie, daß Robert Eier in verschiedene Nester legte, was ich auch nicht für richtig halte, andererseits legen Sie in Ihr eigenes Nest ein Kind, das gar nicht von Robert gezeugt wurde. Das war auch nicht in Ordnung. Hatten Sie da keine Gewissensbisse? Sie verstecken sich hinter einem angeblichen Wink des Himmels. War das nicht doch mehr ein Plan der Rache? Sie wollten es ihm heimzahlen für enttäuschte Illusionen. Deshalb inszenierten Sie das Schauspiel einer Hochzeit, obwohl Sie genau wußten, diese Ehe würde nicht von langer Dauer sein. Die wollten Sie meiner Meinung nach auch gar nicht. Sie wollten Herrn Helmus in seelischer Ausgeglichenheit halten, damit er sein Studium beenden konnte. Spätestens dann wäre der Zeitpunkt der Scheidung gekommen. Für mein Empfinden, Frau Latscher, war Ihre Frage: ‘Robert, glaubst du, daß das auf Dauer mit uns gutgeht?’ scheinheilig. Die Antwort hatten Sie doch bereits gegeben, bevor Sie an Robert die Frage stellten. Wie ging es denn weiter nach der Hochzeit?“

„Rache? Nein, Bianca. Diesen Vorwurf muß ich von mir weisen. Solche Überlegungen muß ich von mir weisen, die passen nicht zu mir. Allerdings, und das bestreite ich nicht, purer Egoismus war Wegweiser in die Zukunft. Da war die materielle Hilfe seiner Eltern, von der auch Herr Helmus profitierte, und die soziale Absicherung durch Robert, zu der er gesetzlich verpflichtet war. Das ist die ganze Wahrheit. Egoismus ja, Rache nein. Ohne spürbare Not über die Runden zu kommen, das war mein Wunsch. Dabei tat ich nichts anderes als Robert auch. Als ich ihm die Frage nach unserer gemeinsamen Zukunft stellte, sprach er mir ungewollt aus dem Herzen. 'Kommt Zeit, kommt Rat.' So war das damals. Nach unserer Hochzeit, ich war im fünften Monat, häuften sich Streitereien und gegenseitige Vorwürfe. Robert suchte sein Heil in der Flucht, ich in vorgetäuschter Einsamkeit.

Für Robert begann eine neue Laufzeit. Er kam unregelmäßig von der Arbeit zurück, trat einem Sportverein bei und entdeckte auch eine besondere Leidenschaft für Versammlungsbesuche. Und wenn er sich wirklich einmal bei mir aufhielt, dann war er nicht gehfähig. Er stank nach Alkohol und Nikotin. Er war nur selten ansprechbar. Seine Eltern haben ihm oft ins Gewissen geredet. Es half nichts.

Nach der Geburt meiner Tochter war er ganz von der Rolle. Eine Woche zuvor hatte seine Geliebte entbunden. Er kam total betrunken von der Arbeit nach Hause, legte sich aufs Sofa und stöhnte vor sich hin: 'Hurra, ich bin Papa.'

Als ich wissen wollte, ob es ein Junge oder ein Mädchen sei, stöhnte er genauso: 'Was weiß ich, alles scheißegal.' Ich hätte ihm ins Gesicht spucken können. Aus seinem Rausch, aus seinem Stöhnen kam soviel Menschenverachtung, daß ich mich aufmachte, ihn zu hassen."

Frau Latscher bat Enrico, das Tonband anzuhalten. Auf ihrer Stirn runzelte schmerzliche Erinnerung. Sie pustete Erschöpfung in den Raum und zeigte auf ihre trockene Zunge. Als Bianca in die Küche ging, um Kaffee zu kochen, äußerte Frau Latscher ihr Verlangen nach einem deutschen Weinbrand.

„Der Robert hat mir Appetit gemacht", lachte sie und ging zu ihrem Getränkedepot.

„Bewundernswert waren Ihre Nerven zu damaliger Zeit", meinte Bianca. Während Bianca den Kaffee servierte, füllte Frau Latscher die Schnapsgläser. Bevor sie ihr „Prost" aussprechen konnte, sprach Bianca: „Ob ich solche Strapazen ertragen hätte, wage ich zu bezweifeln. Es war ja nicht nur eine Scheinehe, die Sie führten, es muß ja nach allem, was wir bisher gehört haben, auch ein Eheleben in doppelter Hinsicht gewesen sein. Anders war das doch wohl nicht möglich. Denn auch Herr Helmus war anspruchsberechtigt. Schließlich war er der Vater des Kindes. Für mein Rechtsempfinden wäre das ohnehin nichts gewesen. Ich denke da an einen gut durchdachten Ehebruch."

„Vom Gegenteil werde ich Sie nicht überzeugen können, Bianca. Deshalb erspare ich mir auch den Versuch. Es ist doch leider Gottes auch heute noch so, daß einer Frau moralische Qualitäten abgesprochen werden, wenn ihr Seitensprünge nachgewiesen werden. Da werden Ursache und Wirkung unter den Teppich gekehrt. Der Schandfleck bleibt stets an der Frau kleben. Glauben Sie mir, Bianca, es war nicht mein sexueller Trieb, wie Sie vielleicht vermuten könnten, es war weitaus mehr das Wissen um die Tatsache, daß meine Ehe nur auf dem Papier bestand. Es war die saubere Lösung nach Ansicht seiner Eltern, die es so und nicht anders von ihrem Sohn verlangt hatten. Dafür kauften sie die Trauringe, und dafür richteten sie auch die Hochzeitsfeier aus. Daß sich in meinem Kopfe Egoismus tummelte, das bestreite ich nicht. Aber war der wirklich so verwerflich, von Ihrem Rechtsempfinden aus gesehen? Ich bleibe dabei, meine Heirat mit Robert war eine Notlösung zugunsten eines besseren Charakters. Damit meine ich Herrn Helmus. Aber jetzt Prost, meine Lieben. Der Kaffee wird auch schon kalt."

Von Enrico erhielt Frau Latscher das Zeichen weiterzusprechen.

„Ich erinnere mich noch heute sehr genau eines ganz bestimmten Tages. Angeblich hatte Robert, wie er sagte, die Zeit verschlafen. Trotzdem ging er zur Arbeit, aber er war mißmutig. Dann kam er zurück und erzählte mir, daß ihn sein Meister zurückgeschickt hätte, um Überstunden abzubummeln. Auch den nächsten Tag könne er zu Hause bleiben.

Ich sehe ihn heute noch genauso vor mir stehen wie damals. Und schon früh am Morgen eine Fahne. Er nahm die Zeitung vom Schrank und legte sich aufs Sofa. In seiner ihm eigenen Paschamanier verlangte er nach einem Stuhl und dem Aschenbecher. Ich brachte ihm dies ans Sofa. Er las und rauchte. Kurze Zeit später schlief er ein. Diese Zeit wollte ich zum Einkaufen nutzen. Zwei, drei Stunden mußten einkalkuliert werden. Der Einkauf bei den Schwiegereltern war da von großem Vorteil. Ich mußte mich nicht in der Schlange anstellen. Ein paar Schritte über den Hof, und schon wurde ich hintenherum bedient. So war das damals. Und trotzdem ging beim Einkauf viel Tageszeit verloren.

Als ich zu Hause ankam, war die Wohnungstür unverschlossen, obwohl ich beim Verlassen der Wohnung gewissenhaft abgesperrt hatte. Da dachte ich noch so: Mein Gott, was der Mensch im Suff alles anrichten kann. Mein erster Gedanke war: Das Kind! Ein Glück, es schlief. Die kleine Faust an den Mund gepreßt, lag es genauso da, wie ich es hingelegt hatte. Auf dem Sofa lag die Zeitung in Fetzen herum, im Aschenbecher fühlte ich kalte Kippen. Da nahm ich an, daß Robert nach Zigaretten unterwegs war. So vergingen Stunden um Stunden, er kam nicht heim. Am schlimmsten war die Nacht. Es war ängstliche Erwartung. Müdigkeit überwältigte mich, aber ich konnte nicht schlafen. Am nächsten Morgen packte ich meine Tochter und ging mit ihr zu den Schwiegereltern. Als ich so früh auf den Hof kam, lief ich direkt auf die Schwiegermutter zu, die aus dem Schlachthaus kam.

'Ist was, mein Kind?' fragte sie erschrocken. Als ich sie nach Robert befragte, zuckte sie die Schultern. 'Bei uns war er nicht, mein Kind, und bei uns ist er auch jetzt nicht!'

Da kam auch schon der Schwiegervater aus dem Schlachthaus. Als er unserer Unterhaltung lauschte, entfielen ihm die Worte: 'Der hat wieder seinen Laufrhythmus. Aber warte ab, mein Kind, wenn der mir unter die Finger kommt! Einmal muß Schluß sein. Zwei Kinder sind ja wohl erst einmal genug. Ich war auch kein Kind von Traurigkeit. Aber wie der es treibt, da platzt mir doch der Kragen. Gnade Gott, wenn der mir unter die Finger kommt!'

Dazu kam es nicht mehr. Nach ungefähr drei Wochen stand fest, daß Robert in den Westen abgehauen war. Eine Kundin der Schwiegereltern bestätigte, daß er gemeinsam mit ihrem Sohn das Land verlassen hatte. Sie legte einen Brief aus München vor und sagte unter Tränen: 'Wir wissen nicht warum. Er hatte es doch gut bei uns. Irgendeiner muß ihn verrückt gemacht haben.'

Als mir die Schwiegereltern abends die Nachricht überbrachten, erfuhr ich auch davon, daß Robert wenige Stunden vor seinem Verschwinden seine Eltern um 8 000 Mark angepumpt hatte. Angeblich erhielt er zu diesem Preis ein Haus in der Nähe, mit dem er mich überraschen wollte. Die Eltern gaben es ihm. Das Geld ist auch weg. Ungewöhnlich war das Verschwinden junger Leute damals nicht. Täglich waren Familien betroffen. Die einen freuten sich, daß es geklappt hatte, die anderen trauerten um den plötzlichen Verlust ihrer Angehörigen. Das war normaler Alltag.

Nach einer Weile tröstender Worte sagte der Schwiegervater: 'Wir wollen dir nicht verschweigen, mein Kind, daß Robert auf dem Weg in die französische Fremdenlegion ist. Wer nach dahin abhaut, ist von allen guten Geistern verlassen, und nur wenige kehren von da zurück. Fang ein neues Leben an. Unseren Segen hast du. Wie du auch in Zukunft entscheiden wirst, unser Verständnis hast du. Wir mischen uns in deine Entscheidungen nicht ein. Sollte er in einem halben Jahr nicht zurück sein, dann laß die Ehe für ungültig erklären.'"

„Allmählich fange ich an zu begreifen", gestand Bianca. „Ich bin fast geneigt, mich bei Ihnen zu entschuldigen. Es muß Ihnen zugute gehalten werden, daß Sie dem Robert gegenüber nie behauptet haben, das Kind sei von ihm. Sie hatten lediglich von Ihrer Schwangerschaft gesprochen. So war es doch?"

„Natürlich", erwiderte Frau Latscher. „Ich selbst hatte Robert keine Entscheidung aufgezwungen. Es war letztendlich der Wille seiner Eltern, daß wir heirateten. Heute weiß ich, daß die sauberen Verhältnisse, nach denen sie verlangten, nichts anderes waren als der Wunsch, ihren Sohn aus einem Lotterleben zu befreien. So sehe ich das heute."

Auf Biancas Argumente legte Frau Latscher eine Denkpause ein. Sie füllte abermals die Gläser, und während sie ihre Kaffeetasse beiseite schob, sah es so aus, als wollte sie weiter an ihrem Roman der Lebensbeichte arbeiten. Aber dann sagte sie unverhofft: „Ich kann nicht mehr. Für heute sollte es genug sein."

„Ganz so einfach, wie Sie vermuten, verlief mein weiteres Leben nicht, liebe Bianca. Zwar war die Scheidung von Robert kein Problem, aber spätestens ab diesem Zeitpunkt trat doch Herr Helmus in aller Öffentlichkeit an meine Seite. Über seine Korrektheit und Sensibilität hatte ich bereits ausführlich berichtet. Auch er trat mit der Forderung an mich heran, 'saubere Verhältnisse zu schaffen'. Mich nervte sein Verlangen. Geliebte sein, treu zu ihm stehen, das ja, aber heiraten nicht noch einmal. Warum sollte ich auch? Die alleinerziehende Mutter war längst keine Schande mehr. Im Gegenteil. Gleich nach meiner Scheidung erhielt ich einen größeren Verantwortungsbereich mit dementsprechender Vergütung, von daher war ich abgesichert. Außerdem hielten weiterhin die Schwiegereltern zu mir. Das war das rote Tuch vor seinen Augen. Er wollte alle unter seinem Namen vereinigt wissen. Seit Jahren mußte er den Schmerz ertragen, daß seine eigene Tochter ihn mit 'Onkel Helmus' anredete. Sein Schmerz war auch meiner, zumal kein Vater auf der Welt besser zu seinem Kind hätte sein können, als er es war. Außerdem, und das spürte ich ganz deutlich, fürchtete er sich vor einer allmählichen Entfremdung des Kindes. So verging ein Jahr nach dem anderen. Inzwischen war aus dem Studenten Helmus der Diplomingenieur geworden, wenige Monate später machte er seinen Doktor.

Dann kam das Jahr 1961. Es sollte zu einem schicksalsschweren Jahr für uns werden. In der Rückschau, wissen Sie, läßt sich das gut behaupten. Aber vorausgesehen hatte es keiner von uns.

Es begann mit einem Brief, der ohne Marke und ohne Absender im Briefkasten steckte. Er war an mich gerichtet. Dr. Helmus gab ihn mir. An der Handschrift erkannte ich den Absender sofort. Robert hatte geschrieben. Im Brief lagen zwei Bilder, die ihn inmitten von Kameraden in Uniform zeigten. Mein erster Blick fiel in sein Gesicht, dann auf die Binde am Arm, die auf eine Verwundung hinwies. Die Aufnahmen wurden in Südfrankreich gemacht. Im Brief teilte er mit, daß er kurz vor seiner Entlassung aus der Fremdenlegion stehe, daß er einen anderen Beruf bei den Soldaten erlernt hätte und daß er sich bald wieder um uns kümmern würde. Dr. Helmus hatte mitgelesen. Als ich sah, daß er sich mit verbissenen Lippen umdrehte, zerriß ich den Brief in viele kleine Einzelteile. Als ich an den Tisch ging, in der Absicht, auch die Bilder zu zerreißen, verbot er mir, derartiges zu tun. Er nahm die Bilder an sich und sagte: 'Wer weiß, für was die noch gut sein können.' Die Bilder habe ich nie wieder zu Gesicht bekommen. Entweder hat er sie zerrissen oder in irgendein Album gepackt. Ich weiß nur, gebraucht haben wir sie nie mehr.

'Jetzt geht das Theater wieder von vorne los. Da können wir wohl in Kürze mit großen Westpaketen rechnen. Dann schickt der gute Papa Schokolade für seine Tochter, für seine liebe Frau Strümpfe und Parfüms, alles wird sich um den guten, treusorgenden Papa drehen.'

Meinen Herzschlag spürte ich bis in die letzte Fingerspitze. Vor meinen Augen zogen Gewitterwolken auf. Daraufhin bat ich ihn, doch bitte nicht so schwarz zu sehen.

'Es gibt keinerlei Grund, daß ein Fremder einen Keil in unsere Familie schlagen könnte. Und was Geschenke anbetrifft, wir brauchen sie doch nicht anzunehmen. Wenn die Post kommt, geht sie zurück. So einfach ist das.'

'Aber das mußt du unserer Tochter klarmachen. Die wird wahrscheinlich anders denken. Sie ist immer noch ein Kind. Und wenn sie von Robert etwas bekommt, dann hat es der Papa geschenkt. Was ich ihr kaufe, ist von Onkel Helmi.'

Mein innigstes Flehen, doch bitte keine neuen Wunden aufzureißen, wo alte längst vernarbt waren, fand bei ihm kein Gehör. Statt dessen verdächtigte er mich, Roberts Heimkehr heimlich zu erwarten. 'Und genau das ist der Grund dafür, daß du mich nicht heiraten willst.'

Da rutschte es mir aus der Kehle: 'Du spinnst doch. Jetzt reicht es mir aber. Mir liegt nichts an einer Heirat, weil zu befürchten ist, daß auch du mich eines Tages so drangsalieren könntest, wie Robert es getan hat. Ich verbitte mir ganz energisch derartige Unterstellungen.'

Da schrak er zusammen wie ein hilfloses Kind. Diese Form der Unterhaltung zwischen uns war er nicht gewohnt. Aber ich mußte mir Luft verschaffen, sonst wäre ich erstickt. Er entschuldigte sich bei mir. Redete mich mehrmals mit Schätzchen an und versprach, zukünftig solche Vorwürfe zu unterlassen. Er nahm mich, um sich anzuschmeicheln, in den Arm und klopfte mir tröstend auf die Schultern.

Helmi hatte den Brief von Robert mit mir gemeinsam gelesen. Mit versöhnlichem Unterton meinte er: 'Versuche dich bitte einmal in meine Lage zu versetzen. Du gehst mit deiner Tochter die

Straße entlang. Du erzählst ihr schöne Geschichten und mußt feststellen, daß sie gar nicht zuhört. Sie ist mit gleichaltrigen Mädchen beschäftigt, die sich auch auf der Straße befinden, aber auffälliger gekleidet sind als sie. Sie sagt zwar nichts, aber in ihren Augen ist Neid. Diese neumodischen Röcke aus dem Westen, Petticoat oder wie sie heißen, werden von vielen Mädchen getragen. Meine Tochter hat keinen. Das beunruhigt mich. Tagelang sinne ich darüber nach, wie ich ihren versteckten Wunsch erfüllen kann. Auf keinen Fall möchte ich, daß mir Robert zuvorkommt. Er wird versuchen, sich nach vielen Jahren wieder einzuschmeicheln. Er wird aus dem Ärmel schütteln, was ich nicht kann. Und das macht mir Kopfschmerzen.'

So war Helmi, Bianca. So habe ich ihn erlebt, und so mußte ich ihn ertragen.

Genau zwei Tage später kam er von der Arbeit, frohgelaunt, lockerer als sonst. Wenn ich mich nicht irre, hat er sogar gesungen, als er die Küche betrat. Er drückte und küßte mich, rieb sich die Hände, als hätte er in der Lotterie gewonnen.

'Sei bitte so freundlich und packe meinen kleinen Koffer', sagte er. 'Morgen früh muß ich zu einer Konferenz nach Berlin fahren. Sie wird ungefähr zwei bis drei Tage dauern. Aber vergiß bitte nicht, die Hausschuhe mit einzupacken.'

'Daß du eine solche Frohnatur bist, wenn es zu einer Konferenz nach Berlin geht, habe ich noch nie bei dir bemerkt. Es ist ja nicht die erste, an der du teilnimmst. Oder zieht dich etwas Besonderes nach Berlin?'

'Es ist die gute Laune in mir', antwortete er. 'Laß mir doch bitte meine Freude.'

Kaum daß wir am Kaffeetisch saßen, er hatte den Keks noch in der Hand, stand er auf und äußerte: 'Es ist Zeit, die Tochter von der Schule abzuholen. Ich werde mich auf die Socken machen.'

Auf diesem Weg begleitete ihn stets ein Glücksgefühl. Er träumte vor Jahren schon davon, daß seine Tochter die Ballettschule besuchen sollte. Jetzt war sie erfolgreich. Für ihn war sie die Größte. Und er war der Vater dieser Großen. Oft warf er seinen Stolz in die Debatte, wenn es um seine Tochter ging. Er hatte ihr auch bereits vorausgesagt, daß sie einmal eine gute Partie machen würde. Und es käme nur ein Mann seiner Wahl in Frage. Ein Studierter sollte es sein.

Helmis Rückkehr aus Berlin versetzte uns in Erstaunen. Meine Tochter und ich saßen am Abendbrottisch. Seine Ankunft kam völlig überraschend. Er stand in der Tür, bepackt wie ein Weihnachtsmann, und spielte sich auch so auf. Er warf Überraschungsblicke auf uns und sagte: 'Für jeden von euch habe ich etwas Schönes mitgebracht.' Er setzte seinen Koffer ab und hielt ein größeres Paket in die Höhe. Die Tochter fiel ihm gleich um den Hals und hätte nicht lockergelassen, wenn nicht die Erwartung gewesen wäre. Als er auspackte, schüttelte ich den Kopf. Die Augen müssen mir übergelaufen sein. Auf dem Tisch lagen drei Petticoats und für mich fünf Strumpfhosen. Zwei Petticoats rosafarbig, einer ganz weiß. Unsere Tochter war außer sich. Angestauter Neid lag unter überschäumender Freude. Die Überraschung war Helmi gelungen. In großen Zügen genoß er sie.

Es war nie meine Art, in seine überspielten Heimlichkeiten einzudringen. Er hatte es nicht gern, wenn danach gefragt wurde: 'Wo hast du das her?' oder 'Was hat das gekostet?' Seine Art war es wiederum, sich selbst Schlingen zu stellen in seiner Geheimniswelt. So war es auch an diesem Abend. Er wollte seine Bescheidenheit unterstreichen, als er sagte: 'Gern hätte ich mir eine Flasche Bommerlunder mitgebracht, aber nein, bei diesem Umtauschkurs hätte ich bei uns fünf Flaschen Wodka kaufen können.'

Da ging mir ein Licht auf, das nie mehr erlöschen sollte."

„Das sind gleich mehrere Fragen auf einmal", schätzte Frau Latscher ein. „Ich hatte nicht die Absicht, Ihnen Wahrheiten vorzuenthalten. Es war noch nicht die Rede davon. Lassen Sie mich folgendermaßen antworten, Bianca.

Dr. Helmus hatte seine eigene Wohnung nie aufgegeben. Sie hatte ja zuvor seiner Mutter gehrört, die ebenfalls auf tragische Art ums Leben kam. Er übernahm die Wohnung, weil, wie er sagte, unvergeßliche Erinnerungen mit ihr verbunden waren. Er behielt sie als Zweitwohnung, die wir gemeinsam sauberhielten. Er mußte immer dabeisein. Darauf legte er großen Wert.

Zugegeben, wir hatten auch gemeinsam schöne Stunden in seinen Räumen verbracht. Meine Überzeugung, daß er aus Tradition an der Wohnung festhielt, mußte ich allerdings später korrigieren. Immer häufiger, wenn auch nur für wenige Stunden, zog er sich in seine Behausung zurück. Er begründete seine Abwesenheit mit dem Wunsch nach ungestörter Weiterbildung, aber auch mit dem Hinweis, daß er zu diesem Zwecke Besucher empfangen müßte. Aber zu seiner Ehrenrettung muß ich sagen, daß er stets bei mir gegessen und geschlafen hat. Da war also nicht von Fremdgehen, wie Sie vielleicht vermuten, die Rede. In der Beziehung war er Ehrenmann. Ganz abgesehen davon, schon damals müssen sich in seiner Wohnung seltsame Dinge abgespielt haben, die ich auch in einer Nachbetrachtung nicht voll inhaltlich einschätzen kann. Beim besten Willen nicht.

Da ist mir ein Tag im Gedächtnis, an dem Dr. Helmus in die Uni-Klinik gebracht wurde. Ohne daß er vorher irgendwelche Anzeichen erkannte, krümmte er sich plötzlich am Arbeitsplatz und klagte über nicht auszuhaltende Schmerzen. Die Diagnose lautete: vereiterter Blinddarm. Gleich nach der Operation bin ich mit der Tochter zu ihm gefahren. Es muß schlimm um ihn bestellt gewesen sein, denn er lag zwei Tage auf der Intensivstation. Wir konnten ihn zunächst nicht sprechen und fuhren wieder nach Hause. Nach drei Tagen endlich durften wir ihn besuchen. Er war sichtlich geschwächt, sprach sehr wenig, aber wohlüberlegt. Wir sprachen ihm Mut zu, äußerten auch unsere Hoffnung, daß er bald wieder bei uns sein möge.

‘Es wird schon gehen’, lallte er uns entgegen. Dann fielen seine Worte deutlicher in unsere Richtung. ‘Das erste, was ich machen werde, wenn ich wieder bei euch bin, ist, ein Testament aufzusetzen. Wer weiß schon, was noch alles auf mich zukommt.’ Dabei verlor er Tränen, die auch mich ergriffen. ‘Das bin ich euch schuldig’, ergänzte er. Er sah mich mit ungeduldigen Augen an, dann lächelte er der Tochter entgegen. ‘Komm, küß mich, mein Kind. Bitte, bitte, bitte.’

Wir waren im Begriff, uns von ihm zu verabschieden, da bat er mich, beim nächsten Besuch einen Schlüssel mitzubringen. Dieser sei von einem seiner Mitarbeiter, der ihn besucht hatte, versehentlich liegengelassen worden. Er wolle ihn zurückgeben, wenn der zu Besuch käme. Als er mir den Hinweis gab, wo der Schlüssel zu finden sei, begann ich an der Ehrlichkeit des Dr.

Helmus zu zweifeln. Warum mußte der Schlüssel eines Kollegen, und das ging mir nicht in den Kopf, ausgerechnet auf dem Spülkasten in der Toilette liegen?

Und tatsächlich, genau an der beschriebenen Stelle fand ich ihn auch. Schadenfreude kam in mir auf. Abermals hatte sich Helmi in einer seiner selbstgefertigten Schlingen der Geheimnistuerei verfangen. Es muß wohl eine besondere Gabe der Intelligenz sein, von ihr gefressen zu werden. Der Schlüssel, den ich fand, paßte genau zu einer Geldkassette, die ich nie zuvor gesehen hatte. Die gesamte Bude hatte ich auf den Kopf gestellt, um sie zu finden. Da kam wieder ein Wink von oben auf mich zu. Im Kleiderschrank, unter der Bettwäsche seiner Mutter, die wir nie benutzt hatten, fand ich sie. Daß ich hier einmal Detektiv spielen würde, hatte Helmi nie vermutet. In der Schatulle befanden sich 3 500 Westmark, durchweg 100-Mark-Scheine und nicht ein Pfennig Kleingeld. Ein altes Gewerkschaftsbuch lag obenauf. Warum er das aufbewahrte, obwohl er nach dem Prager Frühling ausgetreten war, weiß ich nicht. Sie können sich vorstellen, Bianca, wie sprachlos ich war. Nicht nur der Geldsegen hatte mich stumm gemacht.

An dieser Stelle sollte ich darauf hinweisen, daß meine Skepsis nicht völlig unbegründet war. Für mich war unvorstellbar, daß Dr. Helmus diesen relativ hohen Betrag durch Geldumtausch auf die hohe Kante legen konnte. Da mußte etwas anderes im Spiel sein. Zwar wußte ich nicht über seine genauen monatlichen Einkünfte Bescheid, schon gar nicht über Prämien, die er erhielt. Aber immerhin, er hatte monatlich reichlich Geld in unsere gemeinsame Beziehung fließen lassen. Hinzu kam, daß er heimlich sparte. Da kann nicht mehr viel übriggeblieben sein, um einen Geldumtausch dieser Größenordnung über die Bühne zu ziehen. Und denken Sie bitte einmal darüber nach, in welchem Verhältnis umgetauscht wurde. Bei seinem Wunsch nach einer Flasche Bommerlunder steckte er zurück, weil ihm der Umtauschkurs zu hoch war, und nun diese Helmus-Reserve in der Geldkassette. Nein, das war mir klar, da paßte vieles nicht zusammen. Diese bittere Pille schluckte ich stillschweigend. Was hätte ich anderes tun können?“

„Ihre Skepsis ist durchaus verständlich“, sagte Bianca. „Unverständlich für mich ist Ihr Verdacht, daß die 100-Mark-Scheine aus einer anderen Quelle als dem Geldumtausch hätten sprudeln können. Was meinen Sie konkret damit, Frau Latscher?"

„Ihre Frage führt mich direkt ans Ziel meiner Lebensbeichte", antwortete sie. „Ich bin sehr froh, daß ich an dieser Stelle meinem Herzen Luft machen kann. Aber haben Sie bitte etwas Nachsicht mit einer alten Frau. Gönnen wir uns eine Tasse Kaffee und ein Schnäpschen. Für das, was ich Ihnen anschließend zu berichten habe, brauche ich einen langen Atem."

Bianca und Enrico bemerkten sehr bald, daß sich Frau Latscher in Schwierigkeiten befand. Sie trank stets nur ein Schlückchen aus der Tasse. Sie trank auf Zeit. Mit dem Inhalt ihres Schnapsglases ging sie ebenfalls verdächtig sparsam um. Am deutlichsten aber zeigte sich ihr Gemütszustand in ihrer Wortkargheit. Sie sprach kaum eine Silbe ohne lange Ausdehnung zur nächsten, zwischen einzelnen Worten legte sie eine Pause ein. Ihr schleichendes Erzählen wurde von Blicken begleitet, die in der Kaffeetasse rührten, aber auch auf den Kassettenrecorder trafen. Sie kippte noch einmal in ihr Glas, so als säße sie allein am Tisch. Sie mußte tief in Gedanken gegraben haben, so jedenfalls kam es Bianca und Enrico vor, als sie sich fragend ansahen. Dann hob Frau Latscher langsam den Kopf und sah mit dunklen, getrübten Augen in die Gesichter ihrer Gäste.

„Auf ein neues", sprach sie mit energischer Stimme. „Einmal muß die Wahrheit ans Tageslicht kommen. Mein Wille soll geschehen. Der Himmel sei mir gnädig.

Robert Latscher ist nicht mehr der Robert Latscher, von dem ich Ihnen vieles erzählte. Er ist auch nicht mehr der Schlachter, den ich heiratete. Robert Latscher heißt seit vielen Jahren schon Jochen Flascheck. Diesen Namen legte er sich in der Fremdenlegion zu. Nach seiner Entlassung aus dieser Armee setzte er eigenwillig vor seinen Namen noch einen Doktortitel und wies sich öffentlich als Immobilienmakler aus. Und so steht es auch an seiner Haustür. Dieser Dr. Jochen Flascheck ist seit seiner Rückkehr ins Zivilleben Chefagent eines ausländischen Geheimdienstes mit Sitz in Frankfurt. Auf diesen Beruf wurde er bereits in der Fremdenlegion vorbereitet."

„Aber Frau Latscher, das nimmt Ihnen doch kein Mensch ab. Der Agent eines Geheimdienstes entlarvt sich doch nicht selbst.

Ich möchte nicht Ihre Gefühle verletzen, aber ich muß der Sachlichkeit wegen doch fragen, gibt es in Ihnen nicht doch vielleicht Überlegungen, die Sie in schwärmerische Phantasie gesteigert haben? Andersherum gefragt, bilden Sie sich nicht etwas ein, das Sie dann für bare Münze nehmen? Am Ende steht die feste Überzeugung, jawohl so ist das, so und nicht anders."

„Warum sollte ich verletzt sein, Bianca? Natürlich ist es nicht so, daß mir Dr. Flascheck bei der ersten Begrüßung nach jahrelanger Trennung sagte: 'Ich bin Agent.' So war das natürlich nicht. Was ich Ihnen gegenüber behauptet habe, ist die Summe aller Unterhaltungen, Beobachtungen und Unternehmungen über viele Jahre hinweg. Und dazu kam auch noch sein eigenes Eingeständnis. Aber das war, wie gesagt, nicht bei der ersten Begegnung.

Da ist zum Beispiel die Villa, in der er wohnt. Schon beim ersten Besuch fiel mir auf, daß dieses Haus mit einer unheimlichen Technik gespickt war. Da war kein Klingeln und 'Herein bitte'. Wer sich derart von der Außenwelt absichert, der hat etwas zu verbergen. Soviel erkennt auch eine Rentnerin aus der DDR. Als ich ihn einmal fragte, wofür diese Technik gut sei, antwortete er kurz und bündig: 'Weißt du, viele Hunde sind des Hasen Tod. Wer sich gejagt fühlt, der schützt sich.'

Was er genau damit ausdrücken wollte, wußte ich nicht. Trotzdem habe ich genickt. In seiner Wohnung allerdings ist mir vieles klarer geworden. Allein die Bilder an den Wänden in seinem Arbeitszimmer ließen auf eine Brutalität dieses Mannes schließen, die ich mit meinen Worten nicht beschreiben kann. Auf seinem Schreibtisch stand ein Menschenkopf, so natürlich, als würde er leben. Als ich ihn fragte, was das bedeuten solle, meinte er nur: 'Wenn der dich stört, stelle ich ihn beiseite.' Als er den Kopf ins Nebenzimmer brachte, zischte es durch seine Lippen: 'Das war einer von den Hasen, die mich jagten.' Soviel Menschenverachtung ließ Abscheu in mir kochen. Am liebsten wäre ich mit dem nächsten Zug zurückgefahren.

Zu diesem ersten Besuch muß ich noch folgendes sagen. Ungefähr zwei Monate vor dem Eintritt in die Rente zeigte mir Dr. Helmus einen Zettel mit der Anschrift einer Dame aus einem Vorort von Frankfurt am Main. Außerdem waren Angaben über

Geburtsdatum, Geburtsort und Mädchenname aufgeschrieben. Das war die Handschrift des Dr. Helmus, das war mir klar. Als ich ihn fragte, was ich damit anfangen solle, sagte er: 'Im Kasten bei mir steckte ein Brief, der an mich gerichtet war. Robert hat ihn geschrieben. Das hier ist die Adresse einer Dame, die du angeben sollst, wenn du einen Reiseantrag in den Westen stellst. Wenn dich jemand fragen sollte, wer diese Dame ist, sollst du sagen, meine Cousine.'

'Was soll ich denn im Westen?' fragte ich ihn.

'Du wirst doch nicht auf eine solche Gelegenheit verzichten wollen? Überlege mal, was uns da verlorengehen würde! Frag mal unsere Tochter, was sie für Wünsche hat.'

'Aber dieser Zettel ist doch nicht von Robert geschrieben. Zeige mir doch bitte mal den Brief.'

Er wich meiner Bitte mit den Worten aus: 'Den habe ich vernichtet. Da stand dummes Zeug drin. Von Liebe und so. Deshalb habe ich ihn zerrissen und verbrannt.'

'Du hast den Brief zerrissen, weil etwas von Liebe drinsteht? Und dann willst du mich in seine Arme werfen? Da stimmt doch etwas nicht, Helmi?'

Er zögerte zunächst mit der Antwort. Dann meinte er, daß es besser wäre, zunächst die Tochter zu befragen. Erst dann solle ich mich entschließen.

Aber zurück zu Flascheck. Mein Eindruck nach wenigen Tagen war: sehr modern eingerichtet, elegant gekleidet und äußerst spendabel. Geld schien bei ihm keine Rolle zu spielen. Aber wie er es verdiente, blieb sein Geheimnis. Aber mit dem abgehackten Kopf auf dem Schreibtisch mußte es etwas zu tun haben. So war jedenfalls meine Meinung. Gegessen wurde nur im Hotel, genauer gesagt, in einem französischen Restaurant. Nicht meinetwegen wurde hier gespeist, wie er mir zu verstehen gab, täglich sei er hier zu Gast. Und der Chef des Hauses mußte sein Freund sein, denn immer wenn wir das Lokal betraten, begrüßte er uns mit Handschlag, und beide duzten sich auch. Flascheck nutzte jede Minute, mich zu befragen. Alles aus der Heimat interessierte ihn. Viel Nachfrage war den Eltern gewidmet, die längst verstorben waren, auch nach Freundinnen und Freunden fragte er. Ich hatte den Eindruck, daß ihn Heimweh plagte. Aber bereits nach der Heimkehr von meinem ersten Besuch wußte ich, das war mehr. Immer konkreter befragte er mich. Er wollte wissen, wie meine Einstellung zum Staate sei und wie ich die Unterdrükkung der Kirche in der DDR empfinden würde. Bei all seinen Fragen fiel mir auf, daß er kaum unsere Tochter erwähnte. Da fiel mir das Sprichwort ein: Aus den Augen, aus dem Sinn. Trotzdem, richtig verstehen konnte ich sein Verhalten nicht. Als ich ihm Bilder von ihr zeigte, betrachtete er sie nur oberflächlich. Als er sie beiseite legte, meinte er: 'Ganz der Vater.' Und dann lachte er, was ich als Vaterfreuden empfand."

„Das kann man so, aber auch so auffassen, meinen Sie nicht auch?" fragte Bianca.

„Den gleichen Gedanken hatte ich damals auch", gestand Frau Latscher. „Aber ich verstand auch meine Gefühle zu unterdrücken.

Am Abend vor meiner Abreise, wir saßen gemütlich bei einer Flasche Rotwein, befragte er mich nach den Eindrücken, die ich während meines Besuches bei ihm gesammelt hätte. Ich bedankte mich für seine Gastfreundschaft, gab meiner Freude darüber Ausdruck, daß es ihm gelungen sei, ein erfolgreiches Leben aufzubauen, da fiel er mir überraschend ins Wort.

'Damit hatte ich gerechnet', klopfte er mir auf die Schultern. 'Typisch Frau', setzte er hinzu. 'Du sprichst laufend von mir. Dabei warst du doch bei deiner Cousine zu Besuch. Nehmen wir einmal an, und das ist doch gar nicht so abwegig, in Dresden hätte dir jemand eine derartige Frage gestellt. Bei euch da drüben mußt du mit allem rechnen. Und schon säßest du in der Falle. Das Leben ist voller Tücken, meine Liebe. Und wenn ich dir jetzt tausend Mark schenke, dann sind die nicht von mir, sondern von deiner Cousine, verstehst du?'

'Das kommt gar nicht in Frage', erwiderte ich. Dann lachte er in meine Ablehnung hinein. 'Dr. Helmus wird dich erschlagen, wie ich ihn kenne. Da ist es besser für dich, du nimmst das Geld. Sonst wird es aus sein mit der großen Liebe zwischen ihm und dir. Aber wenn du durchaus nicht willst, nimm das Geld an und schenke es der Tochter. Auch darüber wird sich Dr. Helmus freuen.'

Flaschecks Art zu sprechen kam mir unheimlich war. Er versteckte seinen Zynismus nicht. Warum er so sprach, wußte ich damals nicht.

Am frühen Morgen, wir warteten auf den Pkw, der mich zum Bahnhof bringen sollte, streichelte er mir die Wangen und sprach mit warnenden Blicken: ‘Noch einmal,: Du warst bei deiner Cousine und sonst nirgendwo. Hast du mich verstanden? Mich hast du nie gesehen. Mich gibt es in deinem Gedächtnis nicht mehr. Bring mich nicht in Gefahr. Verquatsche dich nicht. Und noch eines solltest du dir für alle weitere Zukunft gut merken: Reden ist Silber, Schweigen ist Gold. Grüß mir die Tochter recht schön. Und vor allen Dingen, paß mir gut auf Dr. Helmus auf. Sag ihm, daß ich mich auf seinen Besuch freue.’

Ich wußte nicht, ob ich Männchen oder Weibchen war. Nie zuvor in meinem Leben hatte ich die deutsche Sprache als so häßlich empfunden. Und trotzdem wußte ich nicht, warum sie derart häßlich war.

Als ich in das Auto einstieg, warf er mir Kußhändchen nach und winkte, bis ich seinen Blicken entschwunden war. Der Fahrer, das wußte ich vorher nicht, war der Chef des französischen Restaurants, Flaschecks Freund. Namentlich stellte er sich mir nicht vor. Er begrüßte mich mit Handschlag, wie Flascheck auch. Seine ersten Worte im Auto waren: ‘Wir brauchen uns nicht zu beeilen. So früh am Morgen ist auch in Frankfurt nicht viel los. Ihren Zug werden Sie pünktlich erreichen. Da wird sogar noch Zeit übrigbleiben.’

Ich wagte nicht zu antworten. Zu sehr strapazierten mich Flaschecks Ermahnungen. Da meinte der Fahrer: ‘Sie sind sicher noch sehr müde, meine Dame?’

‘So ist es’, antwortete ich ihm. Und während ich sprach, schloß ich beide Augen, um weiteren Fragen zu entgehen.“

„Als der Interzonenzug auf dem Hauptbahnhof in Dresden eintraf, wurde ich von Dr. Helmus und der Tochter auf dem Bahnsteig erwartet. Er stand da mit einem prächtigen Blumenstrauß in der einen Hand, die andere hatte er über die Schultern der Tochter gelegt. Nach einer herzlichen Begrüßung begann die übliche Fragerei. Während Helmus mein Gepäck an sich nahm, zeigte sich unsere Tochter erstaunt.

‘So ist das richtig, Mutti’, meinte sie. Mit einem Koffer bist du gefahren, und mit zweien kommst du zurück.’ Dann stöhnte sie leise, so daß es Vorübergehende nicht hören konnten: 'Mein Gott, wenn ich doch auch schon Rentner wäre. Ihr zwei könnt fahren, wie ihr wollt, und unsereins muß stets zu Hause bleiben.'

So endete mein erster Besuch in der BRD, und mehrere sollten noch folgen. Fragen und Erwartungen waren immer die gleichen: 'Was hast du mitgebracht, Mutti?' Dr. Helmus interessierte sich mehr für Bargeld. Es war das Schwimmen im Strom der Zeit. Wer fahren konnte, ließ sich bei der Heimkehr als Glücksbringer feiern, wer nicht fahren konnte, lebte auch weiter."

Da kamen gequälte Worte aus Biancas Mund: „Wem erzählen Sie das, Frau Latscher. Sehen Sie, Enrico und mir geht es auch nicht besser. Wir haben nicht einmal Angehörige im Westen. Selbst als Rentner würden wir aus heutiger Sicht nie in den Westen fahren können. Aber ob wir dadurch Schaden erleiden, ich glaube es nicht. Ehrlich gesagt, für eine Westreise bin ich wahrscheinlich gar nicht geschaffen. Ich kann so schlecht danke sagen. Selbst wenn mir Enrico etwas schenkt, erröte ich. Ich schenke lieber, als daß ich mich beschenken lasse.

Lassen Sie mich noch einmal auf Dr. Flascheck zurückkommen. Daß er spendabel war, wie Sie sagten, ehrt ihn, auch wenn er sich selbst gegenüber nicht geizig war. Dennoch, der Totenschädel auf seinem Schreibtisch schreckte Sie ab. Sie sprachen von Zynismus und Ironie, die Sie ertragen mußten, ebenso von Bildern in seiner Wohnung, die Sie als Menschenverachtung empfanden. Und trotzdem sind Sie regelmäßig zu ihm gefahren. Weshalb eigentlich? Mich hätten keine zehn Pferde zu diesem Flascheck gezogen. Auch Dr. Helmus verstehe ich nicht. Der muß doch die gleichen Erlebnisse gehabt haben wie Sie. Und auch er brach den Kontakt zu Flascheck nicht ab. Es muß das Geld gewesen sein, das Sie alles vergessen ließ. Hauptsache Geld und einen zweiten Koffer. Für mich unerklärlich."

„Nennen Sie es ruhig Geldgier, Bianca. Das war es auch. Aber es trifft nicht den Kern der Sache. Da war weitaus mehr im Spiel", sagte Frau Latscher. „Das tiefere Geheimnis unserer Reisen liegt in der unverzeihlichen Schuld des Dr. Helmus. Er hat mich mit in den Sumpf hineingerissen, aus dem es kein Entkommen gab.

Es war ein schicksalsschwerer Tag für Dr. Helmus und ganz besonders für mich. Er kam nach Feierabend aus dem Kombinat, als er nur wenige Schritte vor seiner Wohnung von einem unbekannten Herrn angesprochen wurde. Dieser befragte ihn nach seinem Namen und bat darum, gemeinsam mit Dr. Helmus in dessen Wohnung zu dürfen. 'Schöne Grüße von Robert', sagte er zuvor. In der Wohnung dann ging es sofort zur Sache.

'Ich möchte Sie gern für ein paar Minuten sprechen. Viel länger wird es nicht dauern', versprach der Fremde. Der zog ein vorgefertigtes Blatt Papier aus seiner Tasche und gab es Helmi zu lesen. 'Robert verlangt Ihre Einwilligung zu einer Blutuntersuchung zwecks Feststellung der Vaterschaft. Ihm ist zu Ohren gekommen, daß Sie der Vater seiner Tochter sind. Sollten Sie keine Einwilligung geben, will Robert an die Öffentlichkeit treten. Robert denkt unter anderem über eine Story nach, die von einer Illustrierten abgedruckt werden soll. Natürlich mit Hausnummer und Adresse aller. Ich soll Sie auch noch dringend darauf hinweisen, daß es nur der Betrug mit der Tochter war, der ihn in die Fremdenlegion führte. Für diesen Betrug mußte er täglich seinen Kopf hinhalten. Darüber sollten Sie nachdenken, Dr. Helmus. Robert spricht mir gegenüber immer wieder davon, daß er die Vaterschaft von Anfang an als ein abgekartetes Spiel betrachtet hätte und daß es seine Eltern waren, die zur Hochzeit drängten. Das wäre es, was ich zu sagen hätte', sagte der Fremde. Und während Helmus aus dem vorgefertigten Papier las, setzte der Fremde hinzu: 'Sie haben die Wahl, Dr. Helmus. Entweder ein schriftliches Geständnis oder die Einwilligung zu einer Blutuntersuchung.'

Dr. Helmus plapperte bis ins Detail und legte dem Fremden gegenüber auch ein schriftliches Geständnis ab. Kaum daß er seinen Namenszug darunter gesetzt hatte, legte der Fremde 3 500 Westmark auf den Tisch. 'Die soll ich Ihnen von Robert geben, als kleines Dankeschön, wie Robert sagte. Ihr Eingeständnis rechtfertigt diesen Betrag, denn es ist nur ein Teil dessen, was an Alimenten nachgezahlt werden müßte.'

Nachdem Dr. Helmus den Erhalt des Geldes quittiert hatte, ging der Fremde wieder. Beim Verlassen der Wohnung sagte er noch: 'Es kann sein, daß ich in nächster Zeit noch einmal bei Ihnen aufkreuze. Möglich ist ja, daß Robert noch etwas geklärt haben möchte. Da wäre noch der Hinweis für Sie, kein Wort unserer Unterhaltung geht Frau Latscher etwas an. Robert könnte sonst sehr böse werden, wie er mir mit auf den Weg gab.'"

„Und Dr. Helmus hat Ihnen gegenüber tatsächlich dichtgehalten? Oft hat er sich doch selbst eine Schlinge in seiner Verschwiegenheit gestellt, wie Sie sagten. Und diesmal nicht?" wollte Bianca wissen.

„Nicht ein Wort hat er mir gegenüber verloren. Er schwieg wie ein Grab. Deshalb trat ich auch völlig ahnungslos meine zweite Reise an. Robert verlangte, daß ich komme, und Dr. Helmus drängelte auf einen schnellen Termin. Warum diese plötzliche Eile geboten war, konnte ich nicht begreifen. Vom Bahnhof wurde ich von dem gleichen Herrn abgeholt, der mich Wochen zuvor auch schon gefahren hatte. Er stand wartend auf dem Bahnsteig und hielt nach meinem großen Hut Ausschau. Das war mein äußeres Erkennungszeichen. Unterwegs erzählte er wiederum von seinem Bruder, wie gern er ihn auch einmal vom Bahnhof abholen würde. Er brachte auch seine Eltern ins Gespräch, schilderte die Flucht mit ihnen aus einem Dorf ganz in der Nähe von Rostock und erzählte auch, daß er wisse, daß sein Bruder Vorsitzender der LPG dort ist.

'Jedes Jahr zu Weihnachten und auch zu seinem Geburtstag schicke ich ihm ein großes Paket mit inliegender Glückwunschkarte, und trotz alledem habe ich kein Lebenszeichen von ihm. Selbst als die Eltern starben, kam nicht einmal eine Beileidskarte. Er kann wahrscheinlich nicht verzeihen, daß wir bei Nacht und Nebel den Hof verlassen hatten. Wir hatten ihn vorher aufgefordert, mit uns zu gehen, aber das war vergebens. Er hätte sogar an der Beerdigung teilnehmen können. Manch einer da drüben hätte sich drum gerissen, mein Bruder nicht.'

Flaschecks Begrüßung war überfreundlich. Er bedankte sich bei seinem Freund, küßte und drückte mich wie in alten Tagen. Als wir das eine Zimmer betraten, fiel mir auf, daß der Totenkopf nicht mehr auf seinem Schreibtisch stand. Er hatte ihn anstandshalber in einen Nebenraum gebracht.

'Wenn du dich frisch machen willst, du kennst dich aus bei mir', sagte er. Anschließend dann: 'Wir werden früher als gewohnt essen gehen. Danach werden wir reichlich Zeit zu einem Schwätzchen haben.'

Der Verlauf des Abends trug Flaschecks Handschrift. Neben den dreiarmigen Kerzenständer stellte er eine Flasche Rotwein. Obst und Knabbergebäck standen immer auf dem Tisch. Dann sah ich in seiner Hand eine Kassette, die er in ein Gerät einlegte. Ich glaubte an Tanzmusik, die er liebte, statt dessen vernahm ich die Stimme des Dr. Helmus. Es muß wie ein Blitz bei mir eingeschlagen haben, als ich sein Geständnis mit anhören mußte. Aber das war nicht alles. Helmus verstand es, mit schönen Formulierungen jegliche Mitschuld von sich zu weisen, nur mich zu belasten. Hinzu kamen Beleidigungen und Verunglimpfungen gegen mich. Warum Helmus das aufs Tonband gesprochen hatte, war mir ein Rätsel. Welcher Teufel mußte ihn geritten haben, daß er das Tonband derart bespuckte! Dann war da auch noch die zweite Stimme auf dem Band. Irgendwie kam sie mir bekannt vor. Aber in der Aufregung verdunstete jede Erinnerung.

'Na, was sagst du nun? Ist das nicht eine schöne Überraschung an diesem Abend?' Ich konnte nicht antworten. 'Was anderes hatte ich von dir nicht erwartet', meinte Flascheck. 'Du verhältst dich so wie andere Verlierer auch. Kopf nach unten und schweigen. Dabei fühltest du dich in unserer Jugend als Held zwischen zwei Liebesbeziehungen, in der ich nach deiner Strategie zum Verlierer erklärt wurde.'

Auch nach diesem Vorwurf brachte ich kein Wort heraus. Selbst Peitschenhiebe hätten mich nicht zum Sprechen bringen können.

'Du sitzt neben mir, läßt das Sofa beben wie einer, der zum Tode verurteilt wurde, nur Worte der Entschuldigung findest du nicht', sprach Flascheck weiter. 'Da ist Helmus aus einem anderen Holz geschnitzt. Er bereut offenherzig, daß er dich gewähren ließ. Und er ist bereit wiedergutzumachen. Nicht mehr und nicht weniger verlange ich auch von dir', setzte Flascheck hinzu. Danach erhob er sein Glas, wünschte mir weiterhin Gesundheit und ein langes Leben. Dann sagte er mit listigen Augen: 'Auf gute Zusammenarbeit. Darauf habe ich mit Dr. Helmus schon bei seinem ersten Besuch angestoßen.'

Und dann legte Flascheck seine Seele zwischen Weinflasche und Kerzenständer. In einem länger als zweistündigen Gespräch, das wieder in freundschaftlicher Atmosphäre geführt wurde, erklärte er mir Sinn und Zweck seines Unternehmens. Er spannte einen Bogen von Vietnam zur DDR und machte mir klar, daß der Kommunismus das Weltübel sei.

'In Vietnam war ich siegreich, sonst würde ich nicht mehr leben', meinte er. Dann erklärte er mir, wie er sich den Kampf gegen die DDR vorstellt. 'Jetzt weißt du, worum es geht', behauptete er, obwohl für mich als Frau in diesem Geschäft unerklärliche Zusammenhänge bestanden. 'Helmis Bereitschaft zur Mitarbeit habe ich schriftlich. Er weiß um das Risiko, das er eingeht, aber auch, daß er nicht schlecht dabei fährt. Und du wirst mir deine Einwilligung zur Mitarbeit auch schriftlich geben. Das ist ja wohl das mindeste, was ich von dir verlangen kann. Du wirst mir Informationen liefern, an die du leicht herankommst. Mehr verlange ich nicht von dir. Deine Aufgabe wird es zukünftig sein, Autokennzeichen zu notieren. Ich denke da an die Bezirksleitung der Stasi und der SED. Ich gebe dir Fahrgeld genug mit, über alles andere werden wir noch im Laufe deines Besuches sprechen.'

So begann meine zweifelhafte Karriere im Unternehmen des Dr. Flascheck. Es war kein großes Kunststück, seinen Wünschen zu entsprechen. Später kam dann noch die Beobachtung von Häusern und Personen hinzu, über die er bereits Informationen von irgendwoher hatte. Auch bei dieser Arbeit hatte ich keine Schwierigkeiten. Das zusammengetragene Material wurde unregelmäßig von einer Dame abgeholt, die ich zuvor in einem Büroraum Flaschecks kennengelernt hatte. Über die Rolle, die sie dort spielte, weiß ich nichts weiter zu berichten. Sie nahm meine Aufzeichnungen und übergab mir Geld. Und so schnell, wie sie kam, war sie auch wieder verschwunden. Sie sprach fast kein Wort mit mir. Sie war stets in Eile.

Ehe ich es vergesse: An dem Abend, als ich dem Flascheck meine schriftliche Einwilligung vorlegte, sagte der: 'Bist du dir darüber im klaren, daß dieses Stück Papier eventuell auch dein Todesurteil sein kann? Sollte Dr. Helmus oder einem anderen meiner Mitarbeiter etwas passieren, werde ich mich an dir rächen. Versuche nicht, Dr. Helmus ein Bein zu stellen, du weißt, was ich meine. Zwischen euch beiden bleibt alles, wie es bisher war. Ansonsten werde ich eine Entscheidung treffen, die mir nicht schwerfällt.'

Danach ging Flascheck an einen Schrank, holte eine Pistole heraus, darauf setzte er ein dickes Rohr und fragte: 'Weißt du, was das ist?' Ich wagte nicht zu sprechen. Allerdings wäre es mir auch egal gewesen, wenn er geschossen hätte. Dann setzte er mir die Pistole an die Schläfe und sprach: 'Das geht ruckzuck. Du fällst um, und keiner hört einen Ton. Ich fackele da nicht lange.' Gleich danach zündete er die restlichen zwei Kerzen an, und als wäre vorher nichts gewesen, schmeichelte er mir entgegen: 'Auf deine Gesundheit! Auf ein langes Leben!'"

„Dieser Flascheck muß ja eine Bestie von Mensch sein", gab Bianca zu verstehen. „Für mich unvorstellbar, daß dieser Mensch jemals zur Liebe fähig war. Und da haben Sie stillgehalten, Frau Latscher, anstatt dem Kerl das Handwerk zu legen? Ich an Ihrer Stelle hätte sofort die Polizei benachrichtigt oder die Staatssicherheit. Da wären Sie geschützt gewesen. Statt dessen erfüllen Sie seine Aufträge. Ich glaube Ihnen gern, daß es Ihnen nicht um das Westgeld ging. Die Pistole hat Sie eingeschüchtert. Dabei war es Ihnen gleichgültig, ob Sie gegen Gesetze unseres Staates verstoßen. Sie haben sich strafbar gemacht. Ich kann mir nicht vorstellen, daß Ihre Lebensbeichte in unserer Anwesenheit daran etwas ändern wird."

„Sie haben leicht reden", antwortete Frau Latscher. „Aber versetzen Sie sich doch bitte einmal in meine Lage. Wenn ich beim ersten Besuch gewußt hätte, was im Laufe der Jahre auf mich zukommt, wäre ich doch nie mehr gefahren. Der Weg in den Abgrund ging Schritt für Schritt voran. Und von wegen zur Stasi gehen – vor denen hatte ich mehr Angst als vor Flascheck. Aus heutiger Sicht sieht das etwas anders aus. Aber jetzt ist es zu spät." Für einen Augenblick runzelte sich ihre Stirn. Ihre Augen kreisten verlangend um die Schnapsflaschen herum. Ehe sie einschenkte, meinte sie noch: „Hätte Flascheck damals nicht nur gedroht, sondern geschossen, mir wäre einiges erspart geblieben."

„Aber, aber", tröstete Bianca. „Sie sollten froh sein, daß Sie noch leben. Für eine Bestie wie den Flascheck sterben, das müßte ja wohl der letzte aller Wünsche sein. Übrigens: Wie hat sich denn Ihre Tochter verhalten? Hat die bemerkt, daß in Ihnen sonderbare Verhaltensweisen vor sich gingen? Hat Dr. Helmus seine

Tochter derart in seinen Bann gezogen, daß sie die Liebe zur Mutter verlor?"

„Lassen Sie uns ein Schnäpschen trinken", sagte Frau Latscher und fügte hinzu: „Ihre letzte Frage tut weh, Bianca. Sie trifft in eine blutende Wunde meines Herzens."

Danach erzählte sie nicht weiter. Sie ging ans Fenster und weinte bitterlich. Bianca trat an ihre Seite und sprach ihr Mut zu. Sie sollte weitererzählen, um Ihrem Herzen Luft zu machen. Am Fenster sagte sie noch: „Wenn das so einfach wäre", und schluchzte bittere Tränen. Erst als Bianca wieder auf ihren Platz zurückging, folgte auch Frau Latscher. Sie schluchzte noch, als sie weitererzählte.

„Meine Tochter ist auch in den Fängen des Flascheck. Mein Schwiegersohn und die beiden Kinder auch. Flaschecks Geschäftstüchtigkeit brachte die ganze Familie in die USA. Auch die habe ich verloren. Ich werde sie nie wiedersehen. Und eingefädelt hat das Geschäft Dr. Helmus. Als ich hinter dieses schmutzige Geschäft kam, begann mein Haß gegenüber Helmus. Und im Grab erreicht ihn noch täglich mein Fluch. Und ich werde nicht aufhören, zu hassen und zu fluchen, bis ich selbst einmal die Augen schließe. Die Tränen, die ich am Tage unseres Kennenlernens in Ihren Armen vergoß, kamen aus einer Maske, die ich tragen mußte, nicht aus meinem Herzen. Sein Tod entließ mich aus der Zauberformel 'Mitgefangen, mitgehangen'. Sie beide glaubten an dem Tage sicherlich, Tränen der Trauer und des Mitgefühls gesehen zu haben. Nicht ein Tropfen kam aus dieser Richtung. Freude war es auch nicht. Ich bin zu sehr Christ, als daß ich Freude über den Tod empfinden könnte. Es waren Tränen der Erleichterung, die unter der Maske fließen mußten. Ich ahnte den Anbruch meiner Unabhängigkeit. Dabei waren Sie das Geschenk des Himmels."

Abermals blieb sie für einen Moment stumm. Dann entschuldigte sie sich mit den Worten: „Ich habe nicht die Kraft. Mir ist, als würde ich gewürgt. In meinem Halse steckt ein Kloß, der mir das Reden schwermacht. Wissen Sie, Bianca, so würde es wohl jeder Mutter ergehen, wenn sie genau wie ich belastet wäre. Was meine Tochter nun anbetrifft, sie war ein anhängliches Kind. Aber seit ihrer Hochzeit war sie mir gegenüber wie umgewandelt. Ihre Zuneigung galt mehr Dr. Helmus. Sie hatte wohl eine besondere Dankesschuld abzutragen, die sie in seine Arme trieb. Möglich waren auch Versprechungen, die er gab. Aber so genau wußte ich das nicht. Meine Tochter hat vieles um des lieben Friedens willen für sich behalten und mit in die USA genommen. Allerdings, und das muß ich zu ihrer Ehre sagen, sie verstand es bei gelegentlichen Anlässen, eine ausgeglichene Balance herzustellen und wahres Denken zu unterdrücken. Aber eine Mutter merkt das schnell. Trotzdem mache ich ihr keine Vorwürfe."

Als Frau Latscher so sprach, schluckte sie. Das muß der Kloß gewesen sein, der sie würgte. Sie fand nicht zu ihrem Redefluß zurück. Bianca erkannte Hilflosigkeit in ihren Augen, die verzweifelt mit der Tischplatte spielten.

„Daß Ihre Tochter verheiratet ist und Kinder hat, davon sprachen Sie bereits, als wir uns kennenlernten", begann Bianca zögerlich nachzuhaken. Da fällt mir Ihre Äußerung ein, wonach Dr. Helmus den Mann für seine Tochter aussuchen wollte. Könnte auch das ein Stück Kloß in Ihrem Halse sein?"

„So ist es", stöhnte Frau Latscher vor sich hin. „Helmus hatte nicht nur angedeutet, er schritt auch zur Tat. Es war sein Egoismus, sein unbändiges Verlangen nach Rache. Er hatte mir gegenüber häufig angedeutet, daß er Mittel und Wege finden würde, um der Kombinatsleitung eins auszuwischen. Er wollte seinem Betrieb nie verzeihen, daß er stets von großen Forschungsaufträgen ausgeschlossen wurde, nur weil er nicht in der Gewerkschaft, auch nicht Mitglied der Partei war. Das hing ja, wie ich Ihnen bereits einmal sagte, mit dem Ende des 'Prager Frühlings' zusammen. Dr. Helmus war davon überzeugt, und da hatte er nicht einmal unrecht, daß er mehr leisten konnte, als er durfte. Aus dieser Überzeugung entwickelte sich die Triebkraft seines späteren Handelns. Was er genau vorhatte, erfuhr ich nie. Überrascht war ich allerdings, als ich davon hörte, daß ausgerechnet Dr. Igler, das war der Chef einer Forschungsgruppe im Kombinat, der Auserwählte für unsere Tochter sein sollte. Zugegeben, ein bildhübscher, netter Mensch, obendrein aus gutem Hause und, wie sich später auch herausstellen sollte, ein guter Familienvater. Von großem Vorteil war für Helmus, daß auch der Auserwählte ein besonderes Auge auf unsere Tochter geworfen hatte. So entstand unter Aufsicht eine große Liebe, auf die schon nach kurzer Zeit die Eheschließung folgte. Die Hochzeit fand nur wenige Wochen nach dem Eingeständnis seiner Vaterschaft gegenüber dem Fremden statt.

Für mich war das Schauspiel zunächst unfaßbar. Ausgerechnet Dr. Igler mußte es sein, der ungeliebte Konkurrent des Helmus im Kombinat. Als ich ihm meine Befürchtungen unterbreitete, meinte er: 'Da kann man nichts dran drehen. Wo die Liebe hinfällt, du weißt doch – und außerdem, Dr. Igler ist ja nicht irgendwer.'

Es mußte mehr dahinterstecken, das ahnte ich. Aber auf die wirklichen Zusammenhänge stieß ich erst später während eines Besuches bei Flascheck in Frankfurt. Damals erkannte ich das Dreigestirn, das seine Fangarme ausgestreckt hatte. Flascheck war der Auftraggeber, der Fremde, der Helmus überlistete, fungierte als Kurier, und Helmus selbst lieferte bereitwillig alle Informationen, die von ihm verlangt wurden. Unter anderem abonnierte der eine Monatszeitschrift, die wissenschaftliche Erkenntnisse publizierte. Einmal, das werde ich nie vergessen, überraschte ich ihn ungewollt in seiner Wohnung, als er Artikel aus einer dieser Zeitschriften fotografierte. Der Rotstift, mit dem er Artikel und Verfasser eingegrenzt hatte, lag noch auf dem Schreibtisch. Er war derart erschrocken, als ich plötzlich hinter ihm stand, daß er die Kamera fallenließ. Die war nicht größer als eine Streichholzschachtel. Daß man mit einem solch kleinen Ding auch Bilder machen kann, geht mir heute noch nicht in den Kopf. Auf diese und andere Art floß reichlich Zusatzverdienst in seine Rentenkasse. Und davon hatte auch Dr. Igler profitiert, wie mir später zu Ohren kam. Den hatte Helmus derart um den Finger gewickelt, daß er letztendlich bereit war, den Entwicklungsstand seiner Forschungsergebnisse preiszugeben. Auch er soll mit einer kleinen Kamera seine Geschäfte abgewickelt haben. Dazu muß ich noch sagen, daß Dr. Igler zu solchem Handeln erst bereit war, als ihm eine sichere Flucht aus der DDR garantiert wurde. Ihm wurde ein Personalausweis der BRD vor die Nase gehalten und auch der Fluchtort und das Ziel besprochen. Davon wußte auch meine Tochter. Ich selbst erfuhr davon erst bei meinem vorletzten Besuch in Frankfurt. Als ich Flascheck gegenüber diesbezügliche Zweifel ausdrückte, ging er an seinen Schreibtisch und holte einen ganzen Packen derartiger Ausweise heraus. Aus der Mitte des Packens griff er die der Familie Igler mit Lichtbild und allem Drum und Dran, und dann zog er meinen heraus.

'Siehst du', sagte er, 'ich denke an alles. Es gibt keinerlei Dokumente, die ich nicht selbst herstellen oder besorgen könnte. Auch das habe ich in der Fremdenlegion gelernt, und zwar gründlich.'

Meine Zweifel waren beseitigt. Hinzu kam sein Versprechen, notfalls auch Dr. Helmus und mich in die BRD zu holen, wenn die Luft zu dick würde, wie er sagte.

Für Dr. Igler und Familie schlug die Stunde der Flucht, als sie in Prag eintrafen. Sie nutzten die Flugreise der Forschungsgruppe aus und waren auf Nimmerwiedersehen verschwunden. Auf Dr. Igler wartete in den USA eine lohnende Aufgabe. Er hätte auch nach Japan gehen können, wie meine Tochter sagte, aber der Weg führte in die USA, der Kinder wegen, die Sprache usw., verstehen Sie? Flascheck hatte sein Ziel erreicht. Sieger war auch Dr. Helmus. An seiner Rache sollte das Kombinat ersticken, wie er hoffte. Für mich war der Abschied von meiner Tochter und Familie wahrscheinlich ein Abschied für immer. Ich fürchte mich vor dem Gedanken, die Familie nie wiederzusehen. Verstehen Sie jetzt meine Wut, Bianca? Als Christin bin ich anders erzogen. Aber die Zeit hat mich auch den Haß gelehrt."

Mit derart großen Augen hatte Frau Latscher während der gesamten Lebensbeichte weder Bianca noch Enrico angesehen. Und die Augen blieben noch eine ganze Weile so groß und auch traurig.

Da fragte Bianca: „Haben Sie denn irgendwann einmal in Erfahrung bringen können, wie der Kurier hieß? Der Mann muß doch einen Namen gehabt haben. Ich frage deshalb, weil ich annehme, daß dieser Mann die Zweitstimme auf dem Tonband war, der es verstand, seinen Namen zu verschweigen. Sie selbst sprachen ja davon, daß Sie ihn am Dialekt erkannten, aber seinen Namen haben Sie nie erwähnt."

„Das ist mir gar nicht aufgefallen", entgegnete Frau Latscher. Dann fügte sie hinzu: „Sie haben ein sehr gutes Gedächtnis, Bianca. Sie überraschen mich mit Fragen, wie der unfreundliche Herr von der Stasi, der mich ausgepreßt hat wie eine Zitrone. Sie haben ihn ja auch kennengelernt."

Plötzlich riß sich Frau Latscher beide Hände vor den Mund. Nachdenklich fielen ihre Augenlider, und Schamröte überzog ihr Gesicht. Dieser Vergleich war ihr peinlich.

„Bitte fassen Sie meine unkontrollierte Zunge nicht wörtlich auf, Bianca. Nicht daß Sie sich beleidigt fühlen. Es war dumm von mir, einen solch albernen Vergleich herzustellen. Aber wie heißt es doch so schön: 'Alter schützt vor Torheit nicht.' Vergessen Sie bitte, Bianca."

„Sie werden sich doch deshalb keine grauen Haare wachsen lassen", warf Bianca ein. „So beleidigend war Ihr Vergleich doch gar nicht. Ein gutes Gedächtnis, ganz gleich wer es hat, spricht für einen gesunden Körper und einen durchtrainierten Geist. Ich kann in Ihrer Feststellung nichts Anrüchiges empfinden."

„Da bin ich beruhigt", sprach Frau Latscher. „Wo war ich stehengeblieben?" fragte sie nachdenklich.

„Bei der Zweitstimme auf dem Tonband", half Bianca nach.

„Richtig. Die zweite Stimme auf dem Tonband gehörte dem Chef des französischen Restaurants. An dem Abend, als Flascheck es abspielte, hatte ich Zweifel. In der Nacht, ich konnte nicht schlafen, wurde mir klar, das war der Mann, der mich zum Bahnhof fuhr. Mein Eindruck wurde in der Folgezeit immer dann bestätigt, wenn wir zum Essen bei ihm weilten. In seiner Begrüßung, auch in kurzen Gesprächen, brachen Reste eines Dialektes durch, wie er an der Ostsee gesprochen wird. Im Laufe der Jahre vertraute er mir manches Geheimnis an. Nach Dresden zum Beispiel fuhr er regelmäßig mit Reisegruppen, die Sehenswürdigkeiten der Stadt besuchen wollten. Für diese Reisen bekam er von Flascheck stets einen anderen Paß, wie er sagte. Er sprach von Treffs mit Helmus in der Porzellanmanufaktur, am Zwinger und anderen Sehenswürdigkeiten der Stadt. Er überbrachte auch Gelder für Helmus. Die falschen Personalausweise für die Familie Dr. Igler allerdings überbrachte er nicht. Die wurden erst nach der Ankunft in Prag ausgehändigt. Diese und andere Einzelheiten über die Flucht aus der DDR erfuhr ich während meines letzten Aufenthaltes bei Flascheck. So erzählte mir der Kurier auch über das Verschwinden von Iglers Pkw. Der ließ durch einen seiner engsten Mitarbeiter das Fahrzeug in die CSSR bringen, wo es der Kurier übernahm. Der Mitarbeiter kam mit dem Zug zurück. An der Grenze zeigte er ein Papier vor, in dem ein schwerer Schaden vorgetäuscht wurde. Auch diese Papiere hatte Flascheck angefertigt. Der Vertraute des Dr. Igler soll heute Leiter der Forschungsgruppe sein.

Sehen Sie, es wäscht eine Hand die andere, auch im Sozialismus. Aber wer weiß, wie lange das mit diesem Mann gutgeht. Vielleicht hat Flascheck auch für den schon einen Paß parat.

Das, meine Lieben, wäre die Geschichte von Dr. Igler und Familie, wie ich sie erlebt habe. Jetzt sind sie in Amerika, ganz aus meinem Blickfeld verschwunden. Ob das nun wirklich das große Glück für sie ist, weiß der liebe Gott allein.

Nun fragten Sie noch nach dem Namen des Kuriers. Ich hole Ihnen die Anschrift seines Bruders aus der Nähe von Rostock. Sie brauchen dann nur den Vornamen Klaus einzusetzen, dann haben Sie den kompletten Namen. Ich habe auch ein Bild von dem Klaus. Der steht mit Flascheck vor einem Wochenendhaus in der CSSR, ganz nahe an der bayerischen Grenze.

Das wäre es gewesen“, atmete Frau Latscher erleichtert auf. Als sie beide Hände in die Magengegend schob, redete sie von dem Kloß, der runtergerutscht sei, und auch davon, daß sie nichts wüßte, was noch erwähnenswert sei. Sie sprach auch Enrico Mut zu, die Lebensbeichte als Roman zu schreiben, und wünschte ihm viel Erfolg.

„Machen Sie sich ans Werk, Enrico, ich bin gespannt, wie der einmal aussehen wird. Gequasselt habe ich genug, meinen Sie nicht auch?“

„Wie Sie meinen, Frau Latscher. Ihr Wille geschehe, wie im Himmel, also auch auf Erden. Ehrlich gestanden, Ihnen hätte ich noch stundenlang zuhören können. Sie waren ein angenehmer Gesprächspartner. Es hat Spaß gemacht, mit Ihnen zu diskutieren. Bianca wird sicher auch so empfinden. Und nicht zu vergessen der Wodka und der Weinbrand. Die Stunden bei Ihnen werden uns unvergeßlich bleiben. Schade, daß wir schon am Ende sind.“

„Na, dann trinken wir noch einen, so als Vorschuß auf den Roman. Einverstanden?“

Bianca griff als letzte zum Glas. Anschließend meinte sie in scherzhaftem Ton: „Wie wäre es denn, Frau Latscher, wenn Sie den Klotz am Bein an Enrico und mich weitergeben würden? Wir würden auch ganz gern mal etwas erben."

Sie lachte Frau Latscher entgegen, die mit einem verdutzten Blick erwiderte: „Wenn ich Ihnen damit einen Gefallen erweisen könnte, meine Lieben, nichts würde ich in diesem Augenblick lieber tun als das. Da wäre das Haus in besseren Händen als bei mir. Wenn da der Pferdefuß nicht wäre. Ich vermute nicht ohne Grund, daß ohne Flascheck in dieser Sache nichts laufen wird. Ich weiß es nicht genau, weil ich über das Haus zuwenig weiß. Selbst gesehen habe ich es nie. Auf dem Foto ja, aber von innen kenne ich es nicht. Helmus hat ab und zu ein paar Urlaubstage dort verbracht, auch Flascheck und den Klaus dort getroffen. Jeder von denen nutzt das Haus nach Belieben. Und ich bin dazu gekommen wie die Jungfrau zum Kind. Schneller noch als die Jungfrau, weil Helmus' Tod so plötzlich kam!"

„Das verstehe ich nicht", gestand Bianca ein. „Erbe wird man doch laut Testament, wie ich annehme. Wenn Sie ein solches besitzen, Frau Latscher, sind Sie Erbe. Anders wäre es, wenn Sie nichts in den Händen hätten. Ist das der Pferdefuß, von dem Sie sprachen?"

Frau Latscher erbat sich einen kurzen Moment aus. Sie ging ins Nebenzimmer und kam mit Briefumschlägen zurück, die sie Bianca überreichte.

„Lassen Sie sich Zeit", riet Frau Latscher. „Ich werde uns inzwischen einen Kaffee kochen."

Bianca durchblätterte den Inhalt der Briefumschläge mehr oberflächlich, so als sei sie desinteressiert. Dann gab sie die Schriftstücke an Enrico weiter. Auch der verhielt sich so. Beide widmeten ihr Augenmerk mehr dem Bild, das Frau Latscher auf den Tisch gelegt hatte. Auch die Anschrift des Bruders von Klaus erweckte gemeinsame Aufmerksamkeit. Als Frau Latscher mit dem Kaffee zurückkam, fragte sie: „Nun, was halten Sie davon?"

„Unserer Meinung nach ist die Erbschaft eindeutig. Sie sind die Erbin des Hauses, und wenn kein Untermieter da ist, auch Eigentümer des Mobiliars. Vorausgesetzt, die Unterschrift des Dr. Helmus ist echt. Aber daran besteht ja wohl kein Zweifel.

Nur, unerklärlich scheint uns, warum hat Dr. Helmus sein Testament so oft geändert? Hatte das etwas mit seiner Laune zu tun? Oder war er bei der Abfassung der einzelnen Testamente bestechlich? Merkwürdig ist sein Verhalten auf jeden Fall."

Langatmiges Zögern verriet Frau Latschers Nachdenklichkeit. Dann machte sie anhand von längst bekannten Beispielen noch einmal deutlich, daß Dr. Helmus ein eiskalter Rechner war. Das erste Testament war die Liebe zur Tochter. Das zweite schloß die Enkelkinder mit ein. Das dritte Testament schließlich war die Notwehr gegen Gesetze der DDR.

„Er wußte ja früh genug von der Flucht der Familie. Und damit der Staat keinen Zugriff bekommt, vermachte er mir das Haus in der CSSR. So jedenfalls war seine Kalkulation. Obwohl, da bin ich mir sicher, die Karten haben Flascheck und Klaus, sein Kurier, gemischt."

Als Zeichen der Zustimmung nickten Bianca und Enrico. In ihren Gesichtern waren Fragen zu lesen, die sie aber nicht stellten. Als Frau Latscher fragte: „Schmeckt Ihnen der Kaffee?", flog ihr ein „Ausgezeichnet" entgegen.

Während Frau Latscher noch trank, nahm Enrico das Bild in die Hand, das sie vor einiger Zeit auf den Tisch gelegt hatte. Dann staunte er mit den Worten: „Das ist ja ein Riese von Kerl, dieser Flascheck. Bei Nacht möchte ich dem nicht allein begegnen. Daß Sie sich vor diesem Manne fürchteten, Frau Latscher, leuchtet mir ein. Und dann noch mit einer Pistole in der Hand, direkt auf die Stirn gerichtet, ich weiß ja nicht. Da können schon Wut und Haß aufkommen. Gegen den Flascheck wirkt der Klaus wie ein Zwerg. Aber wie wir durch Sie erfahren haben, ist ja auch der nicht von schlechten Eltern. War Klaus auch in der Fremdenlegion? Und das Haus im Hintergrund des Bildes, ist das etwa die Villa des Flascheck?"

„Ach, wo denken Sie hin. Weder noch", antwortete Frau Latscher. „Klaus, der Kurier, war kein Fremdenlegionär. Er war auch nicht in der Bundeswehr. Und so zwergenhaft, wie er da neben Flascheck steht, ist er auch nicht. Für militärische Dienste ist er wohl kaum der richtige Mann. Ich kann mir nicht vorstellen, daß der sich einen vertrockneten Menschenkopf auf dem Schreibtisch postieren würde. Im Gegenteil. Er muß im Herzen eine weiche Stelle haben. Denn immer, wenn er von seinem Bruder bei Rostock sprach, hatte er Tränen in den Augen, obwohl er wußte, daß der Bruder nichts mit ihm zu tun haben wollte. Womit ich nicht sagen will, daß er ein Feigling ist. Er ist mehr der versteckte Typ, der kein Risiko scheut, wenn es um bare Münze geht. Aber töten – nein, das glaube ich nicht.

Flascheck lernte ihn als ungelernten Kellner kennen, wie er mir erzählte. Das war noch vor der Zeit, als er zur Fremdenlegion ging. Von da an, bis zu seiner Entlassung, unterhielt er Kontakte zu ihm. Nach seiner Rückkehr aus der Legion stellte er Klaus als Kurier in seine Dienste.

Und was den Hintergrund des Bildes anbetrifft, das ist nicht Flaschecks Villa. Die müßten Sie einmal sehen, meine Lieben. Das ist ein Unterschied wie Tag und Nacht, wie Villa und Dorfkiosk. Wo immer auch der Unterschied liegen mag, diesen Klotz am Bein werde ich ertragen müssen wie die Jungfrau das rätselhafte Kind. Eine Erbschaft, von der ich wußte, aber über die ich mir nie Gedanken gemacht hatte. Erst der unverhoffte Tod des Helmus stellte mich vor Tatsachen. So wurde ich zum Hausbesitzer."

„Sie werden diesen Klotz ertragen", prophezeite Enrico. „Wir werden Ihnen dabei zur Seite stehen. Vielleicht freuen Sie sich einmal über die Erbschaft. Licht und Schatten wechseln sich ab im Laufe der Zeit. Auch Schatten über Ihrem Leben werden sich verziehen. Bianca und ich werden Ihnen helfen."

„Sie haben gut reden", entgegnete Frau Latscher. „Gelobt sei Ihre Hilfe, Enrico. Dennoch bleiben Restbedenken im Kopf zurück, die mich schmerzen werden. Aber weshalb erzähle ich Ihnen das? Sie werden sich am Ende langweilen und gähnen. Außerdem, mit meiner Lebensbeichte hat das nichts zu tun. Ich bin der Meinung, wir sollten Schluß machen. Der Kloß ist verdaut, ich kann frei atmen, wie seit Jahren nicht mehr."

Kopfschüttelnd wehrte Bianca ab. Mit schmeichelhaften Formulierungen versuchte sie Frau Latscher davon zu überzeugen, daß sie sich keinesfalls gelangweilt fühle und daß es schade wäre, wenn Frau Latscher nicht weitererzählen würde. Auch Enrico sei ein aufmerksamer Zuhörer. Danach äußerte Bianca den Verdacht, daß möglicherweise ein Mißverständnis Frau Latscher bewogen haben könnte, auf einen Abbruch der Unterhaltung zu drängen.

„Oder haben wir Sie in Verlegenheit gebracht?“ fragte Bianca. „Da möchte ich Sie gleich beruhigen. Nicht einmal im Traume haben wir an eine Erbschleicherei gedacht. Das war doch nur spaßig gemeint. Und außerdem, wie sollten wir die Komplikationen mit Flascheck aus dem Weg räumen? Vielleicht ist das Erbstück auch noch mit Schulden belastet. Wie gesagt, vergessen Sie unsere alberne Bitte. Fassen Sie es als einen naiven Scherz auf. Vielleicht war auch der Schnaps Vater dieser dummen Rederei!“

Da nahm Frau Latscher Biancas Hand. Mütterlich drückte sie diese und legte die andere noch obendrauf.

„Meine Antwort auf Ihre, wie Sie sagen, ‘dumme Rederei’ war ehrlich gemeint. Für mich war das kein Spaß. Sie wissen doch, daß ich mich in tiefer Schuld bei Ihnen fühle. Mir wäre es ganz lieb, wenn Sie beide erben könnten. Vor Schulden braucht Ihnen nicht bange zu sein. Die gibt es nicht, das weiß ich genau. Das Haus wurde spottbillig aufgebaut. Flascheck machte die Westmark locker, und Dr. Helmus besorgte den Umtausch in Ostmark. Dann kam Klaus, der Kurier, und tauschte Ostmark in Tschechen-Kronen. So wurde Stück für Stück das Haus bezahlt. Wie man im Volksmund sagt, für ’n Appel und ’n Ei. Klaus äußerte sich mir gegenüber einmal, daß Geldumtausch ein ‘lukratives Geschäft’ sei. Und das ist der Pferdefuß, von dem ich sprach. Ich wurde zum Erben eines Hauses, aber Flascheck könnte der Besitzer sein. Aus diesem Teufelskreis sehe ich kein Herauskommen. Dabei möchte ich doch endgültig Schluß machen mit allen Beziehungen zu Flascheck. Aber wie? Ich hasse den Mann, wie den toten Helmus auch.“

Frau Latscher nahm ihre Hände von Bianca zurück und spielte mit dem letzten Testament, das neben ihrer Kaffeetasse lag.

„Am liebsten würde ich es verbrennen“, meinte sie. „Dann wäre Schluß für alle Zeit.“

„Um Himmels willen“, meldete sich Enrico zu Wort. „So etwas dürfen Sie nicht tun, Frau Latscher. Machen Sie diesen Fehler nicht. Wenn Sie das Testament verbrennen, haben Sie den Flascheck bestohlen. Was das für Sie bedeuten könnte, läßt sich leicht erahnen. Denken Sie an die Pistole an Ihrer Schläfe. Ich verstehe Ihren Haß gegenüber Flascheck. Aber jeder unüberlegte

Schritt kann für Sie zum Verhängnis werden. Mir drängt sich der Gedanke auf, daß Ihr Roman noch lange nicht am Ende ist. Da schweben zu viele Fragezeichen im Raum."

„Enrico schätzt die Situation sehr genau ein", sagte Bianca. Auch aus ihren Augen strahlte Zustimmung. „Eines dieser Fragezeichen haben Sie selbst einmal beschrieben, Frau Latscher. Sie erzählten uns, daß Sie nur deshalb als Erbe eingesetzt wurden, weil unserem Staat der Zugriff auf das Haus verwehrt werden sollte, nachdem Dr. Igler und Familie aus der DDR flüchteten. Hier könnte des Pudels Kern liegen."

Plötzlich hielt Bianca inne. Mit ernsten Blicken tastete sie Frau Latscher ab, die mit geöffnetem Mund und scheinbar ratlos den Ausführungen folgte. Dann sah Bianca auf Enrico, der seinerseits zögerlich den Kopf bewegte.

„Auf dieses Fragezeichen kann nur mit einem Ausrufezeichen geantwortet werden", meinte Bianca. „Ich denke da an so etwas wie einen Offenbarungseid gegenüber der Staatssicherheit. Verstehen Sie, was ich meine, Frau Latscher? Einen anderen Ausweg sehe ich nicht."

Bianca hatte die letzten Worte noch nicht ausgesprochen, da preßte sich Frau Latschers Hand, wie schon einmal an diesem Tage, auf den Mund. Fast wäre ihr abermals der Vergleich mit dem unerfreulichen Herrn über die Lippen gerollt. Sie verstand sich zu beherrschen und würgte. Dann gab sie die Lippen frei und fragte: „Wie denken Sie sich das, Bianca? Sie werden doch nicht etwa von mir verlangen, daß ich auf allen vieren zur Stasi krieche, um einen Offenbarungseid zu leisten, wie Sie sagten. Nein, das können Sie von mir nicht verlangen. Die Brüllerei des unfreundlichen Herrn von dieser Dienststelle schrillt mir noch zu deutlich in den Ohren. Nein, auf keinen Fall. Vor diesen Leuten fürchte ich mich. Das kommt dann unter Umständen so weit, daß ich den ganzen Roman noch einmal erzählen müßte. Nein, meine Lieben, ersparen Sie mir bitte diesen Weg. Es wird doch bestimmt einen anderen geben."

„Genauso sehe ich das auch", versprach Enrico selbstsicher. „Nichts wird so heiß gegessen, wie es gekocht wird", tröstete er Frau Latscher. Dann setzte er hinzu: „Und außerdem, bei Bianca und mir sind Sie in guten Händen."

Danach wich er dem Thema aus. Er sah Frau Latscher zu, wie sie die Gläser füllte. Er sah auch, daß sich ihre Gesichtsfarbe bläßlich veränderte. Als sie mit der linken Hand zum Glas greifen wollte, zog sie sie plötzlich zurück und griff mit der rechten anstandshalber nach. Sie war sichtlich irritiert.

Auch Bianca bemerkte das. Von ihr kam anschließend die erlösende Frage: „Wie kam der Flascheck eigentlich an das Grundstück in der CSSR? Über dieses Thema haben wir überhaupt noch nicht gesprochen. Der muß es doch besorgt haben. Dem Helmus würde ich einen Grundstückskauf in diesem Lande nicht zutrauen."

„Der hatte ja auch die Beziehungen nicht, die erforderlich waren", reagierte Frau Latscher. „Des Rätsels Lösung war tatsächlich der Flascheck. Der lernte in der Fremdenlegion einen tschechischen Kameraden kennen. Beide wurden fast zur gleichen Zeit entlassen. Und so nahm das Unheil für mich seinen Lauf. Der Tscheche muß ein ähnliches Geschäft aufgemacht haben wie Flascheck. Seit dieser Zeit spielen sich beide gegenseitig die Bälle zu, wie ich durch Helmus in Erfahrung bringen konnte. So hat der Tscheche zum Beispiel dem Flascheck den Tip gegeben, daß er über seine Privatversicherung regelmäßig nach Karlovy Vary zur Kur fahren konnte. Auch Klaus, der Kurier, nutzte diese Chance zur gemeinsamen Erholung. Während eines solchen Kuraufenthaltes reifte bei Flascheck der Plan, in der Nähe der bayrischen Grenze ein Grundstück zu erwerben und darauf ein Haus zu bauen. Der Tscheche bahnte die Wege. Dabei spielte sein Sohn eine besondere Rolle. Der war Kfz-Meister, hatte genau an gleicher Stelle seine Werkstatt. Aber dann muß es irgendwelche Gesetze geben, die umgangen werden mußten. Deshalb wurde Dr. Helmus zum Grundstückseigentümer gemacht. So jedenfalls erzählte mir das Helmus ganz nebenbei. Heute weiß ich, daß dieser Kfz-Meister auch das Auto des Dr. Igler erhielt. Aber darüber hatte ich Ihnen ja schon einmal berichtet."

Einen Augenblick war Stille am Tisch. Ratlose Augenpaare trafen aufeinander. Frau Latscher rieb sich Falten aus der Stirn und setzte hinzu: „Von Ihnen kamen keine Gegenfragen, meine Lieben, ich muß annehmen, Sie langweilen sich doch mit meinem Quatsch."

Beschwörend hörten sich Frau Latschers Worte an, als sie sagte: „Enrico, unterlassen Sie doch bitte das ständige Tippen auf Ihre Armbanduhr. So spät ist es doch noch gar nicht. Bleiben Sie heute ausnahmsweise etwas länger als sonst. Bianca wird sicher nichts dagegen haben. Wie wäre es mit einem kräftigen Abendbrot? Sie kennen meine Spezialitäten. Aber wenn Sie nicht möchten, eine Tasse starken Kaffee werden Sie mir doch nicht abschlagen. Beim Essen verweigern Sie sich, Sie sollten mehr an Ihre Gesundheit denken. Sie hungern sich unnütz durchs Leben. Am Ende des Romans werden Sie so schwach sein, daß Sie mich aus Ihren guten Händen fallen lassen."

Frau Latscher war bereits auf dem Weg in die Küche, als Bianca ihr die Worte nachschickte: „Eine Tasse Kaffee trinken wir noch mit. Aber dann muß auch Feierabend sein für heute. Sie sind sicher auch abgeschlafft, Frau Latscher."

Während sich Frau Latscher in der Küche abmühte, verewigte Enrico das Bild, das achtlos auf dem Tisch lag. In Biancas Lächeln spiegelte sich freudige Zuversicht. Eingefangen wurde der Flascheck, der Riese, wie auch der zwergenhaft wirkende Klaus, der Kurier. Im Hintergrund beider deutlich sichtbar „der Klotz am Bein", wie Frau Latscher bedauerte.

„Sie möchten wirklich nichts essen?" fragte die noch einmal.

„Nein danke", kam es von Bianca zurück. Dann sagte sie: „Frau Latscher, Sie stehen unter dem dringenden Verdacht, die kostbare Zeit bis zum Abschiednehmen hinauszögern zu wollen." Frau Latscher nickte den scherzenden Sätzen nach. Als sie antworten wollte, kam ihr Bianca zuvor: „Morgen ist ja auch noch ein Tag. Und einmal muß Feierabend sein, obwohl für uns jetzt jede Stunde zählt. Es bleibt nicht mehr viel Zeit, dann wird uns die Uni zum Ernst des Lebens zurückrufen."

„Wenn ich daran denke, könnte ich heulen", winselte Frau Latscher. „Dann wird auch bald das Sprichwort wahr: 'Aus den Augen, aus dem Sinn.' Aber uns verbindet ja der Roman. Und bis morgen läßt sich die Zeit ertragen. Der Kaffee ist übrigens von Flascheck. Der trinkt nur diese Sorte. Lassen auch Sie ihn sich schmecken."

Enrico hatte nur kurz am heißen Kaffee genippt, als er Frau Latscher fragte: „Was meinen Sie denn, wie Sie den 'Klotz am

Bein' loswerden können? Das Verbrennen des Testaments ist Unsinn, darüber waren wir uns einig. Das Haus an Flascheck einfach abzugeben, ist auch nicht möglich. Dcr ist Bundesbürger. Zur Stasi wollen Sie auch nicht gehen. Aber irgendeine Entscheidung müssen Sie treffen, wenn Sie das Testament und den Flascheck vom Halse haben wollen."

Frau Latscher versteckte sich im Schweigen. Sie fuchtelte mit nichtssagenden Handbewegungen umher, ihr Kopfschütteln verriet auch nur Ratlosigkeit.

„Ich kann Ihnen keine verständliche Antwort geben", stammelte sie in Richtung Enrico.

„Dann ist guter Rat teuer", meinte er und schüttelte ebenfalls den Kopf.

„Ich hätte eine Idee", mischte sich Bianca ein. „Aber ob die sich verwirklichen läßt, weiß ich natürlich auch nicht."

Bianca stand auf und ging langsamen Schrittes um den Tisch herum. Im Rücken der Frau Latscher angekommen, blieb sie stehen. Sie legte ihre Hände auf ihre Schultern. Verschmitzte Blicke verfingen sich bei Enrico.

„Ich denke gerade darüber nach, daß wir in unseren sozialistischen Nachbarländern Ferienheime haben. Oft sind es nur Datschen, aber immerhin, solche Einrichtungen gibt es dort. Tausende Menschen verbringen da ihren Jahresurlaub, Menschen aus Industrie und Landwirtschaft. Sie kommen aus volkseigenen Betrieben, aus Volksgütern und landwirtschaftlichen Produktionsgenossenschaften. An solche Betriebe könnten wir uns wenden mit der Bitte, Haus und Grundstück abzukaufen. Dann soll der Flascheck sehen, wo er bleibt. Auf jeden Fall hätten Sie erst einmal Ruhe, Frau Latscher."

Während Bianca auf ihren Platz zurückging, kam von Enrico Einspruch.

„Deine Grundidee ist überlegenswert, Bianca. Aber da hast du die Rechnung ohne den Mitbesitzer gemacht, und der heißt Flascheck. Der wird sich nicht so einfach abspeisen lassen. Es muß einen anderen Ausweg aus dieser komplizierten Lage geben. Deine Grundidee ist richtig. Aber mir schwebt etwas anderes vor. Dem Flascheck müßte der 'Klotz am Bein' angehängt werden. Und da habe ich eine Idee. Gleich morgen werde ich

Erkundigungen in der Juristischen Fakultät der Uni einholen. Einen der namhaften Herren werde ich antreffen. Dann werden wir weitersehen."

„Also diese Idee finde ich ausgezeichnet", schwärmte Frau Latscher. „Obwohl, die von Bianca war auch nicht schlecht. Als ich ihr zuhörte, fiel mir der Bruder von Klaus ein. Der ist LPG-Vorsitzender. Die Frage ist bloß, ob der mitgemacht hätte in seiner Abneigung gegen seinen Bruder. Sicherer ist wohl doch Enricos Idee. Aber wenn alle Stricke reißen sollten, vielleicht wäre dann der Bruder an der Ostsee die Rettung."

„Es wird Zeit, daß wir gehen", mahnte Bianca an. Sie nahm einen letzten Schluck des Kaffees, rückte ihren Stuhl an den Tisch heran und wollte sich von Frau Latscher verabschieden, als Enrico noch einmal das Wort ergriff.

„Mir fällt gerade ein, da müßte doch eine Bauzeichnung des Hauses angefertigt worden sein. Wissen Sie, Frau Latscher, wo die sein könnte?"

„Warten Sie mal", antwortete sie. „Soviel ich weiß, muß es zwei davon geben. Eine hatte mit Sicherheit Dr. Helmus bei sich aufbewahrt. Wo die geblieben ist, weiß ich nicht. Wahrscheinlich liegt sie irgendwo in der versiegelten Wohnung herum. Die andere müßte beim Notar liegen, wenn ich nicht irre."

Danach erhob sich auch Enrico. Er sah kurz auf die Uhr, überlegte einen Augenblick und nahm seinen Gedankenfaden noch einmal auf.

„Das paßt ausgezeichnet", sagte er. „Da könnten Sie morgen den Notar aufsuchen, Frau Latscher. Lassen Sie sich die Bauunterlagen aushändigen, und wenn der Notar fragen sollte, ob Sie das Haus verkaufen wollen, sagen Sie ganz einfach ja. Sollte er den Wunsch äußern, selbst das Haus zu kaufen, sagen Sie ihm, Sie hätten schon einen Käufer in Aussicht. Außerdem benötigten Sie noch etwas Bedenkzeit."

„Wie Sie meinen, Enrico. Wenn ich schon einmal da bin, werde ich gleich die Gelegenheit nutzen, um die finanzielle Seite der Erbschaft zu regeln. Wissen Sie, Dr. Helmus hat mir 24 000 Mark Ost hinterlassen und dann ungefähr 5 000 Mark West. Die liegen auf einem Sperrkonto oder so, ich weiß nicht, wie das vor sich geht. Das werde ich morgen alles klären."

Bianca und Enrico nickten ihre Zustimmung.

„Gut", sagte Enrico, „und ich werde mich mit der Rechtslage beschäftigen. Allerdings glaube ich nicht, daß dafür ein Tag ausreichen wird. Auf jeden Fall sind wir spätestens in drei Tagen wieder bei Ihnen. Wir werden nichts übers Knie brechen, Frau Latscher."

Die fragte verängstigt zurück: „Kann denn Bianca nicht in der Zwischenzeit bei mir sein? Sie wissen doch, daß ich mich vor dem Alleinsein fürchte."

„Vor wem fürchten Sie sich denn?" kam es von Enrico zurück. „Wenn etwas Unvorhergesehenes dazwischenkommen sollte, rufen Sie uns an. Sie haben doch unsere Telefonnummer vom Studentenwohnheim. Aber wirklich nur, wenn es dringend ist, hören Sie!"

Mit ausgebreiteten Armen stand Frau Latscher in der Haustür, als Bianca und Enrico ihr entgegenkamen.

„Haben Ihnen nicht die Ohren geklingelt, meine Lieben?" fragte sie. „Ich sitze seit Stunden wie auf Kohlen. Obwohl Sie mich gewarnt hatten, Enrico, viel hat nicht gefehlt, da wäre ich zum Konsum gelaufen und hätte Sie angerufen. Stellen Sie sich vor, Flascheck hat mir geschrieben. Der Brief kam gegen zehn Uhr. Seitdem wandere ich von einem Zimmer ins andere."

Bianca und Enrico erklärten übereinstimmend, daß sie keine besonderen Geräusche im Ohr verspürt hätten, und erklärten das damit, daß sie keinen besonderen Draht zu Flascheck hätten.

Als sie gemeinsam am Tisch Platz genommen hatten, überraschte Enrico. „Es ist nicht meine Art, Frau Latscher, aber heute ist mir so. Ehe ich den Brief lese, geben Sie mir bitte einen Schnaps. Irgendwie ist Unruhe in mir, wissen Sie!"

Bianca und Enrico lasen den Brief gemeinsam.

„Das ist die Handschrift eines Fuchses, listig, arrogant und großkotzig geschrieben. Flascheck beruft sich auf Paragraphen, die in der DDR wirkungslos sind. Davon werden wir uns nicht beeindrucken lassen."

Aus Enrico sprach Selbstsicherheit, die auch Frau Latscher beeindruckte.

„Ich würde noch weitergehen", setzte Bianca hinzu. Nach ihrer Ansicht tropfte Erpressung aus dem Brief. Sie verwies auf die

Passage, wo Flascheck behauptete, daß Frau Latscher nicht vergessen solle, daß ihr nicht ein Nagel an dem Haus gehöre und daß sie nur deshalb zum Erben wurde, weil es in einer besonderen Notlage nicht anders ging. Er allein beanspruche das Erbe, schließlich sei er der Geldgeber gewesen. „Solltest du nicht bereit sein, das Erbe auf meinen Namen überschreiben zu lassen, werde ich die Angelegenheit auffliegen lassen. Was das für dich bedeutet, weißt du. Ich sitze weit genug weg vom Schuß."

„Das ist Flascheck, wie er mir hinreichend bekannt ist. Seine Drohungen gegen mich sind nichts Neues. Und außerdem, meinen Segen hat er. Wenn ich nur wüßte, wie ich die Bude schnellstens loswerde! Reicht es aus, wenn ich ihm das Testament per Einschreiben schicke?" fragte Frau Latscher.

„Den Gefallen werden wir ihm nicht tun", versicherte Enrico. Er berichtete seinerseits vom Ergebnis seiner Bemühungen. Während er erzählte, legte er Frau Latscher einige Fragebögen vor. Frau Latscher las die großen Buchstaben „Bezirksgericht" und dann etwas kleiner gedruckt „Rechtsabteilung/Außenwirtschaft". Voller Stolz machte Enrico darauf aufmerksam, daß er persönlich mit dem Leiter dieser Abteilung verhandelt hätte und daß es bei der Unterhaltung nur um Sachfragen ging, irgendwelche Namen hätten dabei gar keine Rolle gespielt. Der Herr dieser Behörde machte später darauf aufmerksam, daß nur eine bestellte Person des Bezirksgerichtes die Verhandlungen in der CSSR führen dürfte und daß von westlicher Seite der Käufer mit einem Rechtsanwalt oder zwei Vertrauenspersonen verhandlungsberechtigt sei. Außerdem sei Pünktlichkeit am Verkaufsort angemahnt, da sonst erhebliche Mehrkosten entstehen würden. Und was die Unkosten betreffe, so erzählte Enrico weiter, die müßten in Westgeld entrichtet werden und würden fünf Prozent vom Verkaufswert betragen. Außerdem würde eine Unkostenpauschale von 600 DM berechnet.

„Sehen Sie, Frau Latscher, so wird ein Schuh daraus, nur so", sagte Enrico. „Wenn sich Flascheck den anzieht, hat er seinen Willen, ansonsten geht er leer aus. So einfach ist das. Seine angedrohte Erpressung hätte er sich ersparen können. Aber das ist nun einmal so im Leben, Menschen von dieser Statur und diesem Charakter besitzen auch eine Schwäche, und die heißt 'Dummheit'."

Bianca wollte wissen, wann ungefähr der Flascheck vom Tode des Dr. Helmus unterrichtet wurde.

„Das war gleich am nächsten Tag", antwortete Frau Latscher. „Die Konsumfrauen trugen die Milchkästen von der Straße in die Verkaufsstelle. Das Geschäft war noch gar nicht geöffnet, da bat ich um Erlaubnis, telefonieren zu dürfen. Es war genau die Zeit, in der Flascheck frühstückte. Wir hatten nur kurz miteinander gesprochen, wie immer, wenn es notwendig war. Er muß fassungslos gewesen sein, als ich ihm vom Tode Dr. Helmus' erzählte. Ich hörte nur tiefes Atmen. Gesprochen hat er fast nichts. Am Ende meinte er nur kurz, daß mich Klaus, der Kurier, in kurzer Zeit besuchen würde."

Als sich Bianca verwundert darüber zeigte, daß vom Konsum aus nach dem Westen telefoniert werden könne, lächelte ihr Frau Latscher entgegen.

„Sie wissen doch, meine Liebe, mit einer Tüte Westkaffee und einer Tafel Schokolade werden die Mitmenschen freundlicher als sonst üblich. Natürlich habe ich die Gespräche bezahlt und immer schön aufgerundet."

„Diesen Fragebogen hier müßten Sie kennen, Frau Latscher. Das ist ein Antrag für eine einmalige Einreise in die CSSR und zurück. Den gleichen Antrag wird auch der vom Gericht bestellte Rechtsanwalt stellen. Und nun hören Sie gut zu, Frau Latscher. Ich hatte Sie bei dem Dienststellenleiter als eine kränkliche Person geschildert und darum gebeten, daß der Rechtsanwalt Sie in seinem Pkw mit auf die Reise nimmt. Dieser Bitte wurde entsprochen. Sie kommen also billig und bequem ans Ziel."

Da brach Bianca in Gelächter aus. „Es ist immer das gleiche verrückte Spiel. Wo schon viel ist, kommt noch was drauf. Wir armen Studenten gucken in die Röhre. Die Welt ist ungerecht."

„Sagen Sie das nicht", fiel ihr Frau Latscher ins Wort. „Das wird sich sehr bald ändern. Versprochen habe ich es ja schon."

Mit geschickten Händen hantierte Enrico an seinem Recorder. „Das ist das achte Band, das ich jetzt einlege. Ich bin gespannt, wie oft ich noch die Spulen austauschen muß. Nun schreibe ich eine dicke 'Acht' darauf, um Verwechslungen zu vermeiden. Und heute abend wird sie bei den anderen unter Verschluß gehalten."

„Jetzt könnte ich auch einen Schnaps trinken", stöhnte Frau Latscher. Bianca zeigte an, daß sie ebenfalls Appetit hätte. Als Frau Latscher auch bei Enrico einkippte, fragte er: „Auf was könnten wir anstoßen?"

Bianca schlug vor: „Auf das Bezirksgericht und die Abteilung Außenhandel."

„Eine hervorragende Idee", jauchzte Frau Latscher und ließ die Gläser klingen.

„Wenn Sie wollen, helfe ich Ihnen beim Ausfüllen der Fragebögen", bot sich Bianca an. Enrico fragte nach den Bauunterlagen, die Frau Latscher vom Notar abgeholt hatte.

„Der hat sie mir ohne viel Gefrage ausgehändigt", erzählte sie. „Aber der Mann hatte Kundschaft, wie ich sah, das war wohl der Grund dafür, daß er so kurz angebunden war."

„Lassen Sie mich nicht vergessen, diese Unterlagen heute abend mitzunehmen. Ich möchte beim Bezirksgericht alles beieinander haben. Besser ist besser. Nicht daß in letzter Minute noch Komplikationen auftreten", sagte Enrico.

Während Frau Latscher und Bianca mit dem Ausfüllen der Formulare beschäftigt waren, beschäftigte sich Enrico mit der Begutachtung von Skizzen und Rechnungen. Auf einem Stück Papier notierte er die Endsummen der einzelnen Beträge und begann zu rechnen. Plötzlich legte er den Kugelschreiber aus der Hand und stutzte vor sich hin. Er suchte im Raum etwas, das eigentlich zur Bauzeichnung gehören müßte. Deshalb fragte er Frau Latscher, ob sie wüßte, in welcher Ortschaft das Haus gebaut wurde. Weder aus den Bauunterlagen noch aus den Rechnungen ging eine genauere Ortsbezeichnung hervor.

„Da muß ich erst einmal überlegen, wie das Dorf heißt. Aus dem Kopf kann ich die Frage nicht beantworten. Und aussprechen kann ich den Namen ohnehin nicht. Helmus hatte mir einmal vor langer Zeit einen Zettel mit der Adresse gegeben. Aber wo ich den nun hingepackt habe – lassen Sie mich mal überlegen."

„Nur keine Hektik", empfahl Enrico. „Wir haben Zeit."

Die Katze kam von rechts. Frau Latscher sah sie auf sich zukommen und blieb reglos stehen. Beide kannten sich gut, aber

Frau Latscher konnte sich nicht entsinnen, daß die Katze jemals von rechts kam. Sie kam schnurrend auf Frau Latscher zu, schmiegte sich um ihre Beine, als sei ihr ausgerechnet heute zum Schmusen zumute. Etwas abergläubisch war Frau Latscher schon, aber ausgerechnet heute – die Katze konnte es nicht wissen, es war ihr 65. Geburtstag.

„Selbstgebacken ist selbstgebacken", von dieser Lebensweisheit wollte Frau Latscher nicht abweichen. Trotzdem, heute mußte es „Schwarzwälder Kirsch" sein. Es lag schon Jahre zurück, da war sie mit anderen Frauen auch zu einer Besichtigung der Konsumbäckerei eingeladen. „Schwarzwälder Kirsch ohne Butter, sagte der Meister damals, „und ich wäre im Knast. Die Rezepturen sind vorgegeben, wer dagegen verstößt, setzt unsere Berufsehre aufs Spiel." Was Frau Latscher damals imponiert hatte, führte sie gedanklich alljährlich an ihrem Geburtstag in die Backstube zurück.

An diesem Tage stand wieder eine auf dem Tisch. Gleich nach dem Mittagessen hatte Frau Latscher die Tafel eingedeckt. Kostbares Porzellan wurde den Gästen zugeordnet, zwei silberne Kerzenständer mit Leuchten, inmitten der Tafel und in deren Mitte eine Vase mit Blumen, ein Geschenk der Frauen vom Konsum. Beim Anblick der Tafel kamen in ihr Erinnerungen auf. „Es war einmal", sprach sie leise vor sich hin. Sie vermißte die reichhaltige Blumenpracht, das jährliche Geburtstagsgeschenk des Dr. Helmus.

Bianca und Enrico kamen früher als erwartet. Bianca gratulierte mit einem Kasten Konfekt, Enrico mit einem Strauß Blumen, der nach dem Geldbeutel der Studenten ausgesucht war. Geburtstagswünsche hatten beide auf den Lippen. Frau Latscher zeigte sich beeindruckt von soviel Herzlichkeit. Aber es war ihr auch Betroffenheit anzumerken. Die Melodie ihrer Worte hörte sich so an: „Von meiner eigenen Tochter habe ich bis jetzt keine Geburtstagsgrüße erhalten", klagte sie. „Ich habe Verständnis für einen langen Postweg, aber für das Verhalten meiner Tochter nicht. Die weiß auch, daß Dresden nicht um die Ecke liegt, wenn man in den USA lebt. Ich persönlich habe überhaupt noch keine Post von ihr erhalten, seitdem sie unser Land verlassen hat. Zu Dr. Flascheck hält sie Kontakt. Warum sich meine Tochter mir gegenüber so verhält, ich weiß es tatsächlich nicht. Die Post wird doch nicht verlorengehen? Glauben Sie mir, meine Lieben, das schmerzt eine Mutter am Geburtstag besonders."

„Die Torte war ein Hochgenuß", lobte Bianca, wischte sich die Mundwinkel trocken und schob ihren Teller beiseite. Enrico hatte ein zweites Stück genommen, während Frau Latscher mehr in Erinnerungen schwelgte. Sie hatte bis in die letzte Ecke gekramt, um alles auf den Tisch zu legen, was ihr im Leben lieb und wert war.

„Hat denn Flascheck zum Geburtstag gratuliert?" wollte Bianca wissen.

„Ach, wo denken Sie hin – der und gratulieren! Flascheck vergißt seinen eigenen Geburtstag. In der Beziehung ein oberflächlicher Mensch. Ich nehme an, daß in den nächsten Tagen eine Karte oder ein Brief eintrudeln wird. Ganz vergessen hatte er mich nur während der Legionärszeit. Aber pünktlich zu meinem Geburtstag kamen nur selten Glückwünsche."

Auch Enrico sang ein Loblied auf die „Schwarzwälder Kirsch".

„Die Hauptsache, es hat Ihnen geschmeckt, meine Lieben", sagte Frau Latscher. Ihr schwärmerischer Ausflug in die Vergangenheit war beendet, als sie fragte: „Haben Sie etwas auf dem Bezirksgericht in Erfahrung bringen können? Ich meine, waren die Formulare richtig ausgefüllt und die Bauunterlagen vollständig?"

„Von mir aus hätte ich dieses Thema heute nicht angesprochen", antwortete Enrico. „Leider passen die Bescheide, die ich erhielt, nicht so recht auf den Geburtstagstisch. Aber wenn Sie die Frage aufwerfen, werde ich Rede und Antwort stehen."

Frau Latscher sah sprachlos in die Runde. Verlegen wischte ihre Zunge Mundwinkel und Lippen. Sie bat Enrico, Hemmungen abzulegen, schließlich sei ein Geburtstag ein Tag wie jeder andere auch, und schließlich, warum kann eine schlechte Botschaft nicht auch ein gutes Geburtstagsgeschenk sein?

„Wie Sie meinen. Dann fange ich mit den guten Nachrichten an. Die Fragebögen sind korrekt ausgefüllt, die Bauunterlagen samt Rechnungen sind ausreichend und ohne Beanstandungen."

Während Enrico Frau Latscher ins Gesicht lächelte, fragte sie: „Na, welche Überraschung kommt jetzt?"

Enrico erzählte von der Freundlichkeit des Gerichtsmenschen, der gleich zu Beginn des Gesprächs nach Frau Latschers Gesundheitszustand fragte, gute Genesung wünschte und dann Komplimente verteilte. Er bewunderte Frau Latschers Handschrift, schlug einen Bogen zu ihrem Charakter und meinte abschließend, daß die Handschrift die Visitenkarte des Menschen sei.

„Das hat der Herr tatsächlich so gesagt?" fragte Frau Latscher zurück. „Das muß ein sympathischer Mensch sein", setzte sie hinzu. Dabei straffte sich ihr Körper. In ihren Augen lag Glanz wie lange nicht mehr.

„Aber das ist nicht alles, was ich Ihnen mitzuteilen habe", versicherte Enrico. „Die schlechte Botschaft, die mir überbracht wurde, wirkte auf mich wie ein Hammer."

Er holte weit aus, um schmerzhafte Eindrücke zu beweisen. Da waren vor allen Dingen Terminschwierigkeiten, die er auf Frau Latscher zukommen sah, und auch die bange Frage, wie sich Flascheck verhalten würde. „Es bleiben zwölf Tage, von heute an gerechnet", sagte er. „Wenn nicht jede Stunde genutzt wird, werden Sie das Testament nicht los, Frau Latscher. Es müßte ein neuer Termin anberaumt werden, wurde mir gesagt, ein anderer Sachverständiger muß sich mit der Aktenlage vertraut machen, vor Anfang nächsten Jahres läuft da nichts mehr. Das wäre ein Zeitverlust von fünf Monaten."

Ohne ein Wort zu äußern, rückte Frau Latscher den Stuhl beiseite und ging den gewohnten Weg zur Vitrine. Auf dem Rückweg beschwor sie die Lebensgeister in beiden Flaschen und meinte, daß die in jeder Situation helfen würden. Sie lassen vergessen und hoffen, neue Ideen sprudeln, auch Hammerschläge ertragen, wie sie Enrico einstecken mußte.

„Sie werden bestimmt einen Ausweg finden", machte sie ihm Mut.

„Ich kann Enricos Pessimismus verstehen. Er ist kein Freund von aufgezwungenen Terminen. Er weiß aus eigenem Erleben, daß in den meisten Fällen immer einer unter die Räder kommt", sagte Bianca. Einen Augenblick überlegte sie noch, bevor sie weitersprach. Dann wies sie darauf hin, daß genaugenommen nicht Frau Latscher unter Zeitdruck stehe, sondern daß dem Flascheck das Feuer unter den Nägeln brenne. Seine Drohungen seien Ausdruck von Eile. Er wisse, daß für ihn so manches Geschäft auf dem Spiele stünde.

„Ganz meine Meinung", sprach Frau Latscher. „Flascheck drückt auf Zeit, ich kenne seine Ungeduld. Aber verstehen Sie bitte auch mich, Bianca. Ich selbst möchte die Angelegenheit so schnell wie irgend möglich abgeschlossen wissen. Je schneller, desto besser auch für mich."

Enrico sah zwei Chancen für Frau Latscher: Einmal war die Möglichkeit gegeben, mit Flascheck zu telefonieren, zum anderen müßte eine Reise zu ihm ins Auge gefaßt werden.

„Nach einem Telefongespräch wüßten wir sofort, wie Flascheck reagiert. Er wird Fragen stellen und dann seinen Entschluß mitteilen. Dabei könnte eine peinliche Begegnung vermieden werden. Ich bin allerdings der Meinung, daß dieses Gespräch nicht von der Konsumverkaufsstelle geführt werden kann. Da müßten Sie schon von der Hauptpost anrufen, Frau Latscher. Natürlich wären auch Bianca und ich zugegen, was beim Konsum nicht möglich ist."

„Wenn das klappen würde, wären wir alle Scherereien los. Aber so recht mag ich daran nicht glauben. Der Flascheck will mich sehen. Er will sicher wissen, wer an der Beerdigung teilgenommen hat, ob Helmus' Wohnung durchsucht wurde, wo das Mobiliar geblieben ist und viele andere Dinge mehr", warf Frau Latscher ein.

„Trotzdem", widersprach Bianca. „Der Versuch lohnt sich. Wenn Sie auf das Gespräch mit ihm gut vorbereitet sind, und dabei werden wir Ihnen helfen, beißt er vielleicht an. Er ist in Eile, nicht Sie, Frau Latscher."

„Da fällt mir ein", meinte Enrico zaghaft, „irgendwo und irgendwann habe ich davon gehört, daß Ferngespräche in den Westen bei der Hauptpost vorangemeldet werden können. Auf diese Weise könnte es schneller gehen als sonst üblich. Diesen Vorteil sollten wir nutzen. Wenn Sie einverstanden sind, Frau Latscher, gehe ich gleich morgen früh zum Postamt. Fragen kostet kein Geld. Sie müßten mir nur sagen, zu welcher Zeit der Flascheck am günstigsten zu erreichen ist. Dann melde ich das Gespräch gleich an."

Nach Frau Latschers Meinung war die Zeit zwischen sieben und acht Uhr die passende Zeit. Abends sei er auch meist zu Hause, aber da könne sie keine genaue Zeit festlegen, denn seine Unpünktlichkeiten fielen in die Abendstunden. „Wenn schon mit Voranmeldung telefoniert werden kann, sollten wir seine Frühstückszeit nutzen.“

Von Bianca ging Unruhe aus, als Frau Latscher sprach. Auf ihrer Stirn lagen dicke Bedenken. Sie hätte so gern gewußt, welche Fragen der Flascheck am Telefon stellen würde. Aber noch mehr dachte sie darüber nach, wie Frau Latscher antworten würde. Bianca glaubte nicht daran, daß sich Flascheck vorwiegend für Helmus' Beerdigung interessieren würde. Und so interessant konnte der Verbleib seines Mobiliars auch nicht sein. Und die Hausdurchsuchung – Frau Latscher war nicht Zeuge. Bianca vermutete andere Reaktionen des Flascheck. Deshalb fragte sie Frau Latscher, was sie sagen würde, wenn der fragte: „Das alles hast du ganz allein erreicht? Oder hat dir jemand geholfen?“ Eine Reihe ähnlicher Fragen stellte Bianca noch, um sie zu testen. Bianca machte dann an Beispielen deutlich, wie schädlich es wäre, würden Namen wie Enrico oder Bianca während des Gespräches fallen. Flascheck würde mißtrauisch werden, und eine Reise zu ihm bliebe unausweichlich.

„Mißtrauen ist die Grundlage seiner Arbeit“, meinte Bianca. „Dabei haben wir mit der Angelegenheit gar nichts zu tun. Und daß Sie durch unsere Hilfsbereitschaft in Schwierigkeiten geraten, nein, das muß nicht unbedingt sein.“

Frau Latscher schüttelte den Kopf. Ihre Lippen zuckten, als wäre sie beleidigt. „Für so dumm werden Sie mich doch nicht halten, Bianca? Wie käme ich dazu, dem Flascheck über unsere Bekanntschaft zu erzählen! Ich weiß mich seiner Neugier zu erwehren. Nur keine Angst, meine Lieben. Und wenn es der Teufel will, daß ich zu ihm reisen muß, werden mir während der Fahrt mahnend die Ohren klingeln. Das Echo seiner Worte: ‘Reden ist Silber, Schweigen ist Gold’.“ Nach kurzem Überlegen sagte sie weiter: „Und außerdem, Sie glauben doch nicht im Ernst, meine Lieben, daß ich die Autoren meiner Lebensbeichte in Schwierigkeiten bringe? Dann hätte ich mein eigenes Todesurteil unterschrieben.“

„Und genau darum geht es, Frau Latscher. Nicht darum, daß Sie für dumm verkauft werden sollen. Trotzdem mein Vorschlag:

Was halten Sie davon, wenn ich Ihnen eine Gesprächsanleitung erarbeite? Dann müßten Sie mir allerdings einen Briefbogen geben.“

Frau Latscher lehnte lächelnd ab. Dann gab sie Enrico den Tip: „Fragen Sie doch einmal den unfreundlichen Herrn von der Stasi, wie perfekt ich lügen und schweigen kann. Darauf bin ich nicht besonders stolz, aber dem Flascheck gegenüber ist es angebracht.“

Frau Latscher führte es auf ihr Alter zurück, daß an diesem Morgen vieles schiefging. Sie konnte sich nicht darauf besinnen, jemals Kaffee aufgebrüht zu haben, ohne vorher kräftig Kaffee in die Kanne getan zu haben. An diesem Morgen geschah es. Und dann, sie war bereits auf dem Weg zur Bushaltestelle, fiel ihr ein, daß sie Flaschecks Telefonnummer auf dem Küchentisch hatte liegen lassen. Als sie in die Wohnung zurückging, sah sie zu ihrem Erschrecken auch noch, daß neben der Telefonnummer ihr Personalausweis lag.

Bianca und Enrico warteten schon geraume Zeit, als sich Frau Latscher dem Hauptpostamt näherte. Nach kurzer Begrüßung ging Enrico vorneweg. Er wies ihr die Tür zur Telefonzelle und gab einer Mitarbeiterin des Amtes das Zeichen zum Freischalten der Leitung. Zu Frau Latschers Erstaunen ging alles sehr schnell, wie sie hinterher sagte. Und das Glück war auch noch auf ihrer Seite. Als sich Flascheck meldete, hatten Bianca und Enrico den Eindruck, daß Frau Latscher locker und konzentriert war.

„Vor allen Dingen sei pünktlich, hörst du. Nicht daß ich da unten vor dem Haus stehe wie bestellt und nicht abgeholt. Und meinen Geburtstag gestern hast du auch wieder vergessen. Also es bleibt dabei, wie abgemacht, dann tschüs bis Samstag. Halt die Ohren steif.“

Das waren Frau Latschers letzte Worte. Dann legte sie den Hörer auf die Gabel. Stöhnend vor Erleichterung verließ sie die Telefonzelle des Hauptpostamtes. Vor Bianca und Enrico stand eine Frau mit strahlenden Augen, so als hätte sie eine Schlacht gewonnen.

„So laut und deutlich wie heute habe ich noch nie seine Stimme am Telefon vernommen. Er hörte sich an, als redeten wir im Blickkontakt miteinander“, sagte sie.

„Wir konnten Ihre Unterhaltung genau verfolgen, laut und deutlich“, warf Bianca ein.

„Sie waren ganz große Klasse“, lobte Enrico. „In meinen kühnsten Träumen hätte ich mir nicht vorstellen können, daß Sie ein so geschickter Gesprächspartner sind. Allerdings hat er es Ihnen auch etwas leicht gemacht. Da war kein Wort der Drohung, unnütze Fragen habe ich auch keine herausgehört. Er muß eine gute Nacht gehabt haben. Sympathisch klang seine Stimme. Kaum vorstellbar, daß dieser Mann auch brutal sein kann.“

Einige Male noch atmete Frau Latscher merklich langgezogen durch. Dann entgegnete sie: „Soviel Schmeicheleinheiten hintereinander, meine Lieben, Sie erdrücken mich. Was halten Sie davon, wenn ich Sie zu einer Tasse Kaffee einlade? Ich kenne ein Hotel mit netter Bedienung, ganz in der Nähe. Das wäre doch was am frühen Morgen, oder nicht?“

„Gegen diese Idee gibt es nichts einzuwenden. Nur eine Einschränkung: Heute sind Sie unser Gast, Frau Latscher“, forderte Bianca.

Frau Latscher war keine Unbekannte im Hotel neben der Kirche. Sie sprach davon, daß sie gern mit Dr. Helmus hier eingekehrt sei. „Wo finden Sie heute ein derart freundliches Bedienungspersonal wie hier?“

Auch Bianca und Enrico waren beeindruckt. Sie ließen sich zum Kaffee Apfelkuchen mit Sahne servieren, wie Frau Latscher auch, die bei der Auswahl des Gebäcks meinte: „Auf Schwarzwälder Kirsch habe ich heute keinen Appetit.“

Was während der Fahrt nicht so laut und deutlich gesprochen werden konnte, kam in Frau Latschers Wohnung auf den Tisch.

„Ich weiß nicht, ob Sie bemerkt haben, wie entgegenkommend Flascheck war, als ich eine Reise nach Frankfurt zu diesem Zeitpunkt abwehrte. Als ich ihm mitteilte, daß ich krank sei, fragte er sofort zurück: ‘Ist es irgend etwas Ernstliches?’ Ich war verwundert, wie schnell er nachgab. Das ist sonst nicht seine Art. Er schreibt vor, was zu tun ist, und so wird gehandelt. Mir ist das sofort aufgefallen. Andererseits wieder seine kalte Schulter, als ich ihm von der Beerdigung erzählte. ‘Kein Wunder, damit habe ich gerechnet, daß keiner um ihn trauert. Freunde hatte er ja keine’, war die spöttische Antwort. Wenn das Dr. Helmus gehört hätte.“

„Uns ist nichts aus dem Gespräch entgangen“, bestätigte Enrico. „Aber es stimmt nachdenklich, warum er sich mit Ihnen ausgerechnet in Berlin treffen will.“

Frau Latscher erklärte die Absicht Flaschecks damit, daß es gar keinen anderen Weg geben würde, als sich in Berlin zu treffen. Sie ging von ihrer Erfahrung aus, daß die Bearbeitung von Einreisepapieren in der Regel vier Wochen dauern würde.

„Daß Flascheck das auch weiß, liegt auf der Hand. Da bietet sich nur ein Treffen in Berlin an. Wer vom Westen nach Ostberlin will, zeigt seinen Paß, und durch ist er.“

„Besser hätte es für Sie gar nicht kommen können, Frau Latscher“, meinte Bianca und hob die Vorteile einer Reise nach Berlin hervor. Sie machte ihr die Reise damit schmackhaft, daß sie selbst schon des öfteren mit dem Zug von Dresden nach Berlin gefahren sei. Sie versicherte, daß es kein Umsteigen geben würde und daß an diese Züge auch Speisewagen angehängt seien. „Schade nur, daß die Reise auf einen Samstag fällt. Da sind die Züge meist überfüllt. Wer da keine Platzkarte hat, sieht schlecht aus.“

Frau Latscher winkte mit dem Hinweis ab, daß sie ja noch rüstig sei und stehen könnte, andererseits hoffte sie auf den Anstand jüngerer Menschen, die möglicherweise doch für eine ältere Dame Platz machen würden.

„Das Interhotel am Alex, in dem sich Flascheck mit Ihnen treffen will, kenne ich übrigens auch. Drin war ich noch nicht, aber wenn man sieht, wer da reingeht – alle Achtung, Flascheck hat Geschmack“, ergänzte sich Bianca.

„Wenn ich es richtig verstanden habe, sagte Flascheck am Telefon: ‘Freu dich auf ein fürstliches Mittagessen in angenehmer Gesellschaft.’ Als ich diese Worte hörte, lief mir das Wasser im Munde zusammen“, meinte Enrico.

Frau Latscher vermutete, daß zur angenehmen Gesellschaft bestimmt Klaus, der Kurier, gehören würde. Vielleicht auch der schweigsame Unbekannte, der täglich um die Mittagszeit drei bis vier Stunden mit einem Aktenkoffer Flaschecks Haus betreten hatte. Sie versicherte, nie ein Wort mit diesem Mann gesprochen zu haben. Außerdem hätte der auf sie einen unsympathischen, arroganten Eindruck gemacht. Welche Rolle der im Hause des Flascheck spielte, hätte sie nie begriffen.

Im Laufe der Unterhaltung versprach Enrico, die Fahrkarte nach Berlin zu besorgen. Er wollte sich auch um eine Platzkarte bemühen, wie er versprach. Aber er räumte auch ein, daß es zu den Wochenenden Schwierigkeiten geben könnte. Frau Latscher war dankbar und wollte sich erkenntlich zeigen, indem sie sagte: „Dieser Tag hat so wunderschön angefangen, wir sollten etwas für unsere Seelen tun." Auf dem Weg zur Vitrine meinte sie noch: „Darauf können Sie sich verlassen, daß mir Flascheck im Interhotel auch einige spendieren muß."

„Ehrlich gesagt, auf den Flascheck wäre ich auch einmal neugierig. Auf seine Statur, wissen Sie, Frau Latscher, sein Auftreten in einem Land, das er sich selbst zum Feind gemacht hat. Ich kann mir nicht vorstellen, daß ein solcher Mensch Selbstsicherheit in den Knochen verspürt."

„Soll das heißen, daß Sie mitfahren würden, wenn ich Sie darum bitte? Mir würden Sie einen großen Gefallen erweisen", antwortete Frau Latscher. Nach kurzer Denkpause fügte sie an: „Eine derartige Bitte lag auf meinen Lippen, aber ich traute mich nicht, sie auszusprechen. Ich schämte mich, Sie zu fragen!"

Bianca und Enrico sahen sich an, als müßten sie sich beraten. Und während die Seelen von Weinbrand und Wodka getroffen wurden, zeigte auch Enrico seine Bereitschaft mitzureisen. „Etwas Abwechslung im Alltag kann uns nicht schaden."

Frau Latscher flehte beide an, nicht lange zu überlegen. Sie versprach, die Reisekosten zu übernehmen und nach der Abreise von Flascheck aus Berlin noch ein paar gemütliche Stunden zu finanzieren.

„Sie werden keine Unkosten haben, meine Lieben", versprach sie. „Und das schwöre ich Ihnen, alles Westgeld, das mir Flascheck geben wird, gehört Ihnen. Versprechen Sie mir, daß Sie mich begleiten?" Wieder sahen sich Bianca und Enrico an. Ihr gegenüber zeigten sie sich wankelmütig. Erst als Frau Latscher die Neugier der beiden nach Klaus, dem Kurier, und dem Schweigsamen mit Aktenkoffer anheizte, willigten sie ein.

Die Reise nach Berlin war angenehm, wie Frau Latscher beim Aussteigen bestätigte. Beim Einstieg in Dresden stürmte Enrico gleich auf den Speisewagen zu. So schob er vermutete Schwierigkeiten während der Fahrt beiseite. Ein Platz direkt am Fenster war nicht mehr frei, aber wie Frau Latscher bekundete, gefiel ihr der Tisch in der Mitte des Zuges mehr. Sie begründete ihre Meinung mit zu schnell vorbeihuschenden Telefonmasten. „Ich schrecke stets zusammen, wenn ich nicht früh genug die Augen schließe.“ Es folgte ein Redeschwall von ihr, der alle Stationen des Lebens streifte, auch auf Reisen von Dresden nach Berlin kam sie zu sprechen. Da waren zwei Veranstaltungen im Friedrichstadt-Palast in Erinnerung, eine Brigadefahrt zum Treptower Park, den Fernsehturm kannte sie nur von außen, und im Tierpark war sie mit Dr. Helmus und Tochter. „Am liebsten hätten die beide dort übernachtet“, sagte sie.

Frau Latscher bestellte drei Kännchen Kaffee.

„Für mich bitte nicht“, warf Enrico ein. „Ich habe heute morgen schon zwei Tassen Kaffee getrunken. Jetzt noch ein Kännchen, das wäre zuviel des Guten. Bringen Sie mir bitte ein Glas Bier.“

Frau Latscher sah Enrico an, als wollte sie etwas fragen. Aber dann fielen entschuldigende Worte aus ihrem Munde. „Daß mir zu Hause der Einfall nicht kam, daß Sie Appetit auf eine Flasche Bier haben könnten. Da muß ich Sie um Verzeihung bitten, Enrico. Ich weiß genau, Bier stand letztmalig auf dem Tisch bei mir, als mein Mann die Flucht ergriff. Seitdem war aus. Dr. Helmus trank ganz selten ein Glas. Das auch nur, wenn er irgendwo unterwegs war.“

Frau Latscher redete ununterbrochen. Und immer wieder kam sie auf ihre Tochter zurück. Aus einer Vielzahl von Erinnerungen, die sie ausbreitete, sprach empfundener Schmerz einer liebenden Mutter.

„Was auch Flaschecks Motive gewesen sein mögen, er hat es verstanden, mein Herz anzubohren. Das werde ich ihm nie verzeihen.“

„Wir verstehen Ihren Schmerz“, versicherte Bianca. „Aber wollen Sie den zur Sprache bringen, wenn Sie Flascheck und seinen Freunden ins Auge sehen?“

„Aber nein“, kam es zurück. „Wissen Sie, Bianca, das bringt doch nichts. Mit ewigen Vorhaltungen kriege ich meine Tochter nicht zurück. Er wollte mich abstrafen, und das ist ihm gelungen.

Damit habe ich mich abgefunden. Unser Herrgott wird ihn strafen. Das ist Trost für mich. Ich werde ihn nach meiner Tochter und der Familie Dr. Igler befragen. Das werde ich tun. Ansonsten wird ihn versteckte Nichtachtung treffen."

Enrico versuchte hin und wieder, Frau Latschers Redefluß zu unterbrechen. Er wollte ablenken und Gedanken in die Diskussion einbringen, die mehr mit dem eigentlichen Zweck der Reise zusammenhingen. Aber das gelang ihm erst wenige Kilometer vor der Ankunft in Berlin.

„Ich schlage vor", unterbrach er sie, „daß sich unsere Wege schon vor dem Aussteigen aus dem Zuge trennen. Wir wissen nicht, was der Flascheck im Schilde führt. Es kann durchaus sein, daß er Sie gegen alle vorhergehenden Absprachen bereits auf dem Bahnsteig erwartet. Und da sollte er Sie nicht in unserer Begleitung sehen. Sie wissen ja warum. Was auch geschehen mag, Frau Latscher, Bianca und ich bleiben ganz in Ihrer Nähe."

Aus den Augen war Frau Latscher nicht zu verlieren. Der große pilzförmige Hut, das weithin sichtbare Erkennungszeichen für Flascheck, schob sich an der Schaufensterfassade des großen Kaufhauses entlang. Bianca und Enrico beobachteten zunächst vom Springbrunnen aus. Auch sie bewegten sich so, als würden sie sich nicht kennen. Langsamen Schrittes, wie ein Weltenbummler, bewegte sich Enrico dann auf die Weltzeituhr zu. Ringsum war pulsierendes Leben, soweit die Blicke schweiften. Und die Zeit verging wie im Fluge. So bewegte sich auch der Duft, der von Imbißbuden kam. Verlockende Gerüche von Kartoffelpuffer und Currywurst ließen Enricos Magen rebellieren. Ein sehr selten erlebtes Rumoren, das auf die längst überzogene Mittagszeit hinwies. Auch Frau Latscher wird derart gelitten haben. Ihre Schritte waren längst nicht mehr so gleichmäßig wie anfangs, sie glichen mehr einem unruhigen Gehüpfe. Ihre ständig suchenden Rückwärtsblicke verrieten Nervosität.

„Jetzt ist Schluß mit dem Theater", schluckte Enrico runter. Was wie ein Kommando klang, war nur Einsicht in die Sinnlosigkeit weiteren Wartens. Er verließ die Weltzeituhr und ging in Richtung Bianca, so wie er kam, er wollte Weltenbummler sein. Bianca saß am Rande des Springbrunnens auf poliertem Stein. Als sie ihn kommen sah, ging sie auf ihn zu. Ihre Schultern berührten sich, als Enrico Sätze sprach, die nur sie verstand. Die Worte fielen aus seinem Munde. Sie nickte und tauchte in der Menschenmenge unter.

„Kommen Sie, Frau Latscher, wir gehen. Jetzt lohnt sich das Warten nicht mehr“, stammelte Bianca und bahnte für beide den Rückweg vorbei an dichten Menschentrauben. Frau Latscher folgte wutschnaubend. Sie war während der Reise nie ganz frei von Zweifeln gewesen. Aber Flaschecks Versprechen, pünktlich zu sein, war andererseits Hoffnung. Im Gedankenspiel an das Zusammentreffen mit ihm vermutete sie, daß er zu unverhoffter Zeit plötzlich hinter ihr stehen würde, nicht um sie zu erschrecken, sondern um mitzuteilen, hier bin ich. Und während sie Biancas Schlängelkurs folgte, gab sie ihrer Enttäuschung Ausdruck.

„Mir ging es wirklich nicht um das versprochene fürstliche Essen mit ihm, glauben Sie mir. Wenn da bloß nicht das verfluchte Testament wäre. Die Reise war umsonst.“

Im Rücken Biancas hörten sich Frau Latschers Klagen weinerlich an. Deshalb blieb Bianca stehen und sah sich um.

„Ich glaube nicht, daß es Flaschecks Absicht war, Sie vergeblich warten zu lassen. Er wollte Einsicht in die Unterlagen des Bezirksgerichtes und des Testamentes, bevor die Reise in die CSSR geht. Es muß etwas passiert sein, das ein pünktliches Eintreffen hier verhinderte“, tröstete Bianca.

Enrico hatte zwischenzeitlich an das leibliche Wohl gedacht. Er empfing freudestrahlend, als hätte nicht auch er drei Stunden sinnlos herumgestanden, beide Frauen mit Bockwurst in der Hand.

„Sie schickt der Himmel“, nickte Frau Latscher. „Fürstlich ist die nicht, aber der Hunger treibt's rein.“ Frau Latscher redete auch während des Essens. Abgehackt und stöhnend klang, was sie sagte. So heiß war die Bockwurst.

Bianca zählte eine Reihe von Schwierigkeiten auf, die Flaschecks Nichterscheinen entschuldigen würden. Sie gab auch in etwa die Entfernung von Frankfurt nach Berlin an.

„Auf keinen Fall sollten wir ihn verurteilen, bevor wir nicht genau wissen, was die Ursache seines Nichterscheinens ist“, meinte sie. Enrico schloß sich Biancas Darlegungen an.

Frau Latscher sagte: „Mag alles sein. Und was den schweren Verkehrsunfall anbetrifft, den Sie vermuten, um Himmels willen. So etwas sollte ihm nicht passieren. Wer anders denkt, denkt unchristlich.“ Danach einigten sich Frau Latscher, Bianca und Enrico, das Weinlokal in der Nähe aufzusuchen.

„Besonders einladend sieht die Außenfassade nicht aus“, bemängelte Frau Latscher. Aber sie korrigierte sich gleich anschließend mit dem Zusatz: „Ich weiß, daß ein solcher Anblick täuschen kann, aber Sie müssen zugeben, meine Lieben, zumindest die Fenster brauchen dringend neue Farbe.“

„Bitte nach Ihnen, Frau Latscher“, sagte Bianca. Enrico hatte die Tür des Lokals geöffnet, da schob sie sich mit Hut und Krempe an ihm vorbei, blieb dann stehen, bis Enrico die Tür zugemacht hatte. Nischen versperrten ihr eine Gesamtübersicht des Lokals bei ihrer Suche nach freien Plätzen. Drei mußten es sein, wenn der Nachmittag, wie versprochen, gemütlich werden sollte. An der vierten Nische muß sie der Blitz getroffen haben. Wie versteinert, mit weit aufgesperrtem Mund, mit erstarrten Worten auf der Zunge, blieb sie stehen. Nicht einen Schritt vorwärts konnte sie gehen. Eine Befehlsverweigerung der Beine wie in diesem Augenblick hatte sie noch nie erlebt. Ihr fehlte auch die Kraft, den Körper zu bewegen. Da saß unverhofft böse Erinnerung am Tisch, eingeschlossen inmitten dünnstem Holzgeflecht der Nischenwände. Da saß das Gespenst schlafloser Nächte allein am Tisch. Ein zweiter Blitz schlug ein, als sie die freien Stühle am Tisch sah. Es war Hauptmann Striegler von der Dienststelle Dresden, der da saß. Der unfreundliche Vernehmer, der sie schon einmal an den Abgrund einer Ohnmacht getrieben hatte. Seine bohrenden Fragen nach dem Verschwinden ihres Schwiegersohnes und der Familie waren bis zu diesem Augenblick brennende Wundmale geblieben. Als er sich erhob, um auf Frau Latscher zuzugehen,spiegelte sich in seinem Mienenspiel verstecktes Grinsen, aber auch List wider.

„Welch ein Zufall, Sie ausgerechnet in Berlin zu treffen“, sprach er. „In Dresden sind wir uns bislang nie wieder begegnet. Und nun hier und ausgerechnet heute – wenn das kein Zufall ist.“ Dann reichte er ihr die Hand und bat sie, mit an seinen Tisch zu kommen. Als Frau Latscher auf ihre Begleitung hinwies, sagte Striegler: „Kein Problem, am Tisch ist Platz für jeden. Kommen Sie bitte, Frau Latscher.“

Aus Strieglers Worten kam unbekannte Wärme. Ganz anders als damals, als er sie ständig der Lüge bezichtigte. Er fand auch angenehme Worte bei der Vernehmung, aber immer nur dann, wenn sie widerstrebend Geständnisse ablegte. Deshalb zögerte sie, sich zu ihm zu setzen. Erst als Bianca und Enrico zustimmend nickten, gab sie ihrem Herzen einen Stoß und folgte seiner Einladung.

Als eine Serviererin an Frau Latschers Seite trat, um die Bestellung am Tisch entgegenzunehmen, wehrte Striegler mit einer Handbewegung ab.

„Lassen Sie mal", sagte er. „Das mache ich. Ich habe Sie und Ihre Begleitung eingeladen, da darf ich mich nicht lumpen lassen. Außerdem ist Anlaß genug für mich, Ihnen gegenüber spendabel zu sein."

Aus dem Gespräch, das sich danach entwickelte, ging hervor, daß Striegler schon zwei Tage in Berlin weilte und daß er von der Stadt so gut wie nichts gesehen hatte. Er sprach dann weiter von einem Dienstauftrag, den er zu erledigen hatte, und auch davon, daß er mit einem Pkw der Dienststelle nach Hause reisen würde. Er machte Frau Latscher, Bianca und Enrico den Vorschlag, gemeinsam mit ihm die Heimfahrt anzutreten.

„Die Fahrt ist angenehmer für Sie", meinte er, „und Sie sind auch schneller am Ziel als mit der Bahn."

Frau Latscher, die während des Gesprächs nur aufmerksamer Zuhörer war, ging nicht auf seinen Vorschlag ein. Ein Hauch von Mißtrauen überfiel sie, zumal sie auch in der Magengegend spürte, daß dieses unvermutete Zusammentreffen mit Striegler Druck ausübte. Sie fragte ihn nach dem Weg zur Toilette. Striegler stand auf, ging mit ihr ein Stück des Weges und wies auf die Tür hinter dem Garderobenständer hin. Als er sich wieder gesetzt hatte, war eine rege Diskussion am Tisch.

„Ihre Begleitung erzählte mir, daß Sie zu einem Besuch des Pergamon-Museums nach Berlin gereist sind", sagte Striegler, als Frau Latscher wieder auf ihrem Platz saß. „Da haben Sie von Berlin schon mehr gesehen als ich. Vorgenommen habe ich mir einen derartigen Besuch schon oft, aber nie wurde etwas daraus. Wobei ich zugeben muß, daß man Berlin nicht kennt, wenn man nicht im Pergamon-Museum war."

Da lockerte sich Frau Latschers Zunge: „Da bin ich ganz Ihrer Meinung, mein Herr. Berlin hat viele Sehenswürdigkeiten. Aber wer nach hier fährt, hat meist anderes im Kopf. Und dann wird die Zeit knapp."

„Ich weiß, was Sie meinen", gab Striegler zu verstehen. „Frauen stürmen Warenhäuser, Männer suchen Kneipen auf, da bleibt für historische Begegnungen keine Zeit. Das wollten Sie doch sagen, nicht wahr?"

Einen Augenblick lag nachdenkliche Ruhe über dem Tisch. Erst nachdem die Kellnerin serviert hatte, war wieder Leben am Tisch.

„Sie trinken Schnaps und Bier, mein Herr? So wollen Sie Auto fahren, und dann auch noch mit uns?"

„Aber nein", antwortete Striegler. „Sie können ganz beruhigt mit mir die Heimreise antreten. Da passiert gar nichts. Glauben Sie mir."

In zwei Zügen hatte Enrico sein Glas geleert. „Der Schnaps hätte kälter sein können", stöhnte er Striegler entgegen. Der war der gleichen Meinung, versprach, noch einmal zu bestellen.

Frau Latscher konnte es nicht unterlassen, mit auffälligen Blikken den Striegler zu mustern. Der hatte den Rest seines Bieres ausgetrunken, als Frau Latscher sagte: „Mein Herr, Sie haben davon gesprochen, daß Sie bereits zwei Tage in Berlin weilen und daß ihr Aufenthalt hier dienstlich ist. Da muß ich annehmen, daß Sie in Dresden arbeitslos sind. Vielleicht war ich sogar das letzte Schaf, das Sie in Dresden geschoren haben?"

„Schön wäre es", war seine Reaktion. „Aber Scherz beiseite. Der Hintergrund meiner Reise ist der, daß wir seiner in Dresden nicht habhaft werden konnten. In Berlin war heute die Möglichkeit gegeben, wenn Ihnen das was sagt, Frau Latscher."

Diese Antwort, die sie scherzhaft provoziert hatte, legte ihre Stirn in Falten. Ganz begriffen hatte sie nicht, aber im Unterton seiner Schilderung vermutete sie einen Zusammenhang.

„Wenn ich Sie recht verstanden habe, ist jemand verhaftet worden."

„Damit haben Sie den Nagel auf den Kopf getroffen, Frau Latscher. Ein ehemaliger Dresdener ist uns ins Netz gegangen. Ein gewisser Flascheck. Genauer gesagt, ein gewisser Dr.

Flascheck. Und die beiden Herren, die mit ihm im Auto saßen, wurden auch gleich mit verhaftet. Drei gute Bekannte von uns sitzen ab heute hinter Schloß und Riegel."

Frau Latscher glaubte ihren Ohren nicht zu trauen. Immer größer wurden ihre Augen. Das also war es, wovon Bianca geredet hatte. Das war der Stolperstein auf dem Wege von Frankfurt nach Berlin. Und Bianca hatte auch davor gewarnt, Dr. Flascheck zu früh zu verurteilen. Frau Latscher ging ein Licht auf. Sie zeigte sich gefaßt und blieb stumm. Ein fragender Blick in Richtung Bianca und Enrico ließ sie vermuten, daß auch in ihnen Nachdenklichkeit Platz griff. Dann trübten sich Frau Latschers Augen milchig trüb. Ihre Lider klappten herunter, als seien sie schlaftrunken. Es war nicht Ohnmacht, wie an jenem Abend, als sie vom Tode Dr. Helmus' erfuhr und den beiden, Bianca und Enrico, in die Arme sank. Als Bianca ihr jetzt tröstend über die Wangen strich, spürte sie Leichenkälte.

Als Hauptmann Striegler bemerkte, daß sich das Gleichgewicht des Körpers zu verschieben begann, fragte er in mitleidigem Ton: „Was ist denn mit Ihnen, Frau Latscher? Ist Ihnen nicht gut? Soll ich einen Arzt rufen?"

Trotz ihres miserablen Zustandes verstand Frau Latscher jedes Wort. Sie hatte auch Biancas Hand auf der Wange gespürt. Als sich ihre Augen wieder öffneten, verschwand auch das milchige Weiß. Sie zwang sich, den prüfenden Blicken Strieglers nicht auszuweichen, als der fragte: „Sie zeigen merkwürdig viel Anteilnahme, Frau Latscher. Kannten Sie etwa diesen Dr. Flascheck? Oder wissen Sie, weshalb wir ihn festnehmen mußten?"

Frau Latscher merkte, daß ganz allmählich kräftigendes Blut in ihre Adern schoß. Auch ihr Körper bäumte sich wieder auf. Trotzdem verblieb ein Schimmer von Hilflosigkeit in ihren Augen. Sie sah Bianca und Enrico an, als wollte sie sagen: „Helft mir doch bitte, meine Lieben. Ich finde keine Worte."

Bei der Kellnerin bestellte Striegler noch einmal wie gehabt, bat aber darum, den Schnaps etwas kühler zu servieren. Und für die ältere Dame bestellte er einen Doppelten.

„Der wird Ihnen auf die Beine helfen, Frau Latscher."

Enrico wollte von ihm wissen, ob die Festnahme des Dr. Flascheck irgendwie spektakulär war. Bianca stellte noch Zusatzfragen, die von Hauptmann Striegler restlos beantwortet wurden.

„Spektakulär ist in unserem Beruf gar nichts. Es war ein einfacher Trick, mit dem wir Dr. Flascheck in die Falle lockten."

Dann erzählte er, daß die Festnahme bereits auf der Autobahn organisiert wurde. Durch Beobachtung des Fahrzeuges war klar, daß der Flascheck nicht am Steuer saß, sondern auf der rückwärtigen Bank. Damit waren die Würfel gefallen. Bei der Paßkontrolle ging einer der dort anwesenden Genossen auf den Kraftfahrer zu und fragte nach dem Besitzer des Autos. Als der sich von hinten meldete, wurde ihm mitgeteilt, daß er die halbe DDR ohne polizeiliches Kennzeichen hinten durchfahren hätte und daß er sich das einmal ansehen solle. Da stieg der Flascheck aus. Er konnte mühelos festgenommen werden. Im Dienstgebäude stellten wir fest, daß er bewaffnet war. Ganz nebenbei bemerkte Striegler noch, daß die Festnahme der beiden Kumpanen ebenfalls widerstandslos über die Bühne ging.

„Daran können Sie sehen, daß gar nichts Spektakuläres passierte. Das ist Routinearbeit, nichts weiter. Den Fuchs fängt man am besten, wenn man seiner List noch eins draufsetzt. Verstehen Sie?"

Frau Latscher konnte nicht begreifen, warum man ausgerechnet dem Flascheck auf der Spur war, und deshalb fragte sie auch so.

„Die Sache war ganz einfach", behauptete Striegler. „Es war ein Geschenk des Himmels, Frau Latscher."

„So sollten Sie nicht reden", gab sie zurück. „Jedermann weiß, daß Sie und all Ihre Mitarbeiter nicht einen Pfennig Kirchensteuer bezahlen. Sie haben kein Recht, sich auf unseren Herrn zu berufen. Von da wird Ihnen nie ein Geschenk vom Himmel fallen."

„Dann machen wir es kurz, Frau Latscher." Striegler erhob sich von seinem Stuhl. Er baute sich Frau Latscher gegenüber auf. 70 Zentimeter Tischfläche trennte sie beide voneinander. Das war eine ganze Welt. Dann sagte er: „Darf ich vorstellen, Frau Latscher – zu meiner Linken Leutnant Bianca, zu meiner Rechten Leutnant Enrico. Beide sind Mitarbeiter des Ministeriums für Staatssicherheit der DDR."

Da kreisten Frau Latschers Augen in der Nische umher. Ihre Blickwinkel erfaßten nur Fragezeichen. Und innerlich wurde sie von Vorwürfen überwältigt. Als ihr der Gedanke kam, daß auch sie, wie Dr. Flascheck, überwältigt wurde, löschte sie nach kurzer Überlegung lästigen Ballast aus ihrer Gedankenwelt. Sie hatte sogar den Mut, sich selbst anzuklagen.

„Es war mein Wille“, hauchte sie über den Tisch. „So und nicht anders habe ich es gewollt. Mein eigener Wunsch war es, die Lebensbeichte in einen Roman zu schreiben. Jetzt darf ich mich nicht hintergangen fühlen. Es muß Gottes Wille gewesen sein.“